Bastien Pantalé

# Le Baptême du Soleil

Science-fiction



L' Intemporel

Dépôt légal novembre 2014
ISBN n° 979-10-94521-08-3

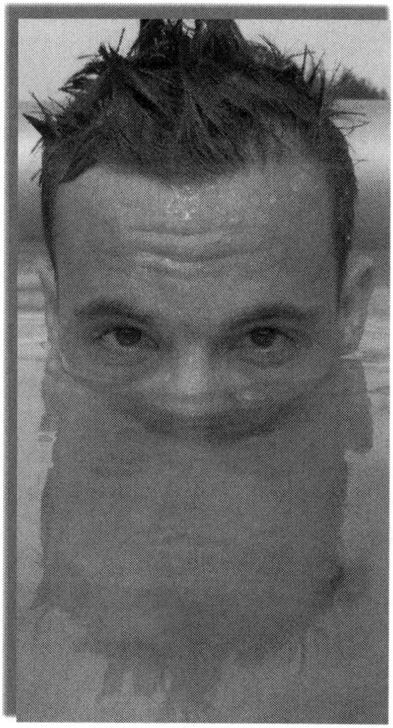

D'origine bretonne et audoise, Bastien Pantalé est né dans la région lyonnaise, avant de parcourir la France puis le monde. Son enfance d'itinérant et ses multiples voyages ont contribué à un sens de l'observation aiguisé ainsi qu'à une ouverture d'esprit lui permettant d'aborder de multiples sujets, dans divers registres. Si sa passion pour le surf lui a fait tisser des liens étroits avec la nature, il y puise surtout l'apaisement et l'humilité nécessaires à son équilibre spirituel.

Véritable touche-à-tout, Bastien Pantalé désire s'essayer à plusieurs registres littéraires, peut-être pour trouver finalement le sien, mais aussi parce que les "cases" ne représentent pour lui qu'une contrainte dont la société ferait mieux de s'affranchir.

Dans ce sens, il publie en 2014 son premier roman, *L'Éveil*, mélange atypique de polar, science-fiction et romance, où la dimension humaine tient le premier rôle.

Il s'engage ensuite dans un cycle de science-fiction, *Ascendance*, dont les trois tomes paraissent en 2014, 2015 et 2017. *Le Baptême du Soleil* embarque le lecteur dans un voyage initiatique à la découverte de peuplades étonnantes, à la recherche d'une vérité oubliée ; *L'Écho Primordial* poursuit ce cheminement en faisant la part belle au grand Tout et à ses créations ; *L'Héritage du Vide* conclut cette odyssée fantastique dans une ambiance métaphysique affirmée. Entre aventure et spiritualité, *Ascendance* mêle le space opera, l'heroic fantasy et la science-fiction dite "classique".

*Sublimation*, thriller psychologique publié fin 2016, navigue entre Art et meurtres sanglants. Dans la lignée de *Seven*, l'empathie et la plume de Bastien Pantalé y apportent toutefois une dimension humaine (pour ne pas dire humaniste) poignante.

En 2018, enfin, il tente avec *De nos propres* mains une première incursion dans la littérature blanche. Un roman contemporain où l'affect et les destins des personnages prennent facilement le pas sur l'intrigue.

C'est désormais dans le Sud-Ouest de la France qu'il imagine et construit ses romans. Souhaitant faire voyager ses lecteurs par l'esprit autant que par le cœur, il met un point d'honneur à tisser ses intrigues, à semer ses messages, puis à imbriquer le tout dans des histoires propices à l'évasion et à la réflexion. Un style simple, un rythme fluide, équilibré, et un souci du détail caractérisent l'écriture de l'auteur.

Suivez son actualité sur :
https://editionslintemporel.wordpress.com/

**Dans le Cycle Ascendance** :

1 – *Le Baptême du Soleil*
2 – *L'Écho Primordial*
3 – *L'Héritage du Vide*

À toutes les âmes vagabondes,
Aux esprits migrateurs.

# Prologue

L'ambiance qui régnait dans cette ville fantôme n'était pas très engageante, une odeur soufrée flottait dans l'air et la couverture nuageuse finissait par devenir oppressante. Aucun bruit, pas le moindre coup de vent pour venir siffler entre les façades. N'y avait-il aucune âme dans cette grande cité ?

Les yeux écarquillés, Miassa observa longtemps alentour, stupéfaite que l'on ait pu construire une chose de cette envergure. Sous les réclamations répétées de Lyvius, la tour la plus proche se révéla appropriée pour prendre de la hauteur et avoir ainsi une vue d'ensemble. Dans le hall d'entrée comme à chacun des étages, l'espace était totalement nu, vierge de tout mobilier, papier ou déchet quelconque. Seule une fine poussière, parfois agglomérée en petit tas, recouvrait le sol. C'était comme si le temps avait dissous le passage d'hypothétiques habitants, réduisant à néant les preuves d'une antique activité. Seuls les murs résistaient encore, et à part de la pierre, il n'y avait rien à voir.

Au bout d'une longue ascension, le groupe d'explorateurs déboucha enfin sur le toit du bâtiment. Il y faisait encore plus lourd. Lorsque leurs yeux se posèrent dans le vide qui les entourait, pas un mot ne vint percer le silence urbain. Sous les regards amusés du reste de la troupe, Hank fut pris de vertiges et préféra rester au centre de la plate forme. Maxime lui-même, pourtant coutumier des grandes agglomérations, ne cacha pas son étonnement devant les séries de bâtiments qui s'étiraient à perte de vue et qui se répartissaient si bien l'espace. Visuellement, il s'agissait là d'un modèle architectural équilibré et très avancé.

La construction, située en périphérie, était loin d'être la plus haute mais donnait un aperçu suffisant des environs. On distinguait une concentration d'édifices plus grands et plus larges qui semblait occuper le centre de la ville. En effet, de larges avenues s'étiraient en étoile depuis cette zone plus dense et l'une d'elles passait juste sous leurs pieds. Les tours voisines semblaient aussi désertes que la leur, et aussi loin que portait leur regard, tout était parfaitement immobile. Deux traces plus sinueuses venant du désert parcouraient l'ensemble de l'agglomération, sans jamais se croiser.

Il s'agissait visiblement des lits asséchés de deux cours d'eau qui avaient dû, dans le passé, rendre la vie ici très agréable. Les rues, disposées en cercles concentriques et traversées par les avenues qui s'étiraient depuis le centre, donnaient l'impression d'une toile d'araignée gigantesque. Hormis les bâtiments verticaux de tailles variables, il y avait de nombreuses places aérées où l'on imaginait très bien parcs arborés et agoras. Beaucoup se situaient à proximité des anciennes rivières.

À cette altitude, le désert que les explorateurs avaient arpenté un peu plus tôt était encore plus impressionnant. D'un gris uniforme parsemé de fissures sombres, la terre n'avait pas dû voir couler d'eau depuis des lustres. Ce même paysage de désolation courait tout autour de la cité et l'on ne distinguait rien d'autre, pas une route, pas un lac, pas un relief. Seule l'allée que le groupe avait empruntée pour rejoindre leur point d'observation cassait cette monotonie. La succession de petits bâtiments pointus, tous identiques, dessinait les limites d'un chemin imaginaire tracé en ligne droite sur plusieurs kilomètres.

L'image était saisissante, une ville démesurée, visiblement construite sur un modèle orbiculaire, encerclée par une étendue aride insondable et un muret régulier. Deux rangées de constructions étranges guidaient le regard depuis les frontières de la ville vers un bâtiment plus imposant encore, semblant crever le ciel.

Ce dernier apparut soudainement comme l'aboutissement de cet étonnant ensemble architectural, comme une sorte de panthéon illustre, témoin d'une civilisation éteinte. S'étaient-ils tous enfuis par cette issue providentielle ? Que s'était-il passé ici pour que la population ait voulu déserter son foyer ?

Maxime, Lyvius, Hank et Miassa étaient eux-mêmes arrivés par cet accès et avaient évolué dans ce couloir, remontant ainsi l'Histoire des lieux jusqu'à...

Quelles découvertes leur réservait encore cette nouvelle planète ?

## Neït, Terre Australe, Arène d'Initiation de Behdet
## 9ème lune du 623ème cycle

Assis sur les bancs en faïence ocre des vestiaires, le buste droit et les mains sur les genoux, Hank attendait l'issue du combat.

Le regard fixé sur la porte donnant sur le couloir de l'arène, il écoutait attentivement les acclamations des spectateurs, les cris et les applaudissements. Parfois, le bruit du métal cinglant traversait l'argile des murs et lui parvenait, accroissant à chaque fois ses doutes et ses craintes. À chaque cri ou sifflet de la foule, il sentait des vagues de chaleur parcourir son corps. À chaque ovation, son cœur manquait de s'emballer et résonnait jusque dans ses tempes.

Du bras de son élève dépendait son avenir immédiat. L'épée qu'il lui avait confiée maintiendrait l'équilibre et le faste de sa vie ou lui apporterait les foudres du Commandeur. Victoire ou défaite, c'est à cela que ça se résumait.

Dehors, devant la porte, il devinait la présence des nombreux gardes armés, tous prêts à se plier au code ancestral de la guerre. Parfaitement impartiales et n'obéissant pas plus au Commandeur qu'à l'organisateur du combat, les lois en vigueur dicteraient aux soldats soit de lui retirer son insigne de Maître d'armes et de l'emmener aux frontières de la ville, soit de s'effacer pour le laisser célébrer la réussite de son disciple.

Il baissa la tête et considéra l'étole noire qu'il portait en écharpe, signe distinctif de sa profession. Il savait tout le privilège et l'admiration que ce grade lui conférait, et avait pleinement conscience des sacrifices endurés pour en arriver là. Le respect, la crainte et les droits absolus dont il jouissait grâce à ce titre pouvaient lui être enlevés en un instant, avec un seul coup d'épée.

Les risques étaient bien réels, mais l'enseignement qu'il avait donné à Tetki en avait fait un combattant hors pair. Il ne lui avait pas encore tout appris, loin de là, mais l'adolescent rentrerait sans nul doute avec brio dans le monde des adultes. Ce n'était plus qu'une question de minutes.

***

Parmi les multiples dynasties qui occupaient le continent austral, Hank faisait partie des quelques dizaines d'individus ayant accédé au rang très convoité de Maître d'armes, et il officiait au sein de la puissante lignée Klyos. Tetki, le fils du Commandeur Sobek Klyos, était son unique élève. Sobek, auquel on avait donné le nom d'un dieu, avait hissé sa famille au plus haut rang de la société moderne. Depuis son initiation vingt cycles plus tôt, il s'était démarqué par une fougue et une hargne au combat encore jamais vues. Il avait affronté successivement les fils des dynasties Érak, Matsi, Koprü, Fith et bien d'autres, et malgré son âge grandissant, il n'avait jamais eu à subir la moindre défaite. Aucune à l'exception de ses nombreuses rencontres fraternelles avec Hank.

Les deux individus avaient grandi ensemble et se connaissaient donc très bien. Comme Sobek avait toutes les qualités qu'un peuple pouvait attendre de son chef, Hank avait pris le parti de son ami en ne se présentant pas au rite initiatique. Pourtant plus jeune de deux cycles, il était plus doué que son compagnon d'entrainement, et tous deux le savaient. Par conséquent, Hank, qui n'avait ni le poids politique ni l'envie d'assumer de telles fonctions, avait fait le choix de repousser son initiation au cycle suivant, laissant ainsi le champ libre à Sobek pour triompher de ses adversaires. Quelque temps plus tard et après un entrainement long et acharné, ce dernier avait enfin pu provoquer en duel son prédécesseur, le Commandeur Malfi Érak, et le vaincre après un combat éreintant.

Entre-temps, Hank avait lui aussi continué sa formation, multipliant les titres, accumulant l'expérience et les domaines d'aptitudes. Quand Sobek devint Commandeur de la Terre Australe, il permit à son ami d'accéder à la prestigieuse Académie de la guerre dont Hank gravit les échelons en un rien de temps. Depuis, les deux guerriers s'étaient affrontés maintes fois dans des combats non officiels et Hank avait toujours eu le dessus.

Plus fort et plus vif, son intelligence du combat ainsi qu'une kinesthésie développée avaient facilité sa progression jusqu'au titre suprême de Maître d'armes. L'académie n'accordant cette reconnaissance qu'une fois par cycle, Hank fut le plus jeune élève de l'histoire à en être honoré le jour de son 12ème anniversaire. Depuis il avait conservé les mêmes qualités athlétiques tout en innovant et en perfectionnant ses techniques. Sa réputation dépassait largement les limites de la dynastie Klyos et nombre de guerriers auraient aimé l'avoir comme précepteur.

La fonction de Maître d'armes ne se cantonnait pas seulement à l'apprentissage des différents arts martiaux et au maniement des armes. Outre les qualités physiques que cela exigeait, on faisait couramment appel au Maître d'armes comme précepteur dans les grandes familles qui avaient un rang à tenir. On lui confiait l'éducation militaire de l'aîné des enfants mâles et c'était à lui que revenait de trouver l'équilibre physique et mental parfait pour que le garçon excelle au combat.

Évidemment, même avec un Maître aussi réputé que Hank, rares étaient les élèves à avoir les capacités pour devenir Commandeur, car c'était là l'objectif de chaque famille. Cela faisait quelques cycles que Hank s'évertuait à former et accompagner son premier élève quand le patriarche s'aperçut de la faible marge de progression de son fils et préféra congédier le précepteur. Il faut dire qu'en plus du rang qu'il occupait et qui lui accordait privilèges et droits en tout genre, la rémunération du Maître d'arme n'était pas fonction de ses résultats mais bel et bien de sa notoriété. Puisque Hank n'avait jamais été battu, autant dire que cela revenait cher de l'employer.

Il passa plusieurs cycles à initier de jeunes adolescents aux différentes techniques de combat ainsi qu'à la maîtrise de leurs corps, jusqu'à ce qu'il rentre au service de la famille Klyos. Son ami Sobek venait d'avoir son premier garçon, et il fit logiquement appel à Hank pour l'éduquer. Depuis lors, le Commandeur, le Maître d'armes et le jeune Tetki formaient un triangle idéal en vue de pérenniser la domination et l'hégémonie de la dynastie Klyos. Tels étaient les liens qui unissaient Hank et son élève lors des festivités d'initiation du 623ème cycle.

***

Les lois, les rapports sociaux et toutes les activités qui avaient lieux sur la planète Neït s'articulaient donc autour de l'art de la guerre. Aucun conflit ne s'y réglait par des affrontements de masse et il semblait plus commode d'opposer seulement deux individus que de perdre des milliers de combattants au profit d'une seule idée. Ainsi, les représentants de deux clans opposés s'affrontaient régulièrement pour décider quelle dynastie annexerait tel territoire ou quel combattant épouserait la fille de telle famille.

Les décisions politiques elles-mêmes se réglaient de la sorte. À chaque nouvelle lune, les sénateurs s'affrontaient tour à tour pour défendre leurs idées et leurs propositions de loi. Le meilleur guerrier du groupe à l'initiative de la loi et le plus fort combattant des opposants se retrouvaient dans l'Arène de la Justice et mêlaient leur sang et leur sueur afin de délibérer. Il s'agissait d'un moyen simple et rapide pour prendre des décisions et cela incitait à limiter les propositions de lois et autres changements dans l'administration de la Terre Australe.

Les changements de régime – passage du titre de Commandeur d'une dynastie à une autre – s'opéraient de la même façon. Le prétendant au siège de souverain devait défier le Commandeur actuel et le battre dans l'Arène du Commandement pour s'approprier le plus ultime pouvoir décisionnel dans la hiérarchie de Neït, et le ramener sur son territoire. C'était véritablement la loi du plus fort.

Les combats obéissaient à des règles strictes et testaient des aptitudes diverses comme le corps à corps, le duel à l'épée ou le tir à l'arc. Le plus souvent, c'était les adversaires eux-mêmes qui, quelques jours plus tôt, se mettaient d'accord sur le déroulement de la joute et qui choisissaient leurs armes. Ils pouvaient alors s'entrainer en conséquence.

Un maximum de citoyens assistait aux combats, c'était l'occasion de vanter les mérites d'un guerrier et de communier autour de leur adoration pour cet art. Le code originel des affrontements n'autorisait pas la mise à mort mais il n'était pas rare qu'un coup d'épée bien placé ou qu'un flèche condamne l'un des athlètes. Il ne s'agissait que de luttes en un contre un. Au sol, les armes étaient absolument bannies, par conséquent, si l'un tombait à terre, soit l'autre attendait qu'il se relève pour reprendre le combat, soit les deux guerriers se débarrassaient de leurs armes pour s'adonner à une lutte éprouvante au corps à corps. Tout était fait pour comparer les compétences physiques et combatives des deux adversaires. Avant tout, le divertissement du public était recherché, il fallait maintenir le culte du corps et de la prouesse sportive.

Parmi les éléments fondamentaux de la discipline, il y avait la diversité et la recherche de mixité. L'innovation, l'effet de surprise et la ruse était donc autant loués que la simple puissance physique. Cela permettait à chacun des guerriers de développer son propre style et de proposer des techniques bien à lui. La stratégie et l'habileté se mêlaient donc aux propriétés exceptionnelles de ces corps robustes pour donner des combats absolument stupéfiants. Ainsi, il n'était pas rare de voir un athlète réaliser un saut périlleux et affliger avec ses pieds joints un coup d'une violence extrême sur la cuirasse de son adversaire, ou encore d'assister à des lancés d'épée magistraux qui venaient se planter dans la chair avec fracas. Aussi spectaculaire que cela puisse paraitre, c'était la norme sur Neït et tout se réglait de la sorte.

Depuis l'apparition des premières civilisations, les capacités au combat avaient toujours été la clef de voute de l'évolution et de la réussite. Par-dessus toute autre chose, la musculature, l'agilité, la souplesse, les réflexes et même les connaissances anatomiques étaient des qualités très recherchées au sein des groupes ethniques. Cela avait conduit au développement sélectif de certaines caractéristiques chez les neïts.

Puisque la force physique était déterminante dans les échanges quotidiens et qu'elle était souvent liée à la taille, la génétique avait favorisé ce caractère au détriment des individus plus petits. Comme les guerriers les plus grands – donc les plus forts – terrassaient leurs adversaires, vivaient plus longtemps et se reproduisaient plus, la taille moyenne n'avait cessé d'augmenter. Cette tendance semblait s'être stabilisée à une taille de 2,20 m, au-delà de laquelle les combattants perdaient en vitesse et en motricité.

De la même façon, les muscles eux-mêmes avaient gagné en volume au fil des âges, leur puissance et leur endurance étaient toujours poussées jusqu'à leur limite. Les grands dorsaux, les trapèzes, les deltoïdes, les pectoraux et les biceps étaient particulièrement développés. Ils avaient atteint une telle force et une telle robustesse que les neïts étaient capables de lutter face aux plus féroces animaux. En effet, les premiers pas de l'espèce vers ce développement s'étaient faits par la chasse et par les face à face brutaux avec leurs proies. Du gibier plus lourd et plus grand les avait incités à développer leur potentiel physique de façon à être capables de les affronter. Aujourd'hui, même si les techniques de chasse et d'élevage s'étaient perfectionnées et que les chasseurs n'affrontaient la faune sauvage que dans de rares occasions, on contait encore dans les familles les exploits de certains héros accrochés au flanc d'un akron – sorte de quadrupède velu de près de cinq mètres – à l'aide d'une simple lame, finissant ainsi par l'épuiser et l'achever, ou encore les face à face terribles avec les tigres du Nord.

Désormais, les guerriers s'opposaient les uns aux autres, rien que pour le sport et pour le plaisir.

La fierté des neïts pour leurs prouesses physiques étaient véritablement entrée dans les mœurs et établies quelle que soit la caste. Les femelles elles-mêmes avaient dû s'adapter au physique imposant de leurs partenaires en cultivant un certain entrainement sportif qui du même coup, les rendait socialement plus désirables. Les rapports charnels revêtaient un caractère relativement bestial où la domination du mâle était une notion prépondérante. Pièce centrale de la sphère familiale, les femelles étaient garantes de la bonne alimentation de leurs mâles afin que ceux-ci restent au meilleur de leur forme.

Davantage carnivores, les neïts avaient cependant compris très tôt la nécessité nutritive des végétaux. Dans cette société primitive où il existait une forte corrélation entre ce qu'on mangeait et les capacités physiques, l'élevage et l'agriculture avaient vu le jour à la même période. Peu d'individus souffraient de carences, ils connaissaient leurs besoins et les satisfaisaient.

Outre cet intérêt naturel pour ce qui venait les nourrir, l'espèce s'était spécialisée au fil du temps dans la conception d'armes. D'abord pour la chasse puis pour les affrontements traditionnels, les neïts disposaient de forges spécialisées pour chacune des armes qu'ils étaient amenés à utiliser. Des lames d'une grande finesse sortaient des ateliers devenus aussi réputés que les combattants eux-mêmes, les forgerons appartenant de ce fait à l'une des castes les plus importantes de la société.

Contrairement à ce que leur goût pour la violence pourrait laisser penser, les neïts étaient aussi particulièrement raffinés. Les tissus qu'ils portaient étaient d'une finesse étonnante, de même que les parfums et les huiles dont ils s'enduisaient témoignaient de l'importance du corps et de l'esthétique dans leur culture.

En revanche peu avancés dans les autres domaines, ils disposaient d'une architecture assez pauvre et se logeaient encore dans des bâtiments rustiques en pierres grossièrement taillées, assemblées et recouvertes avec de la terre ou de l'argile. L'hygiène faisant partie de leurs priorités, ils soignaient plus particulièrement l'intérieur des bains publics et autres vestiaires dispersés dans les nombreuses arènes. Par conséquent, la faïence et la céramique, utilisées respectivement pour tapisser les salles d'eau et pour confectionner les jarres contenant l'eau purifiée et les onguents, comptaient parmi les seules pratiques artisanales des neïts. Tout ce qui touchait au corps était soigné, le reste était secondaire.

Presque la totalité de la population occupait la Terre Australe, gigantesque continent s'étendant dans l'hémisphère sud de la planète. On y opposait la Terre Boréale, plus au nord, tout aussi imposante mais presque inhabitable du fait de son climat. En effet, ce second continent était gelé en permanence et ses vents furieux étaient craints de tous. Plusieurs expéditions destinées à explorer ce territoire hostile avaient fini dans la douleur, bateaux pris dans les glaces, corps gelés instantanément, et très peu de ces explorateurs en étaient revenus. Bref, si la planète Neït offrait de quoi subsister à ses habitants, ce n'était pas au Nord.

La terre Australe avait quant à elle bien des attraits. Le climat plutôt chaud et sec s'entendait parfaitement avec la géographie du sol. En effet, des centaines de grands lacs se remplissaient à la saison humide et diffusaient leurs bienfaits par l'intermédiaire de nombreux cours d'eau le restant du cycle. La température élevée permettait d'ailleurs aux neïts d'arborer des tenues légères, pagnes ou jupes finement tissés pour les mâles qui restaient le plus souvent torse nu, et robes courtes dévoilant les épaules pour les femelles. Les tons blanc ou ocre de leurs vêtements contrastaient avec les peaux hâlées et faisaient d'autant plus ressortir les formes tant appréciées.

Les différentes dynasties s'étaient établies indifféremment le long des côtes turquoise, près des deltas qui se jetaient dans la mer, sur les rives des fleuves bordés de végétation luxuriante jusque dans les montagnes qui en abritaient les sources. Behdet, capitale de la dynastie Klyos et actuelle détentrice du titre de Commandeur, prospérait depuis plus de 200 cycles sur les rives du Keb. Proche du delta de son fleuve et de la grande mer, elle possédait un port conséquent qui lui permettait de commercer avec les autres clans. Les zones désertiques n'étaient pas conquises car l'espèce neït avait l'instinct du territoire, préférant faire perdurer sa famille sur les terres de ses ancêtres plutôt que s'installer dans un lieu inconnu. De plus, elle n'était pas assez évoluée et ne disposait pas des techniques nécessaires pour asservir le terrain à sa volonté, elle préférait s'y adapter.

La planète Neït était elle-même la lune de Pehet, un astre mort autour duquel elle orbitait dans une ellipse régulière. Elle subissait à la fois la gravité de cet astre quatre fois plus imposant et celle d'un soleil assez lointain appelé Atonis. Neït et Pehet tournaient ensemble autour d'Atonis dans une révolution de 610 jours que les habitants appelaient "cycle". À chaque fois que Neït passait derrière Pehet, cette dernière occultait totalement les rayons solaires. Cette éclipse, ou "lune", se produisait 18 fois par cycle et marquait le calendrier des neïts. La rotation de la planète sur elle-même, compte tenu de son périmètre de 73 000 kilomètres, donnait des journées de près de 37 heures – échelle dont les habitants n'avaient pas l'usage puisqu'ils ne décomposaient pas le temps au-delà des journées.

Cette durée importante entre le jour et la nuit les avait forcés à adapter leur rythme de vie à la course des astres, dormant systématiquement en milieu de journée lorsque le soleil était trop violent et empiétant largement sur le début et la fin de l'obscurité pour leurs activités diverses. Les cinq repas par jour suivaient cette même logique et la régularité des cycles avait été constatée dès les premiers âges de l'espèce neït.

***

Un genou à terre et l'épaule en sang, le jeune guerrier reprenait son souffle.

Le coup d'épée de son adversaire l'avait surpris. Bien qu'il ait dominé le début du combat, Tetki avait manqué sa parade et le tranchant de la lame lui avait fendu le muscle de l'épaule. Des gouttes de sang tombaient déjà sur le sable de l'arène et la vue de ces tâches écarlates excita sa combativité. Alors que l'autre profitait que son rival fut au sol pour chercher un second souffle, Tetki se redressa comme si de rien n'était et releva glaive et bouclier sous les "hourras" des spectateurs. L'adolescent qui se trouvait en face de lui n'en revenait pas, pour une fois qu'il arrivait à lui porter un coup, cela ne lui faisait ni chaud ni froid. Lui avait encaissé de violentes charges au corps ainsi que des coups du tranchant du bouclier dans les jambes et les bras. L'un de ses coudes le faisait atrocement souffrir et il avait dû se fouler la cheville car il reportait tout son poids sur sa jambe gauche encore valide. Il regarda Tetki en essayant de sonder son état mais ne perçut que force et détermination.

Le fils Klyos franchit les quelques mètres qui le séparait de son adversaire en sprintant puis s'élança au-dessus de lui, légèrement sur son flan pour glisser la lame poussiéreuse qu'il tenait à bout de bras derrière le bouclier de l'autre combattant. À l'encolure du plastron que tous les participants devaient porter existait un point faible rendant vulnérable la base du cou. C'est précisément à cet endroit, entre le cou et le trapèze, que Tetki porta l'estocade. Au moment où ses pieds regagnèrent le sol, il visualisa sa lame qui venait de s'enfoncer dans la chair crispée, sensation grisante. Il sut qu'il avait gagné.

Il se préoccupa aussitôt de l'état de son adversaire et de la gravité de sa blessure. Après s'être débarrassé de ses armes, il vint soutenir l'autre bougre avant qu'il ne s'effondre.

Rakin et lui se connaissaient depuis le premier cycle de l'école militaire et bien qu'ils ne s'appréciaient pas vraiment, ils voyaient l'un en l'autre un adversaire de taille qui les incitaient à se dépasser. Lors des épreuves sportives, ils étaient toujours en tête, devançant l'autre à tour de rôle. Tetki, plus léger et donc plus agile, avait en revanche toujours eu le dessus en combat rapproché, c'est pourquoi Rakin avait pesté contre le tirage au sort des épreuves d'initiation. Il savait qu'il avait très peu de chance de gagner face à un tel adversaire, mais comme tout adolescent se préparant à entrer dans l'âge adulte, il s'était montré digne de la formation qu'il avait reçue et avait fait preuve d'une grande bravoure. Tetki en avait conscience, c'est pourquoi il le respectait et espérait que son épée n'ait pas pénétré trop profondément.

La compassion, enseignée par Hank au même titre que la rage n'avait jamais freiné ses progrès, bien au contraire. Il était d'une humilité sans égal et gardait toujours à l'esprit que les affrontements – initiation en tête – ne constituaient qu'une épreuve cérémonielle et non une mise à mort.

D'un coup d'œil, il vit le muscle cisaillé de son adversaire et constata qu'il était toujours conscient, c'était bon signe. Il ne s'agissait pas là d'une blessure mortelle mais elle était suffisante pour que Rakin s'avoue vaincu. Après de longs efforts pour se redresser, le vaincu s'accroupit et, malgré la douleur de son coude, tendit son glaive vers le vainqueur. Le public comprit par ce geste que l'affrontement venait de désigner le champion, mais surtout le lauréat du rituel d'initiation. Des hurlements et des applaudissements rompirent le silence qui régnait depuis le dernier coup d'épée, les gradins et les murs tremblaient sous les acclamations de la foule en liesse. La cérémonie d'admission aurait lieu le soir même avec tous les autres vainqueurs. Tetki ne put retenir un sourire en coin, s'empara de l'arme de son adversaire et la brandit fièrement au-dessus de sa tête.

En entendant le vacarme qui signifiait la désignation du vainqueur, Hank avait pris une grande inspiration, les dés étaient jetés. Le torse bombé et la tête haute, ses mains n'avaient pas quitté ses genoux. Pourvu que Tetki ait triomphé !

Les sourcils épais et noirs du Maître d'armes surlignaient des arcades prononcées dans lesquelles s'enfonçaient de petits yeux bleu foncé. Ceux-ci fixaient toujours la porte des vestiaires. Rasé de près, Hank paraissait cinq cycles de moins que son âge réel et sa mâchoire carrée ajoutait à l'impression de robustesse qui émanait de lui. Les muscles saillants de son torse étaient seulement barrés de l'étole noire qui s'enroulait autour de son épaule gauche et retombait sur son flanc droit. Enfin, ses mains très larges trahissaient sa nervosité en tapotant sur ses cuisses.

D'un coup, le bruit des lances et des cuirasses en mouvement le sortirent de sa torpeur. D'un instant à l'autre, les gardes entreraient dans la pièce et lui demanderaient de les suivre, ou bien ce serait Tetki, son élève victorieux.

Puisque le son métallique alla en s'éloignant, un air malin illumina son visage rustre. Un léger sourire se dessina sur ses lèvres, ses narines se dilatèrent et ses yeux se plissèrent davantage. La porte s'ouvrit sèchement et le fils Klyos apparut, le corps luisant de sueur à laquelle s'était mêlée la terre sablonneuse de l'arène. Dans la main gauche, il tenait toujours son bouclier tandis que la droite portait les deux lames qui venaient de s'entrechoquer. En voyant cela, Hank se leva avec distinction et ouvrit les bras en direction de Tetki. Ce dernier s'avança vers son tuteur, l'épaule en sang et se laissa féliciter d'une embrassade virile. Hank inspecta sa blessure ainsi que le reste du corps de l'adolescent et parut satisfait. Dans son regard, la fierté côtoyait la sagesse qu'on y lisait habituellement, le précepteur était réellement ému. Après tant de cycles passés aux côtés de son élève, à l'éduquer et à l'entrainer, il se voyait enfin récompensé.

Tetki devait encore finir sa croissance et s'entrainer pendant deux ou trois cycles afin de développer tout son potentiel, mais il pouvait désormais prétendre à la succession de son père. Mission accomplie !

« La beauté du corps, découronnée de celle de l'âme, n'est un ornement que pour les animaux. »
Démocrite

« Le corps, toujours orienté vers l’action, a pour fonction essentielle de limiter, en vue de l’action, la vie de l’esprit. »
Henri Bergson

## Terre, France, Paris, Musée du Louvre
## 21 juin 2014

Sur la terrasse carrelée, les tables du *Café Marly* s'alignaient sous les arcades majestueuses de l'aile Richelieu, faisant ainsi face à la cour Napoléon et à son étincelante pyramide. Maxime venait de s'asseoir, un air de contentement sur le visage.

Il appréciait prendre place dans ce restaurant prétentieux, simplement pour admirer la vue, l'architecture. Il s'y installait fréquemment en sortant du travail, pas plus attiré par le désaccord pesant entre le style Napoléon III et la décoration moderne de la salle que par l'air faussement guindé des serveurs. Non, c'est bien cette terrasse qui faisait tout l'attrait de l'établissement. Ce contact direct avec la pierre, avec l'architecture, les quelques bougies qui parsemaient les tables ainsi que l'éclairage des façades du musée le transportaient chaque fois sous d'autres latitudes.

Il était certain de trouver un siège quelque part, pourvu que ce soit face à la structure de verre. Maxime était un habitué des lieux, les serveurs le reconnaissaient et l'orientaient dès son arrivée vers les dernières places disponibles. Ce soir, il était sorti plus tôt du labo et la pyramide commençait tout juste à se parer des reflets du soleil couchant. Le ciel était clair, dans un instant ce serait magnifique.

Ces derniers temps, ses travaux de recherche empiétaient largement sur ses soirées et il avait tendance à rentrer chez lui une fois la nuit tombée. Mais pas ce soir, il avait quelque chose à fêter. Son travail acharné avait enfin payé.

Par delà les colonnes régulières du parapet s'ouvraient les dimensions impressionnantes de cette cour mondialement connue et si souvent photographiée. Comme à chaque fois devant la majesté des bâtiments, Maxime se laissa glisser dans un voyage aussi bien temporel que géographique. Il consulta mentalement les reliques du passé, images et dessins du Louvre de la Renaissance, du Paris de François Ier, les évènements de la Révolution française, de la naissance du musée, puis les extensions et l'architecture fastueuse sous Napoléon Ier pour enfin aboutir au style Napoléon III et au Palais observable aujourd'hui.

Ses pérégrinations historiques se doublèrent d'un vol au-delà des frontières, suggérées par la structure de verre et d'acier d'Ieoh Ming Pei. Illuminée par le soleil déclinant, la pyramide impulsa ce mélange des cultures, le faisant passer des campagnes napoléoniennes en Égypte à ce qu'il savait des Pharaons et de l'Ancien Empire. Il revit les tombeaux, le Nil, le grand obélisque. C'est ce qui lui plaisait ici, l'endroit était propice aux divagations et il lui rappelait son dernier voyage au Caire. Les bâtiments de l'aile Denon prenaient des airs de palais égyptiens et les 86 statues ornant l'ensemble de la cour revêtaient des allures de divinités. Ainsi, Rabelais se transformait en Horus, Colbert en Satis, Lavoisier et Mazarin en Ré et Apophis ou encore Voltaire en Seth. À tout moment, Maxime s'attendait à voir Souphis Ier émerger de sous la pyramide et s'élever au-dessus de son royaume.

Son imagination le fit sourire.

L'arrivée de Céleste l'aida à retourner à la réalité, il put enfin commander le champagne synonyme de célébration.

Il avait attendu ce moment toute la journée, l'occasion de fêter la bonne nouvelle reçue par courrier dans la matinée. On lui avait signifié l'ouverture de sa bourse de recherche une semaine plus tôt par e-mail, mais avec la lettre de confirmation qu'il venait de recevoir, c'était maintenant officiel. Signée de la main du directeur de recherche du Centre National de Recherche Scientifique (CNRS) et du président du conseil scientifique de l'Université Paris-Sorbonne, la notification lui ouvrait douze mois de subventions et de financement dans le cadre de ses recherches postdoctorales. Pour cela, le CNRS autoriserait et permettrait tous les transferts de compétences nécessaires au projet de Maxime entre le Louvre et le quai Branly ainsi que son accès aux différentes collections des deux musées. Aussi, le Fonds d'Intervention pour la Recherche accordé par l'université viendrait financer ses déplacements à l'étranger ainsi que d'éventuelles notes de frais.

La lettre pliée en trois et posée sur la petite table ronde témoignait de la mobilisation de plusieurs équipes scientifiques autour de ses recherches et de la persuasion dont il avait su faire preuve lors de sa soutenance devant le jury du comité de recherche. Il n'avait eu à patienter qu'un mois, et pendant cette période, Maxime était resté plutôt confiant. Il fallait d'ordinaire attendre la fin de l'été pour avoir la réponse du CNRS, mais comme le sujet et les questions que son programme d'étude allait soulever intéressaient un large spectre de la population scientifique, le verdict du comité décisionnel avait été plutôt rapide. On lui avait ouvert ces droits sans controverse possible. Il pouvait être sûr que nombre de ses confrères étaient impatients de lire ses résultats et qu'ils l'attendraient au tournant.

***

Après un deuxième cycle universitaire en géologie, Maxime Grangé avait continué sur un doctorat de géophysique, spécialisant ainsi sa thèse dans les risques naturels et plus particulièrement les risques sismiques. Devenu en une poignée d'années un chercheur émérite et un sismologue convoité, il parcourait le monde pour donner son avis aux maîtres d'œuvre pour des chantiers d'envergure ou pour prévenir des catastrophes naturelles impliquant des vies humaines. La précision de ses analyses et de ses prédictions sur une zone donnée avait engendré d'importants changements dans les normes de sécurité ou les procédures d'évacuation. Cette précision reposait sur une connaissance méticuleuse de la géologie du sol, de ses couches et de sa structure ainsi que sur un positionnement stratégique des instruments de mesure. Ces deux éléments à eux seuls permettaient à Maxime d'éviter des incidents mortels.

Parallèlement à ce travail de prévention, il poursuivait des études postdoctorales au Musée du Louvre portant sur les propriétés antisismiques de l'architecture de l'Égypte antique. Lors d'une mission au Caire et de sa visite des pyramides sur le site de Gizeh, il avait en effet pu observer d'étonnants et complexes assemblages de pierres, ce qui l'avait poussé par la suite à s'interroger sur les raisons de ces combinaisons insolites. Rapidement, il avait constaté que cette architecture spécifique conférait aux pyramides une résistance stupéfiante aux tremblements de terre et que ces observations avaient déjà fait l'objet d'études approfondies. Il avait donc décidé de reprendre un cycle d'égyptologie à la Sorbonne puis de suivre des cours du soir d'architecture afin d'en apprendre davantage.

Depuis près de deux ans, Maxime Grangé travaillait sur les reliques égyptiennes détenues par le Louvre, blocs de pierre massifs ou sculptures sur divers minéraux, mais aussi étudiait les images 3D des pyramides, les scans et autres relevés lasers effectués sur le site de Gizeh, en les associant aux données topographiques du terrain ainsi qu'à la géologie de la région afin de comprendre ce que les Égyptiens connaissaient de la tectonique et de la lutte antisismique. Il lui semblait peu crédible que les Égyptiens de l'antiquité, peuple certes raffiné et cultivé mais néanmoins primitif, aient pu construire de tels ouvrages avec des méthodes archaïques – cordes, pierres et simples outils manuels –, et aient été dotés d'une telle connaissance de l'architecture antisismique et des mouvements tectoniques. Des questions restaient en suspens. Début 2014, devant les datations imprécises fournies par les égyptologues avec lesquels il était en contact, il estima primordial de trouver un moyen précis de dater ces constructions.

C'est alors qu'il fit appel à ses connaissances en minéralogie pour essayer d'apporter une réponse à ses interrogations. Il apparut immédiatement que les composants minéraux et leurs propriétés pourraient peut-être l'y aider. La sédimentation entre les pierres juxtaposées, les propriétés physiques et chimiques des sédiments jointant chacune d'elles, les différences de densité et autres modifications dans le temps pourraient, combinées aux méthodes de datations déjà éprouvées, conduire à délimiter précisément la période de construction de la grande pyramide.

C'est ce qui, à l'âge de 32 ans, avait conduit ce géologue-sismologue de renom à opérer un tournant significatif dans ses recherches et à demander cette bourse.

***

Arrivé il y a quelques mois au palais du Louvre pour intégrer le laboratoire du Carrousel dépendant du Centre de Recherche et de Restauration des Musées de France (C2RMF), Maxime s'était plongé dans l'étude de diverses antiquités égyptiennes liées à sa spécialité. En relation étroite avec des sismologues du Caire, il travaillait à la compréhension de l'architecture des pyramides, de la composition et de l'assemblage des blocs de calcaires à leurs réactions vis-à-vis des précédents tremblements de terre.

Son travail avait ça de difficile que la sismologie était une science très récente comparée à l'âge supposé des monuments de Gizeh. On savait donc – ou on déduisait – davantage d'éléments sur les pharaons et sur les connaissances scientifiques ou astrologiques de leurs prêtres que ce que la géologie appliquée à la tectonique des plaques nous apprenait de la région. Si les risques sismiques n'étaient pas aussi importants en Égypte que dans d'autres régions du globe, les architectes de l'Ancien Empire semblaient s'être prémunis contre d'éventuelles destructions de leurs ouvrages.

Au fil des millénaires, la divergence des plaques africaine et arabique avait fini par creuser le rift de la mer Rouge ainsi que le golf d'Aden. Ce détachement de la seconde vis-à-vis de la première à une vitesse moyenne de quatre à cinq centimètres par an occasionnait de rares séismes, tout comme la subduction des plaques africaines et européennes, mais à chaque fois, les dégâts engendrés par les secousses marquaient la population pour plusieurs décennies.

Il suffisait de se remémorer quelques dates pour garder à l'esprit le potentiel sismique de la région. Le 12 octobre 1992, dernier évènement notable, le séisme d'al-Mahrûsa prenant son épicentre au mont Qatrani avait durement affecté les gouvernorats du Caire, de Gizeh et du Fayoum. L'amplitude moyenne de 5,6 sur l'échelle de Richter avait tout de même provoqué la mort de 561 personnes, en avait blessé près de 10 000 autres, sans parler de l'effondrement de 5 000 immeubles et des 115 000 autres constructions, écoles et monuments historiques déclarés hors d'usage. La polémique avait fait rage au sujet du manque de prévention et de la responsabilité du gouvernement. En 1847, un séisme d'une magnitude de 6,2 et ayant le même épicentre que celui de 1992 frappa la région de manière similaire. Plusieurs centaines de morts et des destructions innombrables furent déplorées. Au cours de l'histoire, plusieurs évènements marquants prenant leur épicentre en Méditerranée touchèrent la haute et la basse Égypte. Destruction de la ville de Bupastis en 2800 av. J.-C., effondrement partiel des temples de Louxor et de Karnak en 27 av. J.-C. (également touchés en 1801), Belbeis frappée en 859 et 865,

Damiette, Damanhur et Alexandrie touchée en 1303 avec l'effondrement du célèbre phare. Trois autres séismes en 1856, 1926 et 1955 affectèrent les villes de Rosette, Edkou, Damanhour, Mahmudiyya et Abu Homos. Au sud d'Assouan, la ligne de fracture de Kalabcha s'était activée à plusieurs reprises tout au long de l'époque romaine jusqu'à nos jours, générant des secousses à répétition.

Depuis le temps qu'il s'intéressait aux conflits tectoniques autour de l'Égypte, Maxime avait pu noter trois foyers sismiques en forme d'arcs de cercle et les deux principaux se recoupaient à proximité du Caire. C'est pourquoi il considérait lui-même les environs de la capitale comme un foyer à risque, car bien que la fréquence des évènements sismiques y soit peu élevée, il savait qu'en cas de nouveau tremblement de terre, ses quelque seize millions d'habitants et ses constructions fragiles en feraient un véritable cimetière à ciel ouvert.

Fort de sa notoriété et de son expertise, il avait déjà alerté les autorités locales sur les risques encourus en cas de récidive et s'employait depuis à mettre en place des prévisions assez précises pour prévenir une telle catastrophe. L'anticipation était le maître mot de ses travaux. Il partait du principe qu'avec des instruments de mesure placés aux bons endroits, une éducation sérieuse de la population et une évacuation déclenchée suffisamment tôt, des milliers de vies pouvaient être épargnées.

Sa méthode avait déjà fait ses preuves au Chili, au Japon et aux Philippines, de grosses villes avaient pu être évacuées juste avant d'être ébranlées. Pour prévenir une catastrophe dans un lieu précis, sa technique consistait à analyser non seulement la tectonique des plaques concernées mais surtout la nature du sol, ses composants, ses reliefs et les obstacles éventuels qui pourraient freiner ou dévier la propagation des ondes sismiques. Ainsi, il parvenait à schématiser ce qu'il appelait les "voies de transit" aboutissant à la ville qu'il voulait préserver. Car la propagation des ondes dans le sol n'était pas véritablement concentrique depuis l'épicentre d'un séisme, mais s'adaptait à la géologie du terrain et ça, Maxime était l'un des premiers à l'avoir compris. Une fois ces itinéraires simulés sur ordinateur, il lui restait à trouver les endroits les plus judicieux pour implanter ses sismographes et en tant que spécialiste, il savait que chaque séisme avait ses prémices, avant chaque incident il y avait des indices de fracture, des signes de rupture. Il lui suffisait de traquer ces alertes en des lieux précis et de les interpréter pour savoir si oui ou non la ville était menacée.

D'abord controversées, ses prévisions s'étaient avérées exactes et ses analyses avaient conduit à une anticipation du tremblement de terre de quelques heures. Il ne s'était encore jamais trompé. Quand il avait mis en garde le gouvernement Manilène lors des premiers tests de son programme antisismique en mars 2010, personne ne l'avait écouté. Le système d'alerte philippin, alors trop jeune, n'avait pas permis de protéger la population comme elle aurait pu l'être avec les prévisions de Maxime. Par chance, cette catastrophe ne fit que des dégâts matériels et seuls quelques blessés furent recensés mais l'exactitude des prévisions du géologue le propulsa sur le devant de la scène internationale en matière de prévention sismique.

Depuis, alors qu'il n'avait pas encore terminé ses études, les propositions de contrats affluaient de la part des gouvernements et des entrepreneurs en travaux publics. Maxime n'avait que l'embarras du choix.

Toutefois, et puisque d'autres personnes étaient désormais capables de mettre en place son système de prévention, il se penchait davantage sur le cas égyptien et plus précisément celui de la grande pyramide.

***

Céleste était son contact au département d'antiquités égyptiennes du Louvre. Il la consultait presque quotidiennement sur la fonction de tel ou tel édifice, sur la nature de telle ou telle divinité, et c'était elle qui lui donnait accès aux collections placées sous sa responsabilité. Il était même arrivé à la jeune femme de donner des cours accélérés au nouveau venu afin qu'il appréhende au mieux la culture égyptienne antique.

Cette proximité était jusque-là restée très professionnelle, et même s'il la trouvait particulièrement séduisante, Maxime s'était toujours interdit de mélanger le travail et les sentiments. De plus, le tempérament sanguin voire dominateur de la conservatrice avait tendance à le mettre sur la défensive. En effet, très sûre d'elle dans son métier comme dans la vie, elle prenait souvent les devants, ce qui pour un homme était plutôt difficile à accepter. Pourtant, Céleste lui plaisait beaucoup et elle n'avait de cesse de lui envoyer des preuves d'un intérêt réciproque.

Ce soir, Maxime avait exceptionnellement décidé de faire une entorse à son code moral et lui avait proposé de venir fêter son attribution de bourse avec lui. Depuis des mois, ils partageaient leurs recherches ainsi qu'un laboratoire exigu, et puisqu'il avait quitté la région du Rhône où vivait sa famille, Céleste était pour ainsi dire un de ses rares liens sociaux à Paris. Personne au musée ou à l'université ne le connaissait aussi bien qu'elle. Depuis l'arrivée du géologue, elle avait pu suivre l'évolution de son projet et la préparation de sa soutenance pour l'obtention de la bourse de recherche. En cela elle était très proche de lui.

En s'asseyant à ses côtés sous les arcades de l'aile Richelieu, elle imaginait très bien ce qui lui valait l'honneur de cette invitation. Il avait tenté de garder le secret mais Maxime n'était pas très doué pour ça, Céleste savait que la décision était tombée. Un baiser délicat déposé sur la pommette du jeune homme, aussitôt suivi d'un sourire pour lui adresser ses félicitations suffirent à le faire rougir.

De deux ans son aînée, la spécialiste en égyptologie semblait s'être habillée pour l'occasion. Maxime avait imaginé qu'elle serait venue tout de suite après le travail pourtant, cette robe dos-nu noire ne faisait pas partie de sa tenue au laboratoire aujourd'hui, il l'aurait remarquée, même sous sa blouse. Le jeune homme en conclut qu'elle avait dû prévoir de quoi se changer. Il la complimenta et la remercia d'être venue.

Petite et mince, Céleste De Montgeron brillait surtout par son attitude directe et franche ainsi que par le perfectionnisme qu'elle mettait dans tous les aspects de sa vie. Il n'y avait évidemment jamais rien à redire à son travail et la jeune femme était toujours tirée à quatre épingles. Elle entretenait aussi bien son corps que son bureau et tenait à ses deux séances de sport hebdomadaires. Maxime avait perçu très tôt qu'il avait affaire à quelqu'un de très sain qui s'imposait énormément de choses et cela contribuait à le séduire. Seul le manque de retenue de la jeune femme le gênait un peu, si elle avait pu être plus discrète et moins entreprenante, cela aurait été difficile de lui résister. C'est donc d'abord par amitié professionnelle qu'il avait souhaité l'avoir à ses côtés ce soir et ensuite, qui sait où cela les mènerait.

Maxime leva sa coupe en direction de la cour et de sa pyramide majestueuse avant de trinquer avec son invitée. Le soleil était maintenant assez bas pour illuminer la place d'une teinte orangée, les panneaux en verre de la structure reflétaient la lumière sur l'aile Colbert, Céleste était vraiment délicieuse, et l'instant parfait.

De stature moyenne, le corps de Maxime avait été taillé par des années de passion pour l'escalade. Ses muscles allongés et saillants se devinaient à peine sous la chemise ajustée qu'il portait et seule sa mâchoire carrée amenait une note de virilité à un visage très doux. Tout chez lui, de son attitude jusqu'à son regard témoignait du tempérament calme qui l'habitait. Confronté en permanence à des phénomènes géologiques dévastateurs, il gérait parfaitement ses émotions et semblait toujours détendu. Peu sûr de lui, il avait développé un caractère assez introverti mais restait toutefois bien conscient du charme qu'il dégageait. Peut-être était-il temps ce soir d'en profiter un peu ?

Les deux scientifiques parlèrent brièvement des recherches que s'apprêtait à mener Maxime, des connaissances évidentes des architectes des pharaons en matière de construction antisismique et de la nouvelle méthode de datation que le géologue parviendrait peut-être à élaborer. En tant qu'égyptologue avertie, Céleste utilisait fréquemment les instruments mis à sa disposition pour dater des reliques, sarcophages, pots ou autres ossements. L'utilisation de la datation radiométrique, en particulier par le carbone 14, était tellement ancrée dans ses habitudes qu'elle avait du mal à imaginer le fonctionnement de la méthode novatrice que proposait Maxime. Il lui expliqua que la datation par sédimentologie partait des propriétés minérales des matériaux observés, de leur dégradation dans le temps et de leur résistance aux éléments. Ainsi, il espérait parvenir à évaluer avec précision les dates de taille des blocs composant la grande pyramide, alors que le carbone 14 donnait simplement l'âge de la roche à l'échelle géologique. Elle s'étonna que personne n'y ait pensé plus tôt et il décrivit la complexité de la tâche et surtout la nécessité de créer un nouveau matériel de mesure chimique.

C'est là que leurs domaines de compétence divergeaient, et Céleste, qui appréciait moyennement être perdue sur un quelconque sujet, se tourna sans prévenir vers la cour Napoléon, offrant ainsi son dos et sa peau délicate au regard de Maxime. Il mourrait d'envie de la frôler, de placer sa main au creux de ses reins et de se rapprocher d'elle, mais il se contenta de la désirer. Elle sentit son regard et sourit imperceptiblement avant de lui faire face à nouveau et d'aborder des sujets moins professionnels.

Ils évoquèrent leurs enfances respectives, leurs voyages et leurs histoires d'amour. Elle avoua que son travail ne lui laissait pas assez de temps pour une relation sentimentale et il ironisa que dans son cas, c'était plutôt sa timidité qui lui rendait les femmes inaccessibles. Leurs rires se libérèrent à mesure qu'ils descendirent leurs coupes de champagne. Tous deux s'étonnèrent de ne jamais épuiser le dialogue, en effet, les sujets arrivaient à profusion, ils se découvraient véritablement. Ils continuèrent comme cela jusqu'à la nuit tombée et parce qu'ils n'avaient pas envie d'interrompre ce moment exquis, décidèrent de dîner sur place.

Peu après minuit, alors que Maxime raccompagnait Céleste à son appartement rue Saint-Antoine, tout proche de la Bastille, la jeune femme s'accrocha à son bras avec légèreté. Elle avait enfin fini par le cerner et ne cherchait plus à s'imposer à lui. Au même moment, Maxime comprit qu'il n'avait plus envie de lui résister.

Arrivés au pied de son immeuble, il glissa enfin ses mains sous la veste de la jeune femme afin de sentir la peau nue de son dos et l'invita à se rapprocher de lui. Elle se laissa faire aussi lorsqu'il l'embrassa lascivement, mais alors qu'il s'apprêtait à lui dire bonne nuit, ce fut elle qui empoigna la manche de la chemise de Maxime et l'entraîna à l'intérieur.

« La science ne sert qu'à vérifier les découvertes de l'instinct. »
Jean Cocteau

« Aussitôt qu'on nous montre quelque chose d'ancien dans une innovation, nous sommes apaisés. »
Friedrich Nietzsche

## Anamets, Plaines Inondables, Cité d'Érinis
## Marée montante

Les sentinelles se mettaient en place à mesure que la marée montait.

Miassa venait juste de s'installer sur la falaise qui surplombait la ville, elle serait l'une des dernières à être recouverte par les flots. Recouverte, pas tout à fait puisqu'elle se situerait du bon côté du Brihel, et resterait en conséquence au sec. Le groupe de sentinelles, composé d'une centaine d'hommes et de femmes reliés par un réseau chimico-organique complexe, prenait place à chaque marée montante pour isoler le reste des habitants du milieu aquatique.

Tout autour de la petite cité, de nombreuses sentinelles émergèrent des méandres de petites ruelles aux murs blancs et vinrent s'installer paisiblement à la limite des dernières maisons, des derniers vergers ou places communes. Là, tandis que la vague quotidienne s'approchait en rugissant, ces individus simplement vêtus d'un pagne de végétaux tressés et le torse nu s'assirent en tailleur simultanément. D'une même voix, un murmure presque imperceptible expira de leurs gorges pendant qu'ils ouvraient leurs bras en croix, offrant ainsi leurs poitrines et leurs paumes aux flots déchaînés. Comme un bruissement de cordes vocales opérant en cœur, ne trouvant sa force que mêlée à celle des autres, la rumeur gonfla et s'éleva au-dessus d'Érinis, si bien qu'elle finit par se mêler au grondement de plus en plus proche de la marée montante.

La vague était tellement massive et rapide qu'un observateur étranger et profane de cet étrange rituel aurait pu y voir une pure folie ou un suicide collectif. En effet, l'océan recouvrait la plaine à une vitesse telle qu'aucun animal n'aurait pu le devancer. Le mur d'eau bouillonnant d'écume s'élevait à plusieurs mètres et s'apprêtait à submerger la ville en quelques secondes.

Depuis le promontoire, Miassa avait une vue imprenable sur l'extrémité sud de la cité et sur l'étendue plane où courait ce puissant torrent. Bientôt, il serait là.

Parfaitement synchrones, les chants et les gestes des sentinelles lui transmirent un sentiment d'unité et de force sans égal. Elle et des dizaines d'autres, perchés sur des tourelles extrêmement élevées ou d'autres reliefs répartis sur toute la surface d'Érinis, joignirent leurs voix ainsi que le balancement de leurs corps à ceux de leurs semblables restés au sol. Une fois de plus, ils préserveraient leur foyer.

Un halo opaque, presque translucide, commença à se dessiner dans les airs, prenant sa source juste devant les sentinelles "terrestres", se développant en d'onctueuses volutes et s'élevant progressivement jusqu'à chacun des individus participant à cet effort collectif.

Il n'était pas encore arrivé jusqu'à Miassa que la vague se fracassa avec rage à quelques centimètres des hommes et femmes restés en première ligne. L'eau n'alla pas plus loin. Elle s'arrêta net sur cette paroi presque invisible et monta très rapidement en dessinant un dôme qui, en seulement une poignée de minutes, finit par recouvrir totalement la cité. L'eau salée et tous ses micro-organismes apportèrent les derniers éléments utiles à la solidification de la muraille si bien que très vite, quand les sentinelles les plus haut placées furent à leur tour recouvertes par le phénomène, toutes purent interrompre leur transe fédératrice.

Entre elles transitait un courant énergétique riche permettant la solidification d'une fine couche d'eau de mer constituant le Brihel. Avec le concours des algues et autres micro-organismes naturellement présents dans leur environnement proche, les érinites synthétisaient les particules gélifiantes en une texture fibreuse complètement imperméable. De l'une à l'autre des sentinelles était tissé ce rempart mi-aqueux mi-solide de quelques millimètres d'épaisseur qui englobait littéralement la cité. Du sol rocheux aux hauteurs arborées, l'ensemble d'Érinis, la ville engloutie, était ainsi préservé du courroux de Llyréis, l'esprit océan.

Les frontières de la citadelle dessinaient à présent un arc de cercle au-dessus de celle-ci, comme une coupole invisible qui recouvrait arbres, rochers et habitations. À intervalles réguliers, ceux que l'on appelait les "sentinelles" occupaient des postes clefs, assurant par leur seule présence le relais du flux d'énergie qui entourait la paisible cité. La fine membrane, ou "Brihel", formait une barrière infranchissable pour les eaux tumultueuses du grand océan, et assurait la prospérité du peuple érinite.

Le rituel avait lieu tous les jours, chaque fois que l'océan se sentait appelé par Éloan. Entre l'attraction de cette lune massive toute proche et la croûte continentale qui s'enfonçait en pente douce dans l'océan, la vitesse de la marée était spectaculaire. Pour accentuer le phénomène, la ville avait été bâtie au creux d'un escarpement de plusieurs kilomètres de rayon, ce qui impliquait que l'eau s'y engouffrait jusqu'à le remplir totalement. L'endroit n'avait pas été choisi par hasard et les érinites ne subissaient nullement la montée soudaine de l'océan. En effet, comme la poignée d'autres clans existant sur la planète, ils avaient fait le choix de bâtir leur cité à cet endroit précis, pour rester à la fois cachés et protégés des prédateurs extérieurs. C'était bien une fois la ville engloutie que les esprits pouvaient se détendre et vaquer sereinement à d'autres occupations que celle de la défense de leurs vies.

***

Petite planète luxuriante, Anamets était recouverte à 50 % d'eau et, lors des grandes marées, son aspect changeait du tout au tout. Effectivement, l'océan gagnait sur la plupart des plaines et seuls les rares reliefs étaient épargnés. L'écosystème s'était adapté admirablement puisque les espèces végétales trouvaient leur subsistance à la fois dans le milieu marin et, quand l'eau salée se retirait, dans les sédiments apportés par les rivières des montagnes. La richesse du sol assurait donc un renouvellement constant des forêts originelles, habitat naturel de multiples espèces animales.

Le climat tropical engendrait une faune et une flore particulièrement hostiles pour les érinites. Il n'y avait guère que sous la surface qu'ils pouvaient retrouver un peu de fraîcheur et de tranquillité. La population était peu nombreuse, et il en était de même dans les quelques autres cités similaires. Les habitants en partageaient chaque parcelle qu'ils exploitaient pour l'agriculture. Légumes et arbres fruitiers, graines, noix ou racines, une nourriture riche et variée abondait en toute saison. Les hauteurs d'Érinis elles-mêmes étaient mises à profit, et les rizières aménagées en terrasses ovoïdes retenaient l'eau de pluie qui abondait à marée basse. Au-delà du Brihel, la pêche et la chasse sous-marine apportaient suffisamment de poisson pour couvrir les besoins de la population. En effet, la vie foisonnait sur les récifs, les érinites se contentaient d'y prélever le strict nécessaire.

À l'image de l'écosystème tout entier, ils s'étaient formidablement adaptés à cet environnement rythmé par les flots. Très tôt, ils avaient acquis des compétences de marins et de pêcheurs hors pair. Toutefois, l'adaptation ne s'arrêtait pas là, car l'évolution naturelle avait fait son œuvre en dotant l'espèce d'un attribut on ne peut plus commode pour ce peuple des mers. À la nuit tombée, alors que la lumière de la lune perçait difficilement l'épaisse voûte bleutée et éclairait à peine le point culminant de la ville engloutie, certains érinites franchissaient le Brihel et mettaient à profit leurs précieuses branchies pour aller chasser.

À l'image de la muraille qui laissait passer l'oxygène contenu dans l'eau de mer et permettait à la cité de ne pas suffoquer sous la masse liquide, chaque habitant était pourvu d'ouvertures destinées à filtrer l'eau de son élément le plus précieux. De part et d'autre de leur larynx, de nombreuses membranes mobiles mettaient en relation l'eau et son oxygène avec le système sanguin si bien que, parfaitement capable de respirer sous l'eau, les érinites s'aventuraient sans problème dans le sombre océan.

S'ils avaient tissé avec Llyréis des liens étroits, ils ne demeuraient pas moins conscients des risques encourus lors des chasses nocturnes et sortaient toujours en groupe. Les grands prédateurs marins avaient vite fait de s'intéresser à un chasseur isolé – dont la lenteur de progression en faisait une proie facile –, mais se détournaient le plus souvent d'une formation de quatre ou cinq bipèdes amphibies. Les premiers massifs coralliens n'étaient pas tout près, mieux valait être prudents.

***

Miassa resta quelques instants sur la roche plate où elle s'était assise en tailleur quelques instants plus tôt. À quelques centimètres de la paroi translucide, les mains posées derrière elle et la tête basculée vers le plafond éphémère, elle s'amusait en observant les poissons nager le long du Brihel, à moitié dérangés par cet obstacle. Les spécimens adultes en connaissaient la nature et ne s'aventuraient pas trop près, mais il arrivait que les plus jeunes passent au travers. Un coup de nageoire caudale trop puissant les propulsait au sec si bien qu'ils tombaient tout droit sur le sol d'Érinis. Ceux qui pouvaient être sauvés étaient réintroduits délicatement dans leur milieu d'origine et les autres, bien que très rares, venaient approvisionner les buffets collectifs.

La jeune érinite essayait de percevoir la forme de la lune, astre jaunâtre gigantesque qui planait au-dessus de la cité, mais il y avait encore une dizaine de mètres d'eau au-dessus de sa tête. En se redressant, Miassa fit glisser l'extrémité de ses doigts sur la surface douce et gluante du Brihel, et esquissa un sourire.

En contrebas, elle observa les chasseurs munis de leurs lances aiguisées, de paniers en liane de badioc tressées et, pour certains, de petites arbalètes absolument novatrices. Ils passèrent à travers cette frontière et commencèrent à flotter sous la faible gravité du milieu aqueux. Le Brihel n'était une barrière que pour l'eau. Miassa en connaissait parfaitement la nature puisqu'elle contribuait souvent à son érection, mais elle n'avait de cesse de s'en émerveiller. Les aventuriers nocturnes disparurent dans l'obscurité.

Les érinites, hommes comme femmes, avaient tous un rôle à assumer dans l'organisation de la cité. Dès l'enfance, les prédispositions de chaque individu le destinaient à telle ou telle fonction. Ainsi, Miassa et ses partenaires étaient plus aptes à construire le Brihel que d'autres. Les meilleurs nageurs et ceux dotés d'une vue perçante étaient privilégiés pour la chasse sous-marine. Nombre d'individus, plus terriens, possédaient un sens aigu de l'agriculture et des végétaux.

Une atrophie partielle de ses branchies contraignait Miassa à une vie plus terrienne. Lorsqu'elle sortait en mer pour aller ramasser les coquillages dans les parcs situés à proximité d'Érinis, elle s'essoufflait très vite et devait ménager ses efforts. Cela ne la dérangeait pas puisqu'elle trouvait dans sa tâche principale une absolue satisfaction. Effectivement, la solidité du Brihel était l'élément indispensable à la survie de son peuple et les capacités psychiques de la jeune femme ainsi que sa constitution chimique en faisaient l'une de meilleures sentinelles. C'est pourquoi elle avait souvent l'opportunité de coordonner l'édification du rempart, en s'unissant mentalement à ses semblables et en impulsant les premières gélifications. Elle restait leur égale puisqu'aucun érinite ne prenait jamais l'ascendant sur les autres, mais tous savaient qu'elle représentait un pilier sur lequel ils pouvaient compter.

Le chant entonné plus tôt résonnait encore sous le dôme quand la centaine de sentinelles se leva et se dispersa en regagnant la ville. Une fois de plus, le Brihel était solide, la qualité des connexions psychiques entre ses architectes conditionnait sa fiabilité, Érinis pouvait dormir paisiblement.

Miassa descendit les marches taillées dans la roche calcaire. Ses bras se balançaient négligemment sur ses hanches généreuses et ses petits seins galbés bougeaient au rythme de ses pas. Dans la nuit, sa peau brune semblait presque noire et ses cheveux, blondis par l'action conjointe du sel et du soleil, marquaient un contraste saisissant.

À l'approche d'une sentinelle masculine, elle baissa la tête timidement. Diméo avait pris son temps pour se relever et regagner les rues de la ville, attendant la jeune femme qu'il ne se lassait jamais de contempler. Lorsqu'ils furent presque côte à côte, il la salua poliment, n'attendant comme d'habitude aucune réaction de la part de Miassa. Comme deux petites lucioles effarouchées, les lueurs de ses yeux émeraude s'abaissèrent. Elle laissa échapper un sourire qu'il prit pour une réponse furtive, puis elle se faufila dans une ruelle albâtre.

Miassa parlait peu. Malgré un don inné pour la liaison chimique nécessaire au Brihel, le reste de ses relations sociales était très mince.

Elle savait ce que les hommes lui trouvaient et comprenait très bien le rôle des femmes dans la continuité de la vie. Son ventre était nécessaire à la communauté, au même titre que ses chants et ses danses. Ce n'est pas que Diméo ne lui plaisait pas, au contraire, elle partageait avec lui plus de connexions chimiques qu'avec aucun autre érinite. Et puis, il était solidement bâti, intelligent et savait communiquer avec les animaux terrestres. Malgré une attirance dont ils avaient tous les deux conscience, Miassa s'était toujours évertuée à ne pas céder à la tentation délicate des bras de cet homme. Elle savait que ça lui plairait, qu'elle y prendrait goût et finirait par se complaire dans la vie qu'Érinis avait choisie pour elle.

Elle se méfiait de tout cela car elle aspirait à une vie différente, à quelque chose de plus grand, au-delà des murs protecteurs de sa cité natale.

La découverte des Terres Émergées d'Anamets, bien que très dangereuse, l'avait convaincue dans sa quête d'une destinée plus profonde. Elle aimait sa vie bien sûr, et avait pleinement conscience de la chance qu'était la sienne d'appartenir à un peuple aussi doux, proche de la nature et respectueux de toute chose sur sa planète. Cependant, elle voulait croire qu'un destin alternatif l'attendait quelque part. Elle avait toujours eu ce sentiment, plus ou moins enfoui selon les périodes de sa vie, qu'un jour un évènement l'extrairait de la routine sécuritaire d'Érinis. Elle se préservait pour cela, ne s'autorisant que peu d'attache au sein de la communauté, mais cultivant un goût particulièrement prononcé pour les choses de l'extérieur.

***

Les Terres Émergées connaissaient bien des déluges qui alimentaient sa végétation, mais les érinites les nommaient ainsi car même lors des grandes marées, l'océan n'arrivait pas jusqu'à elles. Il s'agissait des reliefs les plus hauts où se repliaient et pullulaient les animaux terrestres. Bien que dans les contes populaires ces terres soient synonymes de férocité et de dangers divers, les érinites y trouvaient une alimentation abondante et s'y risquaient presque quotidiennement. Dans ces endroits, les accidents étaient bien plus fréquents que lors des chasses en haute mer, mais certains individus, à l'image de Miassa et Diméo, avaient plus d'affinité avec le monde terrestre et savaient en déceler les risques.

Pour les érinites, cette connexion avec la nature leur venait des Dieux, ou plutôt des esprits élémentaires. Tout comme le puissant océan manifestait ses bienfaits autant que son courroux par l'esprit de Llyréis, la forêt, la montagne, le vent, la lune et le soleil échangeaient avec eux par le biais d'esprits personnifiés. Au fil du temps, la population avait appris à écouter, ressentir et interpréter les signes de leur environnement, à s'y fier comme à s'en méfier.

Ainsi, Bélèn et Bélis étaient les deux esprits solaires, l'un masculin, l'autre féminin, complémentaires et fertiles. Nanto, à la fois lié aux vallées découvertes à marée basse et aux cours d'eau coulant sur les Terres Émergées, était l'esprit antagoniste de Llyréis. L'esprit du vent, Taràn, était plus largement craint des habitants de la cité engloutie puisque lié aux ouragans et aux forts courants qui fragilisaient le Brihel.

Les individus les plus "terrestres" jouissaient donc d'une liaison particulière avec Sukèl, esprit de la forêt, qui pouvait soit les protéger, soit les conduire dans l'au-delà, selon le degré d'écoute des aventuriers. Depuis l'enfance, Miassa s'était appliquée à entretenir ce lien psychique et chimique avec le gardien des Terres Émergées, interprétant chaque signe, chaque craquement d'écorce, vibration de racine ou bruissement de feuillage pour trouver son chemin. Elle avait appris à coller sa peau contre les arbres centenaires pour communier avec Sukèl, à enfouir ses pieds dans la terre de Danu, la déesse fertile, pour savoir si un danger menaçait. Elle parvenait toujours à trouver le gibier ou les plantes comestibles, en évitant les animaux venimeux et autres pièges sauvages. Lors des nombreuses expéditions qu'elle avait pu diriger, Miassa n'avait jamais eu à déplorer la moindre perte, on lui faisait confiance.

À la fois sentinelle et éclaireuse, elle était la seule à avoir atteint un tel degré de communion dans deux secteurs de la vie des érinites, l'érection du Brihel et la connaissance des Terres Émergées. Cela faisait d'elle un être exceptionnel.

Cette coexistence étroite avec leur environnement impliquait pour les érinites de respecter toutes les espèces présentes sur leur planète, de la plus petite et inoffensive au prédateur le plus dangereux. Les croyances des anciens leur inculquaient aujourd'hui encore de vivre en harmonie avec la nature sans en bouleverser les mécanismes. Par conséquent, tous œuvraient pour leur subsistance en minimisant leur impact sur l'écosystème.

Ils tiraient une grande satisfaction des "liaisons" particulières qui les unissaient à cette nature si précieuse. Cette spiritualité, comme celle qui cimentait les rapports intracommunautaires, était le bien le plus précieux de la civilisation érinite, ce qui assurait sa survie.

Avec les plantes, les animaux et les éléments de la même façon qu'entre les habitants, il existait une connexion chimique intense, un réseau invisible de particules, phéromones et substances communicantes. Grâce à elles, les individus les plus sensibles parvenaient à ressentir les autres êtres vivants, souvent même jusqu'à leurs pensées. C'est précisément cette osmose chimico-psychique qui rendait la création et la stabilité du Brihel possibles. Il existait une école de sentinelles où les enfants prédisposés à cette fonction renforçaient leurs capacités et apprenaient à entrer en communion les uns avec les autres. La gélification du dôme protecteur devant être parfaitement orchestrée, ses architectes travaillaient avec synchronisation et unité, comme un seul et même esprit.

C'est là que résidait la force du peuple érinite.

La cité d'Érinis, recouverte par les eaux la moitié du temps, était de taille modeste et ne comptait pas plus de deux mille âmes. Des grottes aménagées et taillées dans la roche calcaire parsemaient la petite falaise. Autour de cette dernière, des chemins permettaient d'accéder aux logements collectifs où chaque famille partageait un espace restreint. Seuls des tapis d'algues et de feuilles palmées, remplacées régulièrement, y apportaient un côté douillet. En effet, la population se contentait d'y dormir et vivait davantage dans la ville.

Plusieurs grands espaces situés au pied de la masse rocheuse servaient de places communes où les repas étaient pris en groupe, en partageant le fruit de la pêche et des cueillettes. On y contait aussi, lors des veillées, les origines d'Anamets, la rencontre entre Bélèn et Bélis et les histoires de chasse que rapportaient les nageurs. Parfois, on évoquait les rares rencontres avec les éclaireurs d'autres cités. De ce qu'on savait, il existait une poignée d'autres villes englouties et toutes avaient le même mode de vie.

La population se satisfaisait de peu de chose et grâce à sa richesse spirituelle, vivait heureuse.

« La nature, pour être commandée, doit être obéie. »
Francis Bacon

« La nature est ce que nous savons sans avoir l'art de l'exprimer. »
Emily Dickinson

## Galéa, Ville de Magnépolis, Commandement Central
## An 5023, jour du 2ème équinoxe

Les premiers rayons du soleil s'élevaient au-dessus du plancher nuageux. La ouate délicate jusque-là teintée de bleus et roses pastel retrouva en quelques secondes son blanc irisé de gris.

Tel un joyau étincelant, Magnépolis planait au-dessus de ce tapis onctueux. La structure cristalline de cette gigantesque mégalopole reflétait les rayons du soleil à la manière d'un diamant brut, à la fois brillante et opaque.

Dans la salle de commande, Syrius était l'un des opérateurs chargés des panneaux de contrôle. Devant lui, des dizaines de touches rectangulaires, lumineuses pour certaines et imprimées d'un symbole, commandaient les réflecteurs solaires. À ce poste, il avait la charge de réorienter la myriade de panneaux translucides à mesure que l'orientation du soleil changeait. Bien sûr il pouvait programmer la variation de leur inclinaison en fonction de la course du soleil au fil de la journée, mais il était nécessaire d'effectuer certaines corrections en temps réel.

Il s'agissait de détourner l'intense lumière de chaque zone de la ville, de sorte qu'elle n'aveugle pas ses habitants et que l'air ambiant ne devienne pas trop étouffant. Pour une agglomération entièrement conçue en magnésite et en quartz, la gestion des rayons solaires était d'une importance majeure. Les réflecteurs eux-mêmes étaient de grandes plaques d'une dizaine de mètres de côté que Syrius s'appliquait à faire pivoter sur un axe vertical. Sculptés dans le minéral, ces milliers de panneaux reflétaient le soleil vers l'extérieur et atténuaient sa clarté à l'intérieur. Des capteurs disséminés dans chaque recoin de la grande Magnépolis indiquaient à Syrius et à ses partenaires l'intensité lumineuse et la température, en les comparant aux niveaux maximum requis, et ce pour chaque quartier, chaque place et chaque boulevard. Ainsi, en observant les écrans situés au-dessus de leur poste de travail, ils réajustaient les réglages pour le plus grand confort des citoyens.

Si la fonction de Syrius était d'une importance majeure, elle n'était rien à côté de celle des pilotes de la ville flottante. Aux commandes des générateurs d'ondes magnétiques, la dizaine d'ingénieurs avait la responsabilité de plus de cinq millions d'âmes athéléennes. La puissance devait être précise à la nanopression près pour équilibrer la structure massive dans le ciel.

Les cristaux de magnésite et de quartz avaient été choisis pour leur capacité à retenir l'énergie cinétique impulsée par les turbines. L'efficacité des minéraux dans la propagation des ondes permettait donc de maintenir Magnépolis en lévitation avec un minimum de puissance, mais aussi d'autoalimenter les réacteurs. Ainsi, le mécanisme antigravitationnel fonctionnait en flux continu à l'intérieur même des cristaux. Le sol, les murs et les bâtiments, construits avec ce même matériau, propageaient uniformément le champ magnétique porteur qui se suffisait à lui-même.

Pour déplacer l'énorme volume dans les airs, les pilotes lançaient des réacteurs similaires situés tout autour de la ville. Une petite impulsion suffisait à la faire se mouvoir dans un glissement silencieux.

Cela n'était qu'un aperçu de la technologie des athéléens.

***

À la fin de son quart, comme il l'avait promis à son fils unique, l'opérateur Syrius alla le chercher à l'unité d'enseignement T1 du secteur Omega. Après un rapide passage aux vestiaires pour revêtir ses habits de civil, il emprunta l'un des multiples élévateurs magnétiques qui descendaient de la salle de commande jusqu'au sol de Magnépolis. Comme happé par le cylindre transparent, Syrius se laissa aspirer à grande vitesse et descendit les deux kilomètres qui séparaient la salle de commande du plancher de Magnépolis en un peu moins d'une minute.

Ces tubes cristallins, juste assez larges pour une personne, utilisaient la même technologie de propulsion pour faire descendre et monter les ouvriers, techniciens ou ingénieurs vers le Commandement Central que pour faciliter les déplacements quotidiens de l'ensemble de la population.

L'opérateur s'était habitué à la verticalité de ce moyen de transport ainsi qu'à sa vitesse. La peur du vide était soignée très tôt chez les athéléens, puisque pour se déplacer, ils étaient amenés à s'élever au-dessus du sol assez fréquemment.

Syrius quitta donc le Noyau Central de la mégalopole pour rejoindre le secteur Omega, son quartier résidentiel.

L'élève patientait sur le sol blanchâtre de la grande cour de l'unité d'enseignement T1.

Comme tous les enfants dont un parent œuvrait au Commandement Central, Lyvius bénéficiait d'une affiliation systématique dans la première école de télépathie de son quartier. En moyenne, chaque secteur en comptait une dizaine, classées selon la qualité de leur instruction et de leurs résultats. Ainsi, en plus d'un cursus éducatif classique dans une école également réputée d'Omega, Lyvius apprenait la communication dans l'Unité d'Enseignement en Télépathie n° 1.

Les UET1 de chaque secteur étaient financées par le Noyau Central, qui comptait sur la filiation conservatrice pour assurer la pérennité et la présence d'esprits brillants au sein du Commandement.

À 11 ans, Lyvius avait un cycle d'avance sur les enfants de son âge et s'était révélé très doué pour la communication extra-sensorielle. En effet, il devançait ses camarades de classe, pourtant plus âgés que lui, dans bien des domaines. Il maîtrisait non seulement le dialogue par télépathie – mode exclusif de communication des athéléens – mais savait aussi comment pénétrer l'esprit de ses semblables et lire leurs pensées.

Le jeune garçon était tellement à l'aise avec les rouages de l'intellect ainsi que les propriétés physiques et chimiques du cerveau qu'il commençait à développer ses capacités de persuasion, chose qui nécessitait d'ordinaire plusieurs décennies d'apprentissage. Sa précocité en la matière engendrait bien des jalousies et son père avait eu beaucoup de difficultés à lui faire comprendre les risques que cela induisait. Lui seul avait connaissance du potentiel de son fils. À l'UET, Lyvius se contentait donc d'obéir aux consignes des professeurs et exerçait ses capacités dans la plus grande discrétion.

La silhouette allongée de Syrius filait à toute vitesse dans les boyaux transparents qui parcouraient la ville. Ralentissant à l'approche des virages et laissant s'écouler le trafic des autres citoyens, l'homme progressait, les pieds vers l'avant, en se laissant bercer par le ronronnement silencieux du champ magnétique.

Sa combinaison bleu marine, ultra légère et moulante, lui faisait comme une seconde peau, laissant apparaître une ossature et des muscles très fins qui accentuaient l'apparence filiforme propre à son espèce.

***

Axée sur la technologie et le savoir, la culture athéléenne n'entretenait aucunement le culte du corps. Au contraire, la légèreté et l'économie d'effort étaient privilégiées. De cette façon, la population s'était sculpté un physique d'apparence fragile dont seuls les muscles moteurs étaient entretenus. Leur qualité de bipède les incitait à tonifier leurs membres inférieurs ainsi que les muscles profonds de la colonne vertébrale.

Les habitants de Magnépolis s'approvisionnaient en nourriture à la surface de Galéa. Les cultures intensives et autorégulées leur fournissaient fruits, légumes, céréales et viandes que les "fermiers" descendaient récolter régulièrement. Chaque portion alimentaire que les athéléens ingurgitaient était savamment calculée, pensée en fonction de chaque individu, de ses besoins et des demandes spécifiques du poste qu'il occupait.

Leur posture comme leur santé globale étaient en tous points parfaites.

Au fil des ans, les arts divinatoires s'étaient faits oubliés au profit d'une croyance de plus en plus puissante, celle du savoir. Les divinités ancestrales, passées de plusieurs dizaines à une seule, avaient progressivement disparues pour laisser la place à un culte de la science presque obsessionnel. Le monothéisme encore en vigueur au siècle précédent avait même fini par s'éteindre. Désormais, la foi allait dans l'éducation car on avait compris toute l'importance du savoir scientifique dans l'avenir de l'espèce. Le quotidien des athéléens, habitants de la première et unique ville volante, s'articulait donc autour de l'éducation, de la recherche et développement et de la création de nouvelles technologies.

Depuis l'innovation majeure de magnéto-propulsion, d'autres inventions avaient vu le jour. La pollution n'était plus un problème puisque toutes les matières plastiques avaient été supprimées. Les emballages divers, de matériel comme de nourriture, étaient constitués de membranes organiques totalement recyclables et remodelables. Les filtres utilisés pour purifier l'atmosphère close de Magnépolis employaient des fibres végétales de synthèse et copiaient la nature à la perfection. Tout comme les arbres traitent le gaz carbonique et réintroduisent de l'oxygène sain dans l'air, les filtres modernes assuraient le renouvellement constant d'une atmosphère respirable. L'eau de pluie était elle aussi captée et traitée, les déchets organiques servaient à nourrir les cultures sur Galéa, les athéléens se lavaient non-plus avec de l'eau et du savon mais à l'aide de la technologie d'ondes pulsées, une prouesse technique qui faisait gagner un temps considérable.

Afin que les esprits les plus brillants puissent mettre au point de tels procédés, c'est l'ensemble de la population qui était stimulé dans ce sens. Les ateliers d'expériences scientifiques étaient ouverts à tous et récompensaient les plus productifs, ceux qui obtenaient les meilleurs résultats.

De la même façon, il y avait un vrai savoir collectif, une richesse scientifique partagée par chacun et consultable dans les nombreuse scientotèques publiques. Personne n'ignorait les processus naturels tels que la fusion, les courants éoliens et marins, les nutriments nécessaires à la croissance des espèces vivantes ou l'astrologie. Par dessus tout, le fonctionnement des machines moderne n'était un secret pour personne, on s'attachait à comprendre la technologie existante pour anticiper et créer au mieux celle du futur.

La société athéléenne était composée de multiples castes, relativement égalitaires mais disposant de certains privilèges en fonction de leurs rôle dans la société. Ainsi, les familles appartenant aux quelques ingénieurs, pilotes ou techniciens travaillant dans le Noyau Central occupaient les quartiers les plus aérés en matière d'architecture. On y voyait plus de bâtiments individuels que dans les quartiers moins prioritaires où les étroites tours d'une centaine d'étages accueillaient d'innombrables familles.

Celles-ci occupaient une fonction jugée moins importante par le registre du Noyau Central, comme par exemple et par ordre décroissant, fermiers, réparateurs des canaux de transport intra-urbain, ouvriers sur chaîne d'assemblage, polisseurs de cristaux, agents de propreté, etc. On comprenait aisément que les professeurs – éducateurs télépathes en tête –, chimistes, biologistes, astronomes et autres scientifiques habitent dans les quartiers dits “intermédiaires”.

Les différents niveaux d’avantages accordés suivant la caste d’appartenance ne touchaient que les éléments de l’ordre du confort, l’espace de vie et les loisirs. Pour tout ce qui concernait la nourriture, l’hygiène ou les lois intracommunautaires, chaque caste bénéficiait du même régime.

La criminalité était presque inexistante à Magnépolis et si un acte violent était perpétré, quel qu’il soit, son auteur risquait le bannissement de la ville. Les cristaux eux-mêmes avaient l’avantage de générer des forces apaisantes qui détendaient aussi bien les muscles que le cerveau, libérant ainsi une capacité cérébrale capable de s’exprimer au mieux de son potentiel.

***

Syrius ne mit pas longtemps à parcourir les douze kilomètres qui séparaient le Commandement Central du secteur Omega.

Il entendit son fils avant même de le voir. À peine était-il arrivé devant l’école qu’il ressentît l’enthousiasme de Lyvius qui venait à sa rencontre. Dans sa tête, la voix de son fils exprima son impatience de descendre sur la terre ferme. Syrius lui avait promis de l’emmener visiter ces terres pleines de mystères et de beautés.

Les yeux d’un vert intense que le petit garçon posa sur son père appuyèrent davantage les mots qu’il lui transmettait par la pensée. Ses cheveux noirs, soigneusement désorganisés et coiffés en bataille le grandissaient, il avait quelque chose d'étonnement mature. On aurait dit un adulte miniature.

Même si Lyvius avait “emprunté” à son père ainsi qu’à certains de ses camarades ou professeurs leurs souvenirs de Galéa, et que de nombreuses images lui permettaient d’alimenter son imaginaire, il lui tardait de découvrir cela de ses propres yeux. Pour la première fois, il allait avoir l’opportunité de sentir les parfums de la nature, d’observer ses couleurs si variées et peut-être, qui sait, de rencontrer des animaux sauvages. Cela le changerait de la monochromie et de l’atmosphère aseptisée de Magnépolis.

Depuis la magnétisation et le décollage de la ville géante vingt ans auparavant, l'essentiel de la vie des athéléens se déroulait en son sein. L'environnement originel avait été jugé trop dangereux car chargé en germes pathogènes et maladies diverses. C'est pourquoi, au nom de la sécurité et de l'avenir, les dirigeants avaient fait le choix de s'éloigner de la nature – littéralement comme spirituellement – et de vivre de manière isolée dans le ciel. Seuls les élevages et les cultures les rattachaient encore à leur planète, et même ceux-ci étaient scientifiquement raisonnés, clos et gérés par des machines.

Les sorties hors de la ville n'étaient pas interdites mais soumises à des contrôles draconiens.

Comme son père avait bénéficié d'une autorisation d'atterrissage, Lyvius comptait bien en profiter et faire un maximum de choses une fois en bas. Tous deux parcoururent les quelques centaines de mètres de voie piétonne en silence, échangeant dans leur tête et débattant du programme de l'expédition.

Les larges rues de Magnépolis étaient calmes. Malgré la foule qui s'y pressait en ce milieu d'après-midi, le silence régnait et laissait s'exprimer l'habituelle vibration magnétique, continue et régulière.

Dans la culture athéléenne, les bruits de toute sorte comme le désordre étaient évités, considérés comme parasites pour la paix de l'esprit et la concentration. Le savoir et les performances cérébrales ne pouvaient se conjuguer avec un environnement mouvementé. Ainsi, à l'image du système de propulsion de la ville elle-même, du réseau tubulaire des moyens de transport et du mode de communication télépathique, tout était pensé et conçu pour maintenir un environnement calme, créateur de sérénité.

C'est dans cette atmosphère que Syrius et Lyvius rejoignirent la station de modules terrestres la plus proche pour embarquer dans l'un d'eux.

À l'entrée du bâtiment taillé dans le quartz, le père présenta son poignet devant un lecteur biométrique. L'implant sous-cutané fournit immédiatement l'autorisation d'atterrissage à la machine et les portes luisantes s'ouvrirent devant les yeux ébahis de l'enfant. Une fois à l'intérieur, ils se virent affecté le module réservé pour eux par la compagnie de transport, et l'agent chargé de l'aiguillage les aida à y prendre place.

Lyvius assénait des dizaines de questions mentales à son père pendant que ce dernier prenait les consignes de l'aiguilleur. Au passage, l'enfant glana dans la tête de ce dernier quelques informations sur les conditions météorologiques, sa fonction semblait passionnante.

Lorsque l'unique porte verticale se referma, le module orbiculaire conçu pour un maximum de quatre personnes se mit à vibrer imperceptiblement. En quelques secondes, la vibration se transforma en un rugissement étouffé, comme une soufflerie accrochée sous le plancher de la navette. Syrius pressa un bouton et le sas circulaire du quai de lancement s'ouvrit sous leurs pieds. Une autre touche et l'aimant qui retenait jusque-là le module abandonna ce dernier à la gravité.

Le voyage commençait…

Au son et aux vibrations différentes de ce qu'il avait pu ressentir dans les cristaux qui constituaient la ville, l'enfant comprit tout de suite que l'engin avait son propre moteur.

Son père expliqua à Lyvius que chaque module possédait un générateur de champ magnétique, similaire à ceux qui maintenaient Magnépolis en lévitation mais miniaturisé. Sous le fuselage, un petit réacteur créait une puissante force antigravitationnelle qui limitait la vitesse de chute de l'appareil. À mesure qu'il se rapprocherait du sol, sa puissance augmenterait pour freiner sa course et le faire atterrir en douceur.

L'excitation de Lyvius était à son comble.

« Ce n'est pas dans la science qu'est le bonheur, mais dans l'acquisition de la science. »
Edgar Allan Poe

« C'est une bonne drogue que la science ; mais nulle drogue n'est assez forte pour se préserver sans altération et corruption. »
Michel de Montaigne

## Neït, Terre Australe, Arène de Célébration de Behdet
## 9ème lune du 623ème cycle

Comme à chaque fois, le faste de la cérémonie enchantait spectateurs et convives.

Tous avaient droit à leur part. Dans les gradins, des mâles neïts plus grands et plus forts que la moyenne portaient des jarres et des paniers chargés de victuailles. La distribution s'effectuait dans l'ordre, sans aucune bousculade car la population savait ce qu'il lui coûterait de créer la moindre perturbation. Puisqu'il s'agissait d'une célébration exceptionnelle, le public avait droit à une soupe à la volaille accompagnée de pain, le Commandeur aimait se montrer généreux.

Non seulement l'initiation des meilleurs jeunes guerriers s'achevait mais le fils de Sobek tenait le premier rôle. Tous les yeux étaient braqués sur lui. Pressenti pour succéder à son père, Tetki avait pris soin d'arborer un large bracelet en cuir portant le sigle du clan Klyos. Avec sa jupe ocre habilement attachée et son torse luisant, il était reconnaissable entre mille, même pour les spectateurs situés au plus haut des arènes.

La vingtaine de "diplômés" occupait le centre de la fosse, accompagnée de leurs parents et, pour certains, de leur précepteur. Hank se tenait donc à côté de Tetki, fier du travail accompli et portant sur son élève un regard protecteur. Lui ne s'était pas changé et portait toujours l'écharpe distinctive du Maître d'armes.

Les acclamations de la foule cessèrent lorsque la rangée de cors sonna l'entrée du Commandeur. Au moment où il franchit les gigantesques portes cuivrées, Sobek aperçu son ami et, de loin, lui lança un sourire amical emprunt de fierté. Entouré de son escorte personnelle, le Commandeur marcha jusqu'au buffet et au siège disposés là pour l'occasion, saluant la foule qui scandait son nom de part et d'autre. La poussière de l'arène se soulevait à chacun de ses pas tandis que Tetki attendait encore un regard de la part de son père. Sobek finit par prendre place dans son siège pendant que ses gardes se répartissaient le long de l'enceinte circulaire.

Tous les habitants connaissaient le cérémonial, ils firent à nouveau silence. Face aux vainqueurs des épreuves initiatiques, le Commandeur leva les bras en signe de reconnaissance et, dans le dialecte neït un peu guttural, déclara :

— Bienvenue !

Sa voix puissante, paternaliste et amusée, résonna brièvement avant que le public s'emballe à nouveau.

Les adolescents entraient à présent dans le monde des adultes et auraient dorénavant le droit de prendre la parole lors des assemblées communes. Ils pourraient enfin lancer et relever des défis, combattre pour imposer leurs idées. Dans quelques instants, ils seraient citoyens à part entière.

Les jeunes mâles s'avancèrent vers le Commandeur en laissant leurs proches derrière eux. À une distance respectable de leur "chef", ils joignirent leurs pieds et posèrent le poing sur la poitrine. À nouveau, le silence gagna les gradins.

— Nous jurons fidélité et respect à la dynastie Klyos et à son plus grand guerrier, Sobek ! Puisse ton commandement se poursuivre et ton bras guider nos épées vers la perfection de notre art. Je vis pour le combat, je vis pour la gloire. Longue vie au clan Klyos ! achevèrent-ils avant de pousser un hurlement de rage.

La synchronisation parfaite de leurs mots indiquait qu'ils avaient répété la cérémonie. Ils restèrent immobiles en attendant la réponse du Commandeur.

Ce dernier se leva et marcha lentement vers eux. Sa peau marquée par les cycles, ses cheveux gris et sa carrure encore robuste imposaient le respect. Son visage souriant et ouvert montrait bien que ce spectacle l'amusait et qu'il s'y prêtait volontiers.

Vingt femelles toutes plus belles les unes que les autres apparurent par une petite porte, au fond de l'arène. Leurs robes blanches coupées à mi-cuisse se détachaient largement sur le sol sombre de l'amphithéâtre, on ne voyait plus qu'elles. De leurs deux mains, elles soutenaient chacune un plateau brillant sur lequel était pliée une étoffe rouge. D'un pas rapide, elles vinrent à leur tour former une ligne en se plaçant face aux jeunes guerriers. Droites comme des I et fières d'avoir un rôle à jouer dans la cérémonie, elles ne manquèrent pas de contempler les corps vigoureux des jeunes adultes qu'elles s'apprêtaient à honorer.

À tour de rôle, Sobek décora chacun des guerriers en s'emparant de l'écharpe rouge et en habillant lui-même ses subordonnés. Il posa sa main sur les vingt épaules en murmurant quelques mots que le public ne put entendre. À chaque fois qu'il confiait la précieuse étole écarlate à l'un des combattants, les applaudissements et les cris redoublaient.

Arrivé au vingtième jeune mâle, le Commandeur sembla prendre son temps. Le vacarme retomba un peu. En vérité, toute l'assemblée attendait ce moment. Face à face, Sobek et Tetki, le père et le fils, prirent quelques secondes pour plonger leurs regards l'un dans l'autre. Le premier constata toute la fougue et la détermination qui animait son héritier, et le second distingua la satisfaction nuancée de soulagement de son géniteur. Le Commandeur plaça l'écharpe avec soin sur l'épaule de son fils, hésita un court instant, et le prit énergiquement dans ses bras.

La foule en liesse, tapant du pied, sifflant et hurlant de toutes ses forces, fit retentir toute son admiration et sa joie pour cette célébration rarissime. La colonne des guerriers, dont les poitrines étaient uniformément barrées d'un large bandeau rouge, s'était elle-même tournée vers le duo et l'applaudissait avec respect.

L'évènement était suffisamment rare pour être célébré. Ce n'était que la deuxième fois qu'un Commandeur remettait personnellement à son fils son grade de guerrier. Vingt cycles plus tôt, Sobek l'avait lui aussi reçu des mains de son père, la dynastie Klyos perdurait.

En ce jour d'éclipse, on ne fêtait plus l'entrée des adolescents dans l'âge adulte mais bien la filiation dont les habitants de Behdet étaient si fiers.

Tout de suite après que son père l'eut libéré, Tetki descendit de la petite estrade en sautant et courut jusqu'au centre de la piste. Transcendé par le bruit ambiant, il ramassa une poignée de terre sablonneuse et sortit une dague étincelante de l'étui accroché à sa ceinture.

Silence à nouveau.

Sans quitter son père des yeux, le jeune adulte plaça sa lame au creux de sa paume et d'un coup sec, mêla son sang à la terre de Behdet.

Les acclamations reprirent aussitôt.

Par ce geste et en s'agenouillant, Tetki venait de sceller ce qui le liait déjà à sa famille, à son peuple. Le Commandeur reçut ce signe d'allégeance avec une émotion qu'il dut réprimer aussitôt. Cela n'était pas prévu au programme de la cérémonie, son fils était donc capable de le surprendre.

Après cet acte symbolique, les différents protagonistes présents au cœur de l'arène se mélangèrent à nouveau. Sous les yeux attentifs de la population, parents et précepteurs rejoignirent leurs enfants devenus adultes pendant que les jeunes femelles s'affairaient à remplir les coupes. Le Commandeur vint féliciter chaque famille et bien qu'il fut respecté autant que craint, tous s'adressèrent à lui comme à un frère.

— Beau travail, cria-t-il à Hank pour que celui-ci puisse l'entendre.

Les deux amis s'embrassèrent avec virilité et laissèrent éclater des rires de joie.

— Je n'ai jamais douté de lui, confia le Maître d'armes.

— Tu n'avais pas intérêt à douter, répliqua l'autre en faisant référence au risque que courrait Hank en cas d'échec.

— Ah ah ah, vieux frère, tel que tu me vois, je suis mille fois plus soulagé que tu dois l'être.

— Et moi je n'ai jamais douté de toi, lança Sobek en serrant son bras autour du cou massif de son ami. Buvons mes frères ! Célébrons nos guerriers et faisons savoir à tous les clans de Neït qu'ils devront compter avec les puissants Klyos.

L'assemblée joyeuse suivit son Commandeur jusqu'au buffet où ses vingt assistantes devenues serveuses les attendaient. Après que chacun ait reçu une coupe du traditionnel alcool de miel, les jeunes femelles rejoignirent les guerriers dont elles avaient porté l'étole. En levant son calice en direction de la lune, Sobek incita ses administrés à faire de même :

— Trinquons à la réussite de nos enfants ! Montrons à Pehet combien notre sang est puissant, santé !

Ce dernier mot fut prononcé dans un rugissement presque animal, et c'est au moment précis où tous levaient leur bras en direction de l'astre lunaire, dissimulant le soleil, qu'un éclair fendit le ciel.

L'éclipse de Pehet, marquée depuis tant de cycles par les duels politiques, les cérémonies d'Initiation ou encore les départs pour la chasse, revêtit ce jour-là un caractère inédit.

Au cours du cérémonial, l'astre mort avait lentement glissé entre Neït et Atonis, occultant progressivement la lumière de l'astre solaire. Puisque l'évènement était très fréquent, la population y était largement habituée et s'était contentée d'un regard rapide de temps à autre pour voir où en était la progression de la Lune.

Un peu avant que Sobek ordonne à ses concitoyens de trinquer avec lui, les gardes avaient allumé des torches tout autour du mur d'enceinte. La machine était bien rodée de sorte que tout soit en place pour que les protagonistes puissent boire en l'honneur de l'alignement astral et imprégner leurs nouveaux guerriers de la volonté céleste. Rien n'était laissé au hasard.

Malheureusement, le déroulement classique de l'éclipse fut perturbé par un large rayon de lumière bleutée, en provenance du ciel et s'écrasant sur les lointaines Terres Boréales. En à peine une poignée de secondes, le phénomène apparut aux milliers de neïts plongés dans l'obscurité de l'arène de Célébration, et jeta un silence glacial sur les festivités.

Les regards restèrent fixés en direction du nord.

Hank et Sobek se consultèrent, l'air inquiet. Un brouhaha anxieux et étouffé émergea peu à peu de la foule. Les jeunes et délicieuses créatures, toutes de blanc vêtues, se pressèrent contre les épaules et les bustes rassurants des guerriers à qui elles étaient destinées. Le peuple neït était tellement lié et habitué au phénomène récurrent des éclipses que l'incident céleste heurta profondément leurs habitudes. Puisqu'il était parfaitement synchrone avec l'alignement des planètes, ils y virent un signe divin, quelque chose à ne pas prendre à la légère.

— Pehet nous envoie un message, un danger nous menace, hurla une voix parmi les spectateurs.

Aussitôt, la panique gagna ses voisins puis se répandit à l'ensemble des gradins. Des gardes armés embarquèrent le fauteur de trouble mais rien ne put calmer la psychose qui s'emparait progressivement des habitants de Behdet.

— Qu'est-ce que ça pouvait être ? murmura Sobek à Hank qui se tenait à côté de lui, non moins perturbé que le reste de l'assemblée.

— Je crois que tu devrais prendre la parole, lui intima le Maître d'armes.

Après une brève hésitation, le Commandeur fit signe à sa garde personnelle de venir l'entourer. Tandis qu'il reprenait place sur l'estrade centrale et que ses guerriers les plus fidèles adoptaient de nouveau leur formation d'escorte, le mouvement des cuirasses argentées fit taire le public. Les soldats firent retentir l'extrémité de leurs lances sur le sol de façon simultanée et bruyante puis Sobek leva les mains pour s'adresser à ses citoyens :

— N'ayez crainte habitants de Behdet ! Vous êtes en sécurité dans notre cité séculaire. Il ne s'agit sans doute de rien...

— Qu'en sais-tu Sobek, fils d'Anto ? interpela une voix assurée en provenance de la tribune des sénateurs. Pehet t'a-t-elle informé de ses intentions de venir perturber nos festivités ?

— Silence politicien, réprima aussitôt un des gardes situé non loin de là.

— Le droit à la parole est un des apanages de mes pairs et de moi-même il me semble, reprit le mâle en toge blanche en s'adressant au guerrier qui ne sut plus quoi répondre. Qui es-tu Sobek pour juger de ce qui est dangereux ou non ?

— Je suis ton Commandeur, Elkarion, cela devrait te suffire, fit Sobek en haussant quelque peu le ton.

Un grondement de mécontentement dans la tribune sénatoriale fit se lever certains. À l'origine de la discorde, le sénateur Elkarion descendit l'escalier qui menait à l'arène sans se soucier de la milice :

— Tu es notre Commandeur, notre inspiration et notre chef, nous te respectons pour cela. Mais nos lois stipulent que tout citoyen peut, lors d'une assemblée collective, exprimer son avis et ses idées.

Le public dut grogner intérieurement car l'orateur évoquait là un droit auquel le citoyen lambda ne goûtait que très rarement. Même dans le langage neït rugueux et indélicat, les mots du politicien résonnèrent avec élégance et érudition, si bien que nombre de ses auditeurs ne durent pas tout saisir.

— Es-tu prêt à te battre pour tes idées ? fit Sobek sans hésiter tandis que l'autre homme foulait la terre en se rapprochant du podium.

— S'il le faut, oui, et comme chacun de mes frères sénateurs, je suis prêt à mourir pour un sujet d'importance comme ce à quoi nous venons d'assister.

Beaucoup se rassirent.

— Un seul homme ne peut décider de l'importance d'un tel phénomène, quel que soit son prestige. Respect ! conclut Elkarion en plaçant le poing sur sa poitrine, face au Commandeur en signe de défiance.

En très peu de temps, le banquet d'initiation s'était transformé en un débat sur la nature de l'incident. Jovial et amusé quelques minutes plus tôt, Sobek s'en trouva fort contrarié et ne cacha pas son agacement. Il regarda vers Hank avec un soupir contraint et s'assit dans son fauteuil.

— Je t'écoute maître de l'éloquence, exprime ton opinion !

— Nous avons tous été témoins de la même chose, reprit le sénateur, et une manifestation de ce type ne peut pas être prise à la légère, qui plus est lorsqu'elle intervient à ce moment précis du cycle. Ce rayon lumineux semblait venir du ciel, je crois que c'est un signe de Pehet, peut-être nous a-t-elle envoyé quelque chose.

— Tu divagues Elkarion, coupa un autre mâle placé dans une corbeille de notables.

— Présente-toi ! somma un soldat de l'escorte personnelle du Commandeur.

— Je suis Trétor troisième, forgeron pour l'école militaire. Pourquoi notre lune s'adresserait-elle à nous de la sorte ? Elle ne l'a jamais fait. Je soupçonne pour ma part la lignée Koprü d'avoir mis au point une nouvelle arme et de la tester au moment ou nous parlons.

— Une nouvelle arme ? railla le sénateur. Allons, à quoi penses-tu ? Quel type d'arme aurait ce genre d'effets ? Je maintiens que c'est une manifestation divine.

— Et moi je te dis que nos ennemis de toujours sont sur le point de nous attaquer, ne perds pas de temps à des croyances inutiles !

— Il a raison, lança un autre individu depuis la tribune centrale, méfions-nous de ces fourbes de Koprü !

— Écoutons Pehet, risqua un autre en dépit de sa situation inférieure, voyons ce qu'elle nous a envoyé !

D'autres voix se mêlèrent aux premières et un brouhaha insupportable couvrit rapidement les paroles du sénateur et du forgeron.

— SILENCE ! hurla Sobek en constatant que le dialogue n'était plus possible. Si notre lune avait quelque chose à nous dire, ne croyez-vous pas qu'elle trouverait un moyen plus compréhensible qu'un trait de lumière dans le ciel ? Et les Koprü peuvent toujours tenter de nous envahir, nous saurons les recevoir. Je pense par ailleurs qu'aucune arme ne sera jamais capable de ce que nous avons vu, surtout que ce peuple d'arriérés a toujours eu du retard sur nous en matière d'armement. Croyez-moi, cela ne mérite pas que l'on y accorde de l'intérêt, continuons la fête mes frères, célébrons nos guerriers !

— Non, non ! huèrent plusieurs mâles dans la tribune centrale.

— Il faut aller à la rencontre de ces infâmes Koprü , reprit Trétor, ne pas les laisser venir jusqu'à nous.

— Oui, fit un autre sénateur, il faut aller voir ce qui se passe par nous-mêmes. Nous jugerons ensuite ce qu'il convient de faire.

— Je vous arrête tout de suite, il est hors de question que nous envoyons nos meilleurs guerriers là-bas, rugit le Commandeur.

— Et pourquoi ? questionna Elkarion en le défiant du regard.

— Avez-vous seulement pris conscience de la direction de cette lumière ? Réalisez-vous qu'il s'agit de la Terre Boréale ? Si vous voulez vous y risquer, libre à vous, mais les soldats de Klyos resteront à Behdet.

— Il a raison, intervint Hank qui s'était jusque-là contenté de les écouter. Aucun de nos ennemis, pas même les Koprü, ne serait assez fou pour s'aventurer sur ce continent maudit. Et même si quelque chose est "tombé" là-bas, c'est trop dangereux pour que nous y risquions des vies.

Les quelques murmures qui persistaient encore dans les tribunes s'éteignirent lorsque le Maître d'armes prit la parole. Il n'eut pas besoin de se présenter, sa voix et sa stature significatrices le firent pour lui. Après son intervention, le silence devint pesant.

Contredire un simple sénateur ou même le Commandeur, passe encore, surtout que ce dernier avait pris de l'âge et pourrait sans doute être dominé par un guerrier plus jeune et plus vaillant. Mais défendre ses idées dans l'arène face au grand Hank, c'était toute autre chose. Tous connaissaient sa réputation, c'est pourquoi il était venu en soutien à son ami, personne ne prendrait *a priori* le risque de se frotter à lui.

— Le débat est clos, déclara Sobek satisfait. Buvons maintenant !

— Le débat sera clos quand nous aurons croisé le fer, relança le forgeron duquel ses voisins s'écartèrent avec stupeur.

— Es-tu certain de souhaiter cela ?

— On ne peut plus certain.

— Alors, il y aurait un combattant assez héroïque pour se mesurer au Maître d'armes le plus réputé de l'histoire des Klyos ? Un bras assez fou pour défendre tes convictions ?

— Il y en aura un.

— Oui ! scandèrent simultanément les autres sénateurs, les partisans de Trétor et des poignées de citoyens disséminées dans tout le public.

— Demain à l'aube, nous saurons si nos forces doivent être envoyées au Nord, confirma le forgeron.

— Ainsi soit-il, s'amusa Sobek sûr de lui. Au lever du soleil, amène donc ton courageux guerrier et nous verrons si son épée est aussi forte que ta conviction !

— Respect ! prononça Trétor dans un rictus malin empli d'assurance.

La foule éclata à l'idée d'un combat mémorable.

Hank, qui n'avait pas manqué une miette de la joute verbale, s'étonna que l'homme pense trouver un combattant capable de l'affronter. Suspicieux, il se rapprocha de son ami pour lui faire part de son inquiétude, mais celui-ci ne souhaitait plus l'écouter. Le Commandeur relança les festivités.

Guerriers et familles se rassasièrent de vin et de nectar de miel jusqu'à l'ivresse. Le public festoya avec eux jusque très tard, bien après que le soleil soit réapparut puis tous se dispersèrent peu à peu. Les fraîches et douces femelles données aux vainqueurs s'abandonnèrent dans leurs bras, grisées de partager le lit de ces mâles encore éphèbes et glorieuses d'être les premières à les honorer dans leur vie d'adulte.

La population de Behdet avait une demi-journée et une nuit pour récupérer de cette éclipse de débauche si elle voulait assister à l'affrontement historique qui les mènerait ou non sur la Terre Boréale.

« La prospérité porte avec elle une ivresse à laquelle les hommes inférieurs ne résistent jamais. »
Honoré de Balzac

« Une fois pris dans l'événement, les hommes ne s'en effraient plus. Seul l'inconnu épouvante les hommes. »
Antoine de Saint-Exupéry

## Terre, France, Laboratoire du Carrousel du Louvre
## 23 septembre 2014

Maxime s'amusait comme un gosse depuis qu'il avait intégré l'équipe des chercheurs du Louvre.

Pour cause, le matériel mis à sa disposition au laboratoire du Carrousel était à la pointe de la technologie : microscope électronique dernière génération, déminéralisateur, spectrophotomètre, incubateur à CO2, spectromètre de masse par accélérateur, tout y était. Par ailleurs, le sismologue s'était fait envoyer son équipement personnel par son équipe d'Asie du Sud-est. Compteur Geiger, hygromètre, solarimètre, sondes et électrodes, spectrocolorimètre, carotiers de diamètres multiples, etc.

Il travaillait en autonomie totale mais il lui arrivait de faire appel à ses confrères pour l'aider à calibrer des appareils ou à définir un protocole d'analyse.

Sous les yeux dubitatifs des autres scientifiques du musée, le concepteur de génie avait passé plus d'un mois à confectionner les outils nécessaires à son travail. Contrairement à ses voisins de paillasse qui naviguaient toujours dans les eaux calmes d'un travail routinier, Maxime avait dû mettre au point un cahier des charges précis puis un système d'analyse propre à son sujet de recherche.

Ainsi, il utilisait évidemment chaque machine pour sa fonction initiale, mais détournait la majorité du matériel dans des expériences auxquelles on n'aurait jamais pensé.

Sûr de lui, il préparait et calculait la moindre de ses expériences de façon à ne prendre aucun risque. Il n'aurait pas fallu abîmer une machine à plus d'un million d'euros.

Il put ensuite s'en donner à coeur joie en mesurant par exemple l'impact des ultra-violets ainsi que des bactéries sur les pierres extraites à Gizeh, en analysant la teneur en carbone 14 des sédiments laissés entre deux blocs, puis en la comparant avec celle des blocs eux-mêmes. Le précieux isotope lui aurait été inutile s'il n'avait pas trouvé un moyen de différencier les atomes d'origine de la pierre des particules venues s'ajouter aux sédiments bien après l'assemblage des blocs.

En déminéralisant l'amalgame poudreux et en l'exposant à des variations de milieu – température, pression, humidité –, il était parvenu à détecter des substances organiques monocellulaires, une sorte d'algue à croissance très lente fixée sur les minéraux. La précision du microscope, associée à l'électricité correctement dosée et dirigée des électrodes, permit de séparer l'élément végétal de son support. Il pourrait bientôt en faire une analyse détaillée.

En attendant d'avoir récolté suffisamment de ces être monocellulaires fossilisés, Maxime avait entreprit de reproduire l'effet du temps et des éléments sur des pierres dites "témoins".

L'espace qu'occupèrent les deux blocs de calcaire polis envoyés par une carrière de la région bordelaise souleva quelques indignations du genre « pour qui se prend-il ? », mais le géologue avait des soutiens de valeur à la Sorbonne.

Ainsi, dans l'entrepôt du Louvre, Maxime mit les quelque cinq tonnes de matière minérale en condition et les bombarda d'UV, de vents violents – grâce au manomètre –, de pluie torrentielle – avec une douche en circuit fermé de son invention –, et implanta un marqueur biologique comparable aux algues retrouvées sur les blocs de Khéops, à la différence près que ce marqueur avait une durée de vie de deux mois. En quelques semaines, il eut un aperçu de la sédimentation que le calcaire pouvait subir sur des millénaires et analysa la surface et la jonction des deux blocs superposés.

Comme il s'y attendait, l'élément organique s'était parfaitement mélangé à la poussière de calcaire obtenue, constituant une sorte de mélasse blanchâtre relativement homogène.

Ce qui commença à l'exciter davantage fut l'intégration d'éléments minéraux dans la structure moléculaire du marqueur. En effet, en réitérant la même opération de déminéralisation expérimentée sur les sédiments de la grande pyramide, il obtint l'équivalent des restes organiques observés des semaines plus tôt. Au microscope, les cellules du marqueur restaient irrémédiablement immobiles, mais étaient à présent couplées aux carbonates de calcium et de magnésium.

Il venait de synthétiser une fossilisation ! En mourant, le corps organique avait partiellement fusionné avec les restes de calcaire, conservant ainsi une partie de sa structure dans la roche.

Sur les blocs provenant de Gizeh, on pouvait considérer que les marqueurs étaient ces petites algues. Les plus anciennes de ces "mousses" étaient mortes, mais elles contenaient encore assez de carbone 14 pour estimer la date de leur apparition sur les blocs. Le scientifique savait à présent dans quelle direction chercher. Il ne restait plus qu'à espérer que leur fossilisation n'ait pas été trop altérée par l'oxygène. Elles lui permettraient alors d'en savoir plus sur l'âge des sédiments, sur l'âge de la pyramide de Khéops !

Le spectromètre ronronnait depuis un bon moment et Maxime s'accordait un peu de détente dans la cafétéria. On discutait religion et polythéisme à sa table :

— Si les Égyptiens avaient autant de Dieux, c'est parce qu'ils en créaient un à chaque nouveau pharaon, avança un chimiste qui ne s'intéressait guère à l'histoire de l'Égypte antique. Au moins, les Grecs avaient une approche plus logique dans leurs croyances. Ils déifiaient les éléments et les évènements naturels...

— Oui, parce qu'ils les craignaient, intervint le responsable des Arts de la Renaissance. Ce qu'ils ne comprenaient pas revêtait tout de suite un caractère divin.

— Détrompe-toi ! Ils comprenaient très bien les éléments. Il leur suffisait de croire en quelque chose pour se battre, tandis que les Pharaons se considéraient eux-mêmes comme des Dieux vivants. Ils ne craignaient rien, et c'est sans doute ce qui a causé leur perte.

— On n'en sait rien... Qu'en pense notre géologue ? fit le vieux bonhomme échevelé en s'adressant à Maxime. Tu vas finir par trouver ce qui leur est arrivé ?

Devant le ricanement idiot du deuxième homme, Maxime ne se démonta pas et leur sourit aimablement :

— Je suis sur la bonne voie en tout cas, on ne va tout de même pas laisser ces conservateurs effrayés par le changement nous dire ce qui est vrai ou non.

Satisfait de voir que sa répartie avait cloué le bec au dit conservateur des Arts de la Renaissance, Maxime se leva en direction de la machine à café.

Habitué à subir les railleries de certains jaloux ou réfractaires aux idées novatrices, il avait dès son arrivée pris le parti de ne pas se laisser faire. Son allusion aux "conservateurs" dans le sens social et politique du terme pouvait très bien s'appliquer aux protecteurs des collections des musées, gardiens d'une richesse établie comme empirique et rarement controversée.

Comme il s'apprêtait à remettre en cause la datation des pyramides faite par les égyptologues les plus réputés, son travail n'était pas toujours accueilli à sa juste valeur.

— Si je réussis ce pari, reprit-il en direction de l'homme mûr dont il ne voulait pas se faire un ennemi, c'est toutes les datations établies jusque-là qu'il faudra revoir. Nous disposerons d'un nouvel outil de mesure et croyez-moi, ça va en secouer plus d'un.

— Quel est votre mode opératoire ? questionna l'autre qui n'avait que vaguement entendu parler des recherches du géologue.

— Hé bien, tenta d'expliquer Maxime sans pour autant dévoiler les détails de sa technique, puisque la datation de la pierre n'est possible qu'à l'échelle géologique et non à son époque de taille, je m'emploie à étudier l'évolution de ce minéral dans le temps. La porosité, la perte ou le gain de tel élément et surtout, la composition des sédiments laissés entre les blocs de la grande pyramide. Dans cet agrégat minéral, je devrais pouvoir trouver un indice me permettant de remonter le temps.

Ce que le géologue ne disait pas, c'est qu'il l'avait déjà trouvé, et qu'il attendait les résultats de la datation au carbone 14 d'un instant à l'autre. Bientôt, il saurait si les précieuses algues fossilisées étaient ou non un marqueur temporel.

— Un indice ? émit la voix suave et assurée de Céleste qui venait de les rejoindre. Ce ne serait pas plutôt la date précise de l'érection de la pyramide de Khéops que tu espères trouver ? Bonjour Messieurs, lança-t-elle en passant devant le chimiste et le conservateur encore attablés.

— Bonjour, émirent-ils en contemplant cette femme magnifique semblant sortir d'un autre monde.

Ses talons résonnaient sur le carrelage avec un rythme presque poétique, enivrant. Sa jupe noire coupée au-dessus du genou dévoilait des mollets fermes à souhait et des fesses divinement galbées. De sa veste de tailleur assortie dépassait le décolleté d'un chemisier parme qui ajoutait à son côté sexy, mais pas vulgaire pour autant. Elle était époustouflante.

Comme pour rendre jaloux les autres hommes présents dans la pièce, elle salua Maxime d'une bise délicate sans oublier de glisser sa main dans sa nuque.

— Bonjour Céleste, on peut discuter ?

— Je te suis, prononça-t-elle sur un ton mielleux en lui emboîtant le pas.

Depuis le temps qu'ils se fréquentaient, Maxime et Céleste étaient devenus très intimes. Évidemment, au travail, ils ne dévoilaient rien de cette proximité, mais les moments d'abandon qu'ils partageaient avec passion ne rendaient pas la chose aisée. Rien qu'en la voyant dans cette tenue, rehaussée de talons juste assez hauts pour mettre en valeur ses formes, Maxime ne put s'empêcher de se remémorer ces instants d'extase passés avec elle et de l'imaginer nue, encore une fois brûlante de désir.

Malgré cette attirance, il ne se voyait pas officialiser leur relation, et elle était plutôt d'accord. Son besoin de tout maîtriser l'agaçait au plus haut point, comme celui de l'aguicher devant les collègues du musée, une relation sérieuse était inenvisageable. Tous deux se contentaient donc d'une complicité charnelle hors du commun et totalement débridée. La confiance mutuelle qu'ils s'accordaient dans ces moments là n'avait d'égal que la distance que Maxime mettait entre eux au travail.

— Je t'ai déjà dit que je ne préférais pas m'étendre sur le sujet tant que mes théories ne seraient pas vérifiées, lança-t-il sèchement alors qu'ils s'asseyaient à une table isolée.

— Pardon, fit-elle d'un air ironique, je ne pensais pas que ces deux-là relèveraient. Ils sont tellement absorbés et figés par leur travail rébarbatif. Tandis que toi… continua-t-elle en glissant ses doigts sur l'avant-bras du sismologue.

— Arrête ! chuchota-t-il dans un mouvement de recul. Je croyais que c'était clair Céleste, pas de démonstration au boulot. Je n'ai pas envie que ça piaille partout autour de nous, ajouta le jeune homme en risquant un coup d'oeil vers les deux autres scientifiques.

— C'est bon, j'ai compris que nous ne sommes pas en couple, je voulais juste t'embêter un peu. Tu m'as manqué hier soir, reprit-elle avec la même intonation doucereuse.

Cela le calma un peu.

— Toi aussi, j'ai beaucoup pensé à toi. Mais il fallait que je termine quelque chose ici.

— Tu n'es même pas rentré chez toi ?

— Non, j'ai dormi deux heures sur le canapé de la cafét'.

— Alors, tu touches bientôt au but ?

— Bientôt, déclara-t-il dans un sourire mystérieux.

— Quoi ? Dis-moi beau brun !

— J'ai lancé l'accélérateur du spectromètre de masse il y a un peu moins d'une heure, les résultats tomberont d'un instant à l'autre.

— Génial ! s'écria Céleste en semblant se forcer.

— Chut, doucement, calme-toi ! N'attire pas l'attention, on ne sait pas ce que ça va donner et je te rappelle que je suis surveillé de près.

— Surveillé ? Il est vrai que des sommités attendent tes résultats, mais n'exagère pas non plus !

— Tu n'as pas l'air de te rendre compte de ce que mes recherches impliquent. En fonction de ce qui va sortir sur le moniteur du spectromètre, je remettrai en cause l'ensemble des croyances établies concernant l'Égypte antique et ses pharaons. Mes détracteurs m'attendent au tournant, je le sais.

— Tu ne vas pas tout chambouler non plus.

— Tu ne crois pas que mes recherches aboutiront c'est ça ?

— Si, si, je te le souhaite. Mais c'est mon métier Maxime, je connais presque tout de l'Histoire de l'Égypte antique, et aucune preuve tangible n'a jamais pu contredire ce qui est désormais admis de tous. La pyramide de Khéops a été bâtie sous la IVème dynastie, approximativement en 2560 av. J.-C. Son architecture dépasse tout ce qui avait été réalisé auparavant et sa fonction funéraire n'est plus à démontrer...

— Si tu savais comme tu m'attires quand tu es passionnée comme ça, susurra Maxime en aparté. Je ne remets rien de tout ça en cause, mais uniquement sa date de construction.

— En faisant cela, tu entraînes toute la chronologie avec toi. Si tu déclares qu'elle a été construite plus tôt, cela signifie que Khéops n'en est pas le commanditaire, qu'il ne s'agit pas initialement d'un complexe funéraire et qu'elle a fait l'objet d'une utilisation détournée.

— Précisément ! lança-t-il avec défiance.

— C'est que... je n'aimerais pas que tu te fourvoies dans des croyances qui risquent de t'apporter plus de mépris que de succès.

— Je ne recherche pas le succès Céleste, et puis, qui sait ce que les isotopes vont révéler. Au pire, si je me trompe, j'aurais au moins inventé un nouveau système de datation, ricana le géologue.

— Quoi qu'il arrive, tu veux bien qu'on fête ça ensemble... ce soir ? tenta la séduisante conservatrice avec un regard évocateur.

— Il faut voir... Tu me laisseras me reposer ensuite ?

— Juste ce qu'il faut, promis.

La montre de Maxime sonna tout à coup. Synchronisée avec le moniteur du laboratoire, elle le prévenait que l'analyse était terminée.

Sans perdre un instant, il se leva et entraîna la jeune femme par la main en laissant son gobelet de café derrière lui. Bien que particulièrement sous tension, il fit tout pour ne rien dévoiler et se retint de courir dans le couloir sombre du Carrousel. Arrivé devant l'entrée du laboratoire, il prit une grande inspiration et se décida à ouvrir la porte, suivi par l'égyptologue.

Les trois chercheurs qui partageaient son espace de travail regardèrent le couple avec intérêt. En effet, la machine émettait un "bip" répétitif depuis deux bonnes minutes, de quoi éprouver leurs nerfs dans cet univers clos.

— Analyse terminée, lança celui qui se tenait tout près de l'imposant dispositif. Le moment de vérité ?

— Il semblerait, rétorqua simplement Maxime.

Tandis que les autres firent mine de reprendre leur travail, il s'avança vers le moniteur qui contrôlait le spectromètre, et en silence, pressa la touche "Enter". Un graphique composé de plusieurs courbes colorées ainsi qu'un tableau répertoriant les isotopes apparurent aussitôt.

— Très bien, fit-il évasif avant de pianoter sur le clavier. Voyons voir...

Une dernière pression sur la touche “Enter” et une ultime colonne se greffa aux autres. Les mains du scientifique s’immobilisèrent immédiatement, il ne semblait même plus respirer.

— Quoi, qu’est-ce que ça signifie ? demanda Céleste en regardant l’écran et son amant à tour de rôle.

— Cela signifie que… hésita-t-il. Que tu devrais t’asseoir. Viens là, fit-il en attrapant un tabouret et en lui désignant le tableau. Alors, comme tu le sais, là ce sont les différents isotopes. Cette colonne est dédiée au carbone 14, et juste ici, les ions de carbone 14 présents dans les restes de matière organique.

— Ils y sont en quantité très faible…

— Oui, et c’est ça qui nous intéresse, fit-il avant de cliquer sur l’onglet rouge qui clignotait à l’écran.

L’égyptologue leva des yeux ronds vers Maxime en lisant l’indication qui s’afficha :

— “+ 50 000”, qu’est-ce que ça signifie ? questionna-t-elle alors qu’elle connaissait très bien le fonctionnement de l’outil.

— Ai-je vraiment besoin de te répondre ?

— Non… mais ce doit être une erreur, le calibrage sans doute… Tu as vérifié les données ?

— J’ai tout bien vérifié oui. J’ai correctement isolé les fossiles végétaux du reste de la roche et enregistré la masse exacte que j’ai introduite dans l’accélérateur. Mes calculs sont justes, si ce n’était pas le cas, la date ne s’afficherait même pas.

— C’est la première fois que je vois un résultat à cinq chiffres sur cet écran, c’est invraisemblable. Je croyais que le carbone 14 n’était fiable qu’en deçà de 35 000 ans.

— Il est “précis” jusqu’à 35 000 ans oui, au-delà il reste approximatif. Enfin là tout de même, c’est une approximation qui remonte plus loin que ce qu’il est capable de mesurer. Les particules sont tellement pauvres en ions de carbone 14 qu’il…

— Les pyramides… alors… elles auraient…

— Plus de 50 000 ans, exalta-t-il dans un rire nerveux.

Sans qu’il puisse se contrôler davantage, Maxime la prit dans ses bras puis l’embrassa avec fougue sous le regard étonné des ses collègues de laboratoire.

— Alors ? demanda son voisin.

— C’est génial, génial, hurla le géologue en le prenant lui aussi dans ses bras, ça a fonctionné, c’est super.

Le reste de la journée se passa dans la même excitation. Maxime ne prit même pas le temps d’aller déjeuner tellement il avait de personnes à prévenir. Céleste retourna quant à elle à ses collections, l’air un peu contrarié.

Le premier coup de fil du géologue fut pour le président du conseil scientifique de la Sorbonne qui accueillit sa trouvaille avec enthousiasme :

— Félicitations Monsieur Grangé, c’est du beau boulot, j’en informe le Directeur Sardant immédiatement, avait-il déclaré.

Le directeur du CNRS serait sa clef d’entrée pour Le Caire. Maintenant qu’il avait fait ses preuves sur les blocs mis à sa disposition en France, on allait tout faire pour lui obtenir l’agrément des autorités égyptiennes et la permission du musée local d’étudier la pyramide elle-même. Il attendait cet instant depuis qu’il avait découvert les propriétés antisismiques de la structure. Combien de temps faudrait-il encore patienter ? Des jours, des semaines ?

Après avoir révélé ses découvertes à ses principaux soutiens à la faculté ou au CNRS, Maxime s’appliqua à compiler ses données, à répertorier et mettre en mémoire chacune des étapes de son analyse, de l'expérience la plus anodine au calcul le plus complexe.

Sa théorie, inscrite en caractère gras au tout début de son cahier des charges, prenait enfin vie sous la forme d’une nouvelle méthode de datation. Non seulement son idée était totalement novatrice, mais elle s’appliquait dans le cas présent à l’un des mystères les plus impénétrables du monde moderne, l’origine de la grande pyramide de Gizeh.

Après des heures d’activité intense, le sismologue put enfin se détendre et profiter d’un moment de répit pour rendre visite à Céleste.

Alors qu’il remontait du niveau inférieur de l’aile Sully – où la jeune femme avait son bureau – et qu’il déambulait d’un pas léger dans les couloirs, il eut la désagréable impression d’être observé. Plusieurs fois, il se retourna en regardant à l’autre extrémité du corridor. L’atmosphère devint vite pesante, comme celle qu’il ressentait jadis dans la vieille maison de son enfance.

Il pressa le pas et, tandis qu'il tournait à l'angle du grand escalier, aperçut une silhouette énigmatique qui disparut derrière les colonnes de l'allée des sphinx. Cet individu, quel qu'il soit, l'observait depuis un bon moment, Maxime le sentait. De sa fugace vision, il ne retint qu'un col mao blanc se détachant sur une peau cuivrée. Il s'agissait assurément d'un homme, mais c'est tout ce dont le scientifique pouvait se remémorer. Ni ses traits ni ses yeux n'imprégnèrent sa mémoire, l'instant avait été trop bref.

Jusqu'à son laboratoire, Maxime continua d'observer tout autour de lui, mais l'individu ne réapparut pas. C'est donc l'esprit contrarié qu'il entreprit de faire un peu de rangement.

La sonnerie aiguë du téléphone de bureau le fit sursauter.

— Salut Maxime, c'est Miguel, articula une voix pressée avec un fort accent espagnol. Impossible de te joindre sur ton cellulaire...

— Oui, j'étais au sous-sol, que se passe-t-il ?

— Je sais bien que tu m'as demandé de t'informer seulement en cas de phénomène de subduction en méditerranée, commença son assistant chargé de la surveillance du continent africain. Ce n'est pas le cas, mais il faut que tu m'écoutes, ça pourrait t'intéresser.

— Dis toujours !

— Les sismographes du Caire ont relevé des vibrations.

— Comment ça des vibrations ? Un séisme ?

— Difficile à dire, il n'y a pas vraiment eu de propagation alentour.

— Comment... de quoi parles-tu ? Quelle magnitude ?

— En dessous de 3.

— Et où se trouve l'épicentre ?

— Hé bien, c'est ce qu'il y a de plus étrange, hésita Miguel.

— Allons, tu vas me le dire ?

— À Gizeh, précisément à l'emplacement de la grande pyramide.

— C'est impossible, il n'y a aucune zone de friction à cet endroit là, tu as vérifié notre matériel ?

— Deux fois. Et j'ai déjà contacté les équipes allemandes et égyptiennes sur place, nos données se recoupent. Max, il faut que tu viennes, tout le monde est en effervescence ici.

— Attends un peu ! Tu m'appelles d'où ?

— Je suis encore à Addis Abeba, mais j'embarque dans un quart d'heure pour Le Caire.

— Parfait, sais-tu s'il y a des dégâts ?

— Non, la capitale a été un peu secouée, mais rien de bien méchant. C'est bien ce que tu attendais non ? Des petites secousses pour étudier la réaction de la pyramide.

— Oui, heu... Il y a eu des répliques ?

— Non, aucune, c'est étrange. Le phénomène s'est produit il y a à peine une heure.

— C'est invraisemblable, expira Maxime en se frottant les yeux de sa main libre. Ne me fais pas venir pour rien hein !

— De toute façon, les Égyptiens te veulent sur le coup, ils t'ont réservé une place sur un de leurs jets, départ dans 3 h 30. Crois-moi, tu vas aimer ça, confirma la voix énergique de son assistant. Je me suis occupé du reste, je t'envoie ton VISA et le numéro de vol par mail.

— OK, déclara le sismologue en se retournant d'un coup sec vers la porte du laboratoire, un peu mal à l'aise. De toute façon, j'en ai terminé ici, ça me fera du bien de changer d'air. Tu as fait embarquer les lasers ?

— Affirmatif, bien protégés comme tu m'as appris.

— Super, je te contacte à l'atterrissage.

— Hasta pronto !

« Celui qui excelle ne discute pas, il maîtrise sa science et se tait. »
Lao-Tseu

« Qu'est-ce donc qu'une mauvaise herbe, sinon une plante dont on n'a pas encore découvert les vertus ? »
Ralph Waldo Emerson

## Anamets, Terres Émergées à l'Est d'Érinis
## Marée basse

Suivis par la troupe de chasseurs et de cueilleurs, Miassa et Diméo quittèrent la petite cité en direction des hauteurs.

L'océan venait tout juste de se retirer. Aussi rapidement qu'il l'avait engloutie, Llyréis dévoila la ville au regard puissant de son soleil et laissa la plaine sèche aux marcheurs terrestres. Aussi étonnant que cela puisse paraître, la faune marine devait être connectée au rythme des grandes marées puisqu'aucun poisson ou mammifère marin ne se laissait jamais surprendre par le retour puissant des flots. Tous prenaient de l'avance et se réfugiaient dans les eaux profondes afin d'éviter une mort par suffocation.

Quand elle fut assez éloignée, la sentinelle se retourna pour porter un dernier regard sur la paisible Érinis. Silencieuse et protectrice, la cité s'enfouissait déjà dans l'escarpement naturel et ses gardes prenaient place autour de l'enceinte. Comme à chaque marée basse, il fallait se prémunir d'éventuels assaillants et protéger leur foyer.

Pendant plusieurs heures, Miassa guida le groupe d'érinites vers l'endroit où le soleil se lève, en suivant la direction du plus haut pic visible. Comme souvent lors des expéditions aussi longues, il était convenu que l'équipe passe une nuit en dehors de leur précieuse cité, la distance les en séparant rendant impossible un retour avant la marée suivante. D'ordinaire, les chasseurs-cueilleurs ne dormaient pas beaucoup, trop occupés à se défendre contre des prédateurs sauvages insistants. Encore fallait-il arriver jusqu'à la forêt primordiale.

Les plaines salées plutôt stériles laissèrent la place à une végétation basse où s'aventuraient déjà quelques petits rongeurs. Les premiers ruissellements d'eau douce annoncèrent aux marcheurs le début de la montée. Progressivement, la plaine commença à s'élever avec un angle doux pour finalement les faire pénétrer dans une forêt plus dense à flanc de colline. C'était le début de l'aventure… et des vrais efforts physiques.

Comme à chacune des expéditions qu'elle dirigeait, Miassa s'agenouilla face aux premiers arbres et colla son front contre la terre. Elle priait Sukèl de les laisser passer sans encombre et de les soutenir dans leur quête de nourriture. Diméo observa la traditionnelle prière avec attention. Le dos musclé de la jeune femme se plia en avant avec souplesse et douceur, et resta ainsi plusieurs minutes, comme si elle amadouait l'esprit de la forêt. Quand elle se releva, Diméo ne put s'empêcher de contempler ses jambes musclées, ses bras fins et ses cheveux tressés qui tombaient sur ses épaules. À la fois forte et belle, elle lui plaisait beaucoup.

Elle se retourna, et d'un regard éveillé mais calme, fit comprendre à ses comparses qu'ils pouvaient continuer.

Lorsqu'ils tombaient sur un massif de baies ou sur quelques arbres fruitiers, ils ramassaient tout ce qu'ils pouvaient dans leurs sacs en fibre de badioc puis l'enfouissaient en n'oubliant pas d'en marquer l'emplacement. Cette technique permettait d'abord d'éviter que les plus gourmands des animaux n'ingurgitent leurs provisions, et aussi de retrouver leur cueillette sur le chemin du retour.

De la même façon, ils posèrent des pièges constitués de cordes et de bâtons destinés à capturer du petit gibier.

Quand ils arrivèrent sur le territoire de chasse des grands félins, ils se firent beaucoup plus discrets. Il s'agissait premièrement de ne pas se faire repérer par le prédateur naturel de cette contrée, car bien qu'un groupe d'une vingtaine de bipèdes n'ait rien à craindre de lui, s'il flairait leur présence, il y a avait fort à parier que leurs proies communes en feraient autant.

Miassa veilla à ce que tous ses compagnons restent sous le vent du gibier et les fit patienter, chacun à un poste prédéterminé. Trois guetteurs avaient pris place dans les arbres en couvrant un large champ visuel, d'autres étaient dissimulés derrière des roches ou des enfoncements, prêts à bondir au signal de leur chef et les meilleurs tireurs, enfin, se situaient sur les ailes du couloir de chasse, préparés à décocher une flèche sur tout ce qui se présenterait.

À l'écoute des multiples esprits impliqués dans ce genre de scènes, l'éminente et terrestre Miassa avait interprété les signes environnants, le calme des oiseaux, les phéromones animales, les traces laissées sur leur passage et les craquements lointains pour estimer que leur position était satisfaisante. Les vibrations du sol étaient pour elles largement évocatrices, les félins se chargeraient de rabattre le gibier vers eux.

Les hululements des guetteurs mirent un terme à l'attente et vinrent prévenir ceux restés au sol de la course des bêtes en approche. En moins de dix secondes, un troupeau d'antix était sur eux, pourchassé par une poignée d'argols affamées. Les félins élancés chassaient en meute, et laissaient les femelles faire le plus gros du travail. Aujourd'hui, les érinites en profiteraient.

Au cri aigu de Miassa, les premières flèches sifflèrent en direction des rapides ongulés. Plusieurs furent touchés. Un deuxième cri et les chasseurs sortirent de leur cachette pour se ruer sur les animaux blessés. Il s'agissait de venir les achever à l'aide de leur couteau tout en évitant les attaques éventuelles des félines. En temps normal, celles-ci avaient tendance à s'étonner de la présence inopinée de chasseurs érinites et à les contourner.

Cependant, l'une d'entre elles s'arrêta net, faisant face à Diméo et au jeune antix qu'il tenait. Elle semblait bien décidée à ramener le quadrupède cornu dans sa tanière. Les rugissements et les coups de patte de l'argol tétanisèrent le chasseur. Il s'agissait d'un animal majestueux d'un peu plus de deux mètres de long, au poil épais et au museau très large. Ses crocs ivoire étincelants plongèrent Diméo dans un immobilisme total.

L'animale semblait se préparer à bondir lorsque Miassa surgit entre elle et ses proies, émettant de brefs rugissements, les soufflant presque. Elle ne quitta pas le félin des yeux, plongeant son regard dans le sien et s'imprégnant de toute sa vélocité et de sa puissance. Un bref instant, il lui sembla pénétrer l'âme de cette créature et lui renvoyer l'image d'elle-même. L'argol cessa de rugir, se redressa un peu et se lécha les babines avec détachement, comme intimidée par la jeune femme. Appelée par le grondement sourd d'une de ses sœurs, elle contourna calmement Miassa et Diméo avant de poursuivre sa route.

Miassa, qui avait les jambes fléchies au possible, se redressa à son tour avant de se retourner vers son compagnon et de lui sourire d'un air amusé.

— Merci, prononça celui-ci dans un dialecte coulant en inclinant la tête vers le bas.

— Tu n'as pas à me remercier Diméo, nous sommes une famille, un clan, nous veillons les uns sur les autres.

— Que lui as-tu dit ? questionna l'homme, averti des capacités spirituelles de Miassa.

— Je ne lui ai rien dit, pas vraiment du moins, déclara celle-ci en s'agenouillant délicatement auprès du jeune antix blessé. Je lui ai montré que je n'avais pas peur, que j'étais prête à lutter pour ma survie et que je la respectais. Je l'ai laissée ressentir qui je suis, et elle m'a acceptée en elle, c'est tout.

L'érinite terrestre avait posé sa main à plat sur la tête de l'animal agonisant afin de l'apaiser. Elle n'attendit pas d'avantage, sortit son couteau taillé dans l'ivoire d'okran et l'enfonça dans le cœur de la créature en murmurant quelques prières.

Diméo, qui l'avait observée dans cette brève cérémonie de mise à mort, la vit se relever et lui faire signe qu'il pouvait maintenant s'occuper de la bête.

Elle lui glissa au passage une caresse sur l'épaule.

La nuit venue, la troupe établit son campement au pied d'un monticule rocheux de façon à limiter les directions à surveiller, les prédateurs ne pouvant évoluer sur la falaise abrupte. Des pièges à nœuds coulants furent posés tout autour du refuge et les consignes de sécurité habituelles rappelées. Les neuf antixs tués lors de la battue s'étaient vus patiemment emballés dans des feuilles de simiel dont les propriétés conservatrices permettraient à la viande de tenir jusqu'au retour à Érinis et au dépeçage. On en découpa un dixième – le plus petit – pour le repas du soir.

Des veilleurs se relayaient quatre par quatre pour monter la garde pendant que les autres dormaient. Le silence de la nuit laissait penser que toutes les créatures de la forêt en faisaient de même. Seuls les insectes ou autres batraciens émettaient respectivement des petits bruits stridents ou des coassements plus ou moins réguliers et soporifiques. Pourtant, les érinites savaient que le danger se tapissait dans l'ombre et pouvait surgir à tout moment. Leur vigilance n'avait d'égal que leur désir de regagner la cité vivants.

Au beau milieu de la nuit, Miassa fut réveillée par une légère pression sur son bras. Quand elle ouvrit les yeux, elle vit qu'il s'agissait de la main de Diméo et que celui-ci tenait son index devant ses lèvres. La sentinelle se redressa aussitôt sans faire le moindre bruit et, de façon presque automatique, son corps s'éveilla d'un seul coup.

Son compagnon pointa son doigt en direction de la forêt en fermant les yeux, signe incitant Miassa à écouter dans cette direction. Celle-ci inclina légèrement la tête à droite pour mieux percevoir les sons environnants puis, à quatre pattes, enfonça ses mains dans la terre meuble. Une inspiration profonde l'aida à entrer en connexion avec Éloan qui accepta de lui prêter ses yeux.

Tandis que Danu, déesse de la terre, lui fit ressentir les vibrations d'une course effrénée, l'esprit lunaire lui dévoila un corps en mouvement, visiblement bipède.

— C'est l'un des nôtres, il est en danger, déclara-t-elle avant de siffler le son de regroupement et de réveiller les autres membres de l'expédition.

— Il est seul ?

— Oui, et poursuivi. Il faut faire vite, exhorta la sentinelle en attrapant sa lance.

C'est en file indienne et en courant que tous les chasseurs la suivirent dans l'obscurité, liés à elle par ces connexions dont elle avait le secret et confiants dans son appréhension de l'espace. La colonie d'érinites se déplaçait avec vivacité et discrétion, sautant par dessus les troncs couchés et se faufilant entre les massifs d'épineux.

Lorsque Miassa leva la main, tous s'immobilisèrent. Elle fit quelques mètres supplémentaires, seule. Les pas agités se rapprochaient. Encore un instant et elle tendit le bras pour attraper au vol une enfant paniquée et étourdie de fatigue. Elle la ceintura pour la mettre à l'abri avec elle au creux d'un tronc millénaire. Atterrée, la petite ne se débattit pas.

Le silence régnait à nouveau.

— Tanko, articula l'éclaireuse en direction de Diméo sans émettre le moindre son.

En lisant ce simple mot sur les lèvres de leur éclaireur, les visages des autres érinites se décomposèrent. Tous se tapirent sans tarder, parfaitement immobiles.

Menacés par un ennemi invisible, les chasseurs-cueilleurs n'osaient plus bouger. Pendant un instant qui sembla durer une éternité, les positions inconfortables les firent souffrir, ils ne s'autorisaient même pas à déglutir, rendant les gorges sèches particulièrement gênantes. Même l'enfant, blottie dans les bras de Miassa, semblait bloquer sa respiration. Les regards se croisèrent, la crainte et l'indécision s'y lisaient.

À moins d'une dizaine de mètres, un bruissement de feuilles imperceptible, un glissement d'une lenteur anxiogène était perceptible. S'ils restaient bien immobiles, bien silencieux jusqu'à ce que la bête se lasse, ils pouvaient s'en sortir.

Un gémissement aigu sortit de la bouche pourtant close de la petite fille. S'ensuivit un frisson général. Presque aussitôt, l'enfant leva sur sa protectrice des yeux effrayés, semblant demander pardon, et le glissement s'intensifia dans leur direction, accompagné de craquements bruyants.

— Courez ! hurla Miassa en comprenant qu'il serait bientôt sur eux.

Malgré le poids de la petite qu'elle tenait sur sa hanche, elle dépassa plusieurs de ses compagnons qui détalaient vers le monticule rocheux. Dans ces cas là, ils savaient quoi faire, se réfugier à la verticale, le plus haut possible. Par l'intermédiaire de l'esprit de Miassa, ils purent sentir leur poursuivant à quelques mètres d'eux.

Quand cette dernière arriva devant la paroi, certains avaient commencé l'ascension. Elle hissa l'enfant sur ses épaules afin qu'un solide chasseur puisse l'attraper et la mettre à l'abri, avant d'entreprendre elle-même la périlleuse escalade. Elle pensa un moment se retourner et faire face comme avec l'argol, mais cette fois c'était différent, personne pas même elle ne pouvait lutter avec le Tanko. Il convenait de fuir.

Quand le dernier érinite eut posé sa main sur la roche dans l'intention de commencer à grimper, il fut soudainement happé par une force phénoménale. Son cri provoqua un déchirement dans le cœur de Miassa plus encore que dans celui de ses compagnons. Sous l'effet de la traction, la tête de Diméo heurta violemment le sol et la jeune femme comprit aussitôt qu'il ne souffrirait pas. Ils continuèrent à gravir la falaise en abandonnant le corps de leur frère à l'appétit vorace de cette créature.

Après avoir passé la nuit perchés sur le monticule rocheux, les premières lueurs de l'aube les incitèrent à redescendre à leur campement.

Le tanko était un prédateur nocturne et même s'il lui arrivait de sortir en journée, celui-ci venait de faire un bon repas et ne devrait pas être mobile avant plusieurs jours. Arrivés là où ils auraient en principe dû passer la nuit, quelle ne fut pas leur détresse en découvrant que la bête avait englouti presque tous les antixs. Ils rentreraient donc chez eux avec un maigre butin et la douleur de la perte de Diméo. Miassa était profondément abattue mais faisait tout pour ne pas céder à la tristesse devant ceux qui comptaient tant sur elle pour rentrer en vie. Elle regrettait désormais de ne pas avoir cédé aux avances de son partenaire sentinelle, elle aurait aimé le connaître davantage. L'homme avait remplacé la petite fille hier soir, le Tanko devait prendre une vie, c'était ainsi.

Exténuée, l'enfant sauvée de l'étreinte mortelle par Miassa s'était endormie sur un tapis de mousse. Son sommeil semblait agité. Elle n'avait pas dit un mot depuis la veille. Pendant que les autres préparaient le départ, la sentinelle entreprit d'en savoir un peu plus sur cette nouvelle venue.

Elle fit infuser quelques plantes avec une mèche de cheveux de la rescapée. Elle coupa ensuite l'extrémité de sa plus longue tresse et la plongea aussi dans la potion. Après quelques prières en direction du soleil naissant puis en collant son front à la terre humide, elle utilisa les mèches de cheveux pour éclabousser quelques gouttes sur le front et les bras de l'enfant assoupie. Miassa filtra ensuite le breuvage et l'avala d'une traite. Cela l'aiderait à entrer en communion, à pénétrer les souvenirs de l'enfant. Son état d'endormissement la rendrait sans doute plus perméable au regard de la jeune femme.

Miassa se plaça au-dessus de la tête de l'enfant qui demeurait allongée sur le dos, les bras le long du corps. Comme lorsqu'elle priait les esprits de la forêt, elle se pencha en avant pour placer son front contre celui de la petite, à la différence prêt qu'elle resta dans cette position pendant de longues minutes, ses mains de part et d'autre des tempes de la miraculée.

Un brouillard épais gêna sa vision le temps que le lien se fasse, puis l'obscurité s'installa progressivement.

*Une obscurité bleutée, un Brihel gigantesque, une autre Érinis. Les souvenirs troublés de l'enfant lui laissèrent entrevoir, ou plutôt ressentir de fortes secousses. Un tremblement de terre souterrain sans doute. L'autre cité engloutie semblait dévastée, la population fuyait. Une vision très brève révéla un amas de pierres triangulaire qui dominait la ville. Le visage d'un homme âgé, des liens très forts. Avec précipitation, le vieillard l'emmena aux limites du Brihel, l'embrassa et la plaça dans une bulle d'air. Puis la confusion. Elle prenait de la hauteur, s'éloignait vers la surface.*

Miassa tressauta et laissa échapper un petit cri lorsqu'une lumière bleutée vint déchirer le rempart protecteur.

*Elle vit les flots se déchaîner à l'intérieur de la ville, écrasant tout sur leur passage. Les souvenirs redevinrent sombres, le sentiment d'être pourchassée...* Elle en savait suffisamment.

La sentinelle interrompit la connexion et observa avec une peine profonde l'enfant qui se réveillait. Elle la prit dans ses bras.

Celle-ci venait de vivre un évènement traumatisant, laissant les siens à leur triste sort, emportée par le puissant courant dans cette bulle providentielle et livrée à elle-même sur des terres hostiles qu'elle ne connaissait pas encore. Elle avait dû entendre conter les histoires effrayantes du Tanko, et savait par conséquent qu'il valait mieux courir en sa présence. Son instinct de survie l'avait conduite dans les bras de Miassa, et l'avait sauvée.

La troupe chargea les trois antixs restants sur les épaules des porteurs et se mit en marche. Ils passèrent récupérer les provisions enfouies la veille et rejoignirent la plaine stérile qui conduisait à Érinis.

Sur le chemin du retour, beaucoup de questions se bousculèrent dans la tête de la sentinelle. Elle tenta de faire parler l'enfant, mais ne put en obtenir que son nom. Entre la mort de son ami et les souvenirs bouleversants d'Énora, elle hésita sur ce qui convenait de faire. Partir au secours des malheureux prisonniers de Llyréis ou se préserver des menaces des Terres Émergées qu'il leur faudrait traverser pour s'y rendre ? Elle décida qu'il valait mieux rejoindre sa cité, son foyer, et en débattre avec les Anciens.

***

— Ce n'est pas à toi de décider s'il faut à nouveau s'aventurer au-dehors, sentinelle Miassa, annonça sans trembler l'oracle principal. Chaque érinite est une force pour notre cité, lorsque vous partez, cela nous fragilise. De plus, nous avons besoin de toi pour renforcer notre Brihel.

Aussitôt étaient-ils entrés dans l'enceinte de la cité que Miassa s'était rendu au Midgal, résidence et siège du conseil. Il avait été décidé qu'une assemblée publique aurait lieu dans l'instant pour procéder à un vote collégial. Tous les habitants furent invités à se regrouper sur la place médiane, au centre de la ville.

— Je vous écoute avec respect, oh grand Éponem, comme j'ai écouté Éloan et Llyréis ! entreprit la jeune femme avec sagesse. Votre discours est emprunt de prudence et je comprends que vous souhaitiez protéger notre peuple. Toutefois, il y a par-delà ces terres – elle dirigea son bras vers le levant – un peuple en détresse, un peuple comme le nôtre qui réclame notre soutien. Il y a peut-être des survivants, certains charriés par les flots et d'autres, sans abris, à la merci des tankos.

L'assemblée réagit à ce mot avec un grondement rempli de crainte.

— Nous ne pouvons décemment pas les abandonner à ce triste sort. Il s'agit de notre espèce, de notre peuple également. Ils n'ont plus de foyer. La cité qu'ils avaient passé des décennies à construire a été complètement détruite. Ces hommes, ces femmes et ces enfants pourraient, si nous les accueillons, apporter du sang neuf à Érinis, renforcer nos défenses et pérenniser notre culture.

J'ai vu leur cité, elle était gigantesque, il y vivait tellement d'âmes. Regardez cette enfant, ajouta-t-elle en entourant d'une main maternelle le visage d'Énora, sa famille est peut-être encore là-bas. Resterons nous inactif mon peuple ?

La sentinelle se surprenait elle-même par son éloquence. Elle se rendit compte que l'assurance qu'elle avait gagnée avec ses fonctions de sentinelle primordiale et d'éclaireuse terrestre l'avait fait gagner en crédibilité. On écoutait ce qu'elle avait à dire, et cela lui donnait de l'aplomb.

— Et veux-tu nous faire partager ce que tu as vu d'autre en scrutant l'esprit de la rescapée ? rétorqua l'oracle sur un ton toujours aussi calme et mesuré. Quelle était la cause de cette catastrophe ?

Le vieux sage, qui avait un don d'omniscience et qui pouvait échanger avec les esprits bien mieux que Miassa, avait lui-même perçu les images troublantes. Il avait raison de s'inquiéter. La jeune femme referma ses bras sur sa poitrine et baissa la tête en silence.

L'oracle continua :

— Notre sœur a vu le sol trembler, le ciel s'illuminer d'un éclair puissant, comme si Bélèn et Bélis s'associaient à Danu pour détruire cette cité géante. Si ce lieu est maudit par nos Dieux, il convient de s'en tenir le plus loin possible. Peut-être ses habitants étaient-ils devenus trop avides de grandeur, le Brihel est un bien à la fois puissant et fragile, une énergie qui peut devenir instable.

— Non, oracle, mon mentor, mon guide, écoutez-moi ! s'empressa la jeune femme d'un ton passionné. Ce n'était pas ça, leur Brihel n'était pas en cause. L'origine est bien une source d'énergie mais elle était à la fois interne et externe. Elle venait à la fois de cette construction étrange et du ciel lui-même. J'ai perçu quelque chose que nous ne connaissons pas encore, une présence ancienne.

Seuls quelques murmures dans l'assemblée parsemèrent la minute qui suivit, cela parut durer une éternité.

— Je n'ai pu ressentir cela à travers toi Miassa, mais cette fille que tu as sauvée a vu quelque chose, c'est certain. Il se pourrait que ce que tu nous décris soit en relation avec la prophétie.

Les habitants laissèrent échapper un cri de stupeur.

— Nous ne pouvons en être certains mes frères et sœurs, mais si cette "présence" est aussi ancienne que Miassa semble le croire, il pourrait s'agir de notre Dieu originel, de celui que la prophétie appelle le créateur. Cette forme inconnue, ce "triangle" qui siège au milieu de leur cité détruite serait alors sa dernière demeure.

— Il faut y aller, articula une des anciennes du conseil en fournissant de maints efforts pour se faire entendre.

— Faites-moi confiance ! dit Miassa en levant ses paumes vers son auditoire. Je trouverai des survivants et les ramènerai chez nous. Je découvrirai si Lugelis, le Dieu originel, existe en ce lieu.

— Ramène-nous avant tout nos filles et nos fils ! tonna la voix rauque de l'oracle. Terrestre Miassa, je sens que tout le monde ici présent souhaite te voir partir, et revenir. Je ne m'y opposerai donc pas davantage. Voyagez promptement, avant que Llyréis ne nous enveloppe de sa douce fraîcheur, et soyez de retour au plus vite !

On la laissa choisir vingt des meilleurs “esprits terrestres” que la cité comptait, pour leur connexion avec Sukèl déjà, mais avec elle surtout. Ils devraient ne faire qu'un, pouvoir communiquer sans parler et coordonner leurs efforts pour éviter les pires écueils, pour éviter le Tanko.

Le chant d'encouragement auquel eut droit l'expédition de sauvetage en quittant Érinis fut le plus beau que Miassa n'eut jamais entendu. Les voix de plus de mille érinites se mêlèrent avec un synchronisme émouvant, elle se sentit pousser des ailes. Avec un sourire humble et d'un pas léger, elle lança à nouveau une course agile en direction des Terres Émergées.

« Rien n'est mal qui est selon la nature. »
Marc-Aurèle

« Ce que l'esprit voit le cœur le ressent. »
André Malraux

## Galéa, Capsule de Débarquement, Espace Aérien Contrôlé
## An 2053, 2ème équinoxe

Syrius commandait le module avec une dextérité qui épata son fils.

Habitué à manœuvrer les lourds panneaux réflecteurs, l'opérateur devenu pilote gérait admirablement la descente de la petite capsule. Tout à coup, le soleil disparut et ils s'enfoncèrent dans le plancher onctueux des nuages. Pendant un bon moment, il n'y avait plus rien à voir. Seule l'humidité condensait des gouttelettes sur les vitres de l'appareil et des volutes semblant être de la fumée filaient du bas vers le haut.

Lyvius et son père émergèrent finalement sous la couche nuageuse en traînant derrière eux un court filet blanchâtre. Loin sous leurs pieds s'étendaient des terres ombragées parsemées de reliefs modestes. À l'est, collés au pied d'une chaîne montagneuse aux allures de muraille, des champs aux formes géométriques régulières dessinaient une curieuse mosaïque agricole. Vus de si haut, on aurait dit qu'une couverture épaisse et rebondie, faite d'une multitude de pièces aux couleurs variée, recouvrait la surface de la planète. Les nuages stoppés par les hauts reliefs déversaient leurs eaux sur les cultures intensives. Plus à l'ouest, le sol s'asséchait et passait d'une savane marron à un désert de sable blanc. L'étendue immaculée heurta le regard de Lyvius par son éclat. Au-delà, on devinait que l'immensité sablonneuse s'enfonçait dans un océan d'un bleu gris agité – ou était-ce l'inverse ?

À mesure que le module perdait de l'altitude, les détails du sol apparaissaient plus gros et prenaient des formes inattendues pour les yeux vierges du petit garçon.

Syrius manipula le levier de commande et la navette commença à décrire une trajectoire nord-sud en continuant sa descente. La courbure de la planète était de moins en moins observable tandis qu'à l'horizon se détachèrent les lignes brisées d'une architecture archaïque. Construite autour de ce qui s'apparentait à l'ancien lit d'une rivière, la ville abandonnée avait une superficie imposante, presque aussi étendue que Magnépolis.

À mi-chemin entre la savane et le désert, on devinait encore les routes à moitié recouvertes de sable et de végétation qui s'enfuyaient vers le sud et vers l'est.

— *C'est Archipolis, ma ville d'origine*, transmit Syrius à son fils tout en poussant la puissance du générateur de champ magnétique afin de maintenir le module en vol stationnaire au-dessus de l'amas urbain.

La flore avait repris ses droits sur le fer, le verre et le béton. La ville déserte avait revêtu le charme de l'abandon et du délabrement, attisant les envies d'exploration de Lyvius.

— *Va-t-on se poser père ?* glissa-t-il dans l'esprit de son géniteur avec de grands yeux ronds.

— *C'est interdit, nous en avons déjà parlé. Nous ne sommes autorisés qu'à survoler notre ancienne capitale*, révéla le pilote.

Puisque l'enfant perçut que son père partageait sa déception, il renchérit :

— *C'est dommage, j'aurais aimé voir où vous viviez avant le Décollage.*

— *Tu ne verras Archipolis que depuis le ciel malheureusement*, soupira Syrius. *En revanche, je connais un endroit où nous pourrons atterrir sans braver les interdits du Commandement Central.*

Il poussa le joystick, contrôlant la propulsion horizontale, et les explorateurs athéléens se faufilèrent entre deux hautes tours recouvertes de vitres.

— *Je vais te raconter une histoire que tu ignores*, entreprit Syrius en pensée tandis qu'il déconnecta le transpondeur de l'appareil, *quelque chose qu'on ne t'a pas enseigné à l'UE. Il y a de nombreuses années, j'ai fait partie d'une équipe d'ouvriers qui a œuvré dans ce secteur.*

— *Ici ? Mais il n'y a rien*, s'étonna le petit en regardant le désert qui défilait sous ses yeux.

— *En effet, c'était ce que le Commandement voulait que l'on pense à l'époque. Nous sommes peu nombreux à connaître l'existence de ce que je vais te montrer. C'est la raison pour laquelle le Noyau Central ne doit pas savoir que nous sommes ici. Tu ne devras en parler à personne, jamais. Je peux te faire confiance ?*

La réponse à cette question, Syrius la connaissait à l'avance, il voulait simplement s'assurer que son fils comprenait les enjeux d'une telle révélation.

— *Bien, figure-toi qu'il y avait ici une construction immense, un édifice qui a fasciné pendant longtemps les plus brillants scientifiques parmi nos ancêtres. On s'interrogea énormément sur l'origine de ce bâtiment, sur sa fonction et sur son architecture. De nombreuses théories furent étayées par des analyses incessantes, mais pendant plusieurs siècles, l'étude ne conduisit qu'à davantage de mystère.*

*Un jour soudain, peu de temps avant le lancement de Magnépolis, le Commandement ordonna que l'on fasse disparaître cette chose, elle devait devenir invisible. L'idée était qu'au fil du temps, on finisse par l'oublier.*

— *Ils ont abandonné leurs recherches ?* questionna l'esprit scientifique de Lyvius.

— *Absolument.*

— *Ne voulaient-ils pas savoir de quoi il retournait ?*

— *Hé bien, on raconte que la réponse à cette question aurait été trouvée, et que c'est précisément la raison pour laquelle on a décidé de la cacher.*

— *La cacher ?*

— *Oui fils, je faisais partie de l'équipe chargée de l'enfouissement de l'édifice. Nous étions à peine une dizaine, ouvriers et ingénieurs, à coordonner le chantier et à piloter les machines d'excavation. Avec des ondulateurs soniques, nous avons d'abord attendri le sol sous cette structure pyramidale, pour ensuite aspirer couche par couche la terre et la roche devenues meubles. Petit à petit, nous avons laissé cette construction massive s'enfoncer jusqu'à ce que son sommet arrive au niveau de la surface. Enfin, il nous a suffi de remblayer l'espace dégagé pour totalement la recouvrir. Il va sans dire que depuis, le temps a fait son oeuvre et que le chantier est totalement imperceptible.*

— *Tu veux dire que quelque part ici, il y aurait un monument enterré ?* questionna Lyvius tout excité.

— *Pas "quelque part", précisément sous nos pieds*, affirma son père en pointant son index vers le bas.

Il venait d'immobiliser la navette à quelques kilomètres d'une paroi verticale surmontée d'un plateau fertile. Elle perdit doucement de l'altitude quand Syrius baissa la puissance du réacteur. Ce dernier commença à soulever du sable et la visibilité se gâta juste avant qu'ils ne touchent le sol. C'est dans un nuage ocre que le pilote coupa la turbine. Toutes les vibrations cessèrent.

Syrius entendit son fils trépigner d'impatience. Le seul fait de pouvoir fouler le sol, la vraie terre, la nature, cela l'enchantait. Il sautillait presque devant le sas, ne demandant qu'à presser la commande d'ouverture.

— *Hop hop, attends un peu !* tempéra son père. *N'oublie pas ceci !* fit-il en sortant deux masques d'un compartiment incorporé dans la coque et en lui tendant le plus petit.

L'atmosphère naturelle étant jugée malsaine, tout explorateur avait l'obligation de porter le filtre respiratoire fourni par le Commandement. Cette sorte de petite coquille transparente s'appliqua sur le visage de Lyvius avec une légère succion en recouvrant son nez et sa bouche. Lorsque Syrius eut ajusté le sien, il indiqua à son fils que c'était bon. L'enfant écrasa sa paume sur la grande touche plate, attendit la dépressurisation de la porte latérale, l'ouverture un peu trop lente à son goût, puis sauta dans le sable du désert avant de commencer à courir droit devant lui.

Un sourire béat anima le visage de son père.

L'étendue sablonneuse s'était progressivement teintée de beige puis d'ocre.

Après quelques minutes à jouer dans cet espace gigantesque et à découvrir les quelques petites pousses végétales survivant dans ce milieu aride, le petit explorateur emboîta le pas de son guide dans ce monde nouveau.

— *C'est ici*, communiqua l'homme après une centaine de mètres.

— *Je ne vois rien, comment peux-tu en être sûr ?*

— *Par triangulation mon fils.*

— *Et quels sont tes points de repère ?* demanda l'enfant pour qui ce procédé de repérage n'avait rien de sorcier.

— *La montagne là-bas*, indiqua Syrius en levant le bras. *Le plus haut sommet doit être situé derrière le plus petit, tu vois ?*

— *Vu*, pensa Lyvius.

— *Ensuite, cette falaise abrupte juste à côté, il y a une brèche à son sommet.*

*— Oui…*

*— Il faut que nous soyons placés de façon à ce que la lettre "ypsilon" apparaisse.*

*— Je la vois,* lança le petit en observant la lumière dessiner un "Y" dans la roche. *Nous sommes au bon endroit alors.*

*— À quelques mètres près. Maintenant, il faut chercher une dalle plate en pierre, nous l'avons posée sur l'entrée de l'escalier.*

Tous les deux se mirent à fouiller des yeux et des pieds l'épaisseur sablonneuse. Lyvius, qui décrivait méthodiquement un cercle concentrique en s'arrêtant régulièrement pour creuser sur une trentaine de centimètres, finit par interpeller Syrius :

*— J'ai trouvé ! Viens voir père !*

Alors que l'enfant commençait déjà à mettre à nu un angle de la large pierre, son géniteur le félicita et précisa qu'il ne fallait en dégager que la surface. Lyvius jubilait, cette sortie hors de Magnépolis prenait des airs d'aventure extraordinaire, de chasse au trésor. Se remémorant les histoires lues ou visionnées sur les téléhologrammes, il s'attendait à des rebondissements spectaculaires.

Syrius quant à lui ne cachait pas son enthousiasme, mais restait étonnamment concentré sur le sujet de leur fouille tout en surveillant l'horizon. Il gardait à l'esprit qu'il n'avait pas à être là, que le Noyau Central pourrait le renvoyer pour s'être rendu sur le site d'enfouissement. Pourtant, il s'était juré de venir "visiter" la pyramide interdite qu'il n'avait pu voir que de l'extérieur, et avait pris pour prétexte de faire découvrir la surface de Galéa à son fils pour satisfaire sa propre curiosité.

*— Comment est-ce ?* glissa Lyvius alors qu'il finissait de découvrir le troisième angle.

*— C'est un amas de blocs de pierre, disposé en pyramide et haut comme les tours de logements du quartier Delta,* décrivit Syrius en projetant le souvenir de cette structure dans la tête de l'enfant.

*— Nous ne pourrons en voir que l'intérieur c'est bien ça ?* comprit immédiatement ce dernier.

*— En effet, avant de recouvrir le bâtiment, nous avons conçu et coulé un tunnel qui descend droit vers la pyramide. Ceci en est l'entrée,* conclut-il en se redressant et en contemplant la grande dalle posée ici il y a plus de vingt ans. *Encore faut-il que je l'ouvre,*

ajouta Syrius en se grattant la tête devant les motifs aléatoires inventés spécifiquement pour sceller l'entrée.

Le père et le fils passèrent un long moment à essayer de déchiffrer ce qu'ils voyaient à la surface, prenant du recul parfois et compilant leurs savoirs respectifs. Ils avaient beau avoir une connaissance et une intelligence très étendues, la clef d'accès ne leur sauta pas aux yeux. De ce que Syrius se souvenait, les dessins fantaisistes avaient été imaginés par les quelques membres de la cellule de commandement de l'époque, et ils ne devaient avoir de sens que pour eux. Cependant, il ne baissa pas les bras, car il se savait capable d'en venir à bout.

Après s'être projeté dans l'esprit de son père et en comprenant les mœurs conservatrices de l'ancien gouvernement, Lyvius eut une révélation.

— *Et l'ancienne langue, père ? Cette suite de symboles qui se répète ici et là, cela me fait penser à des rimes dans ce que vous appeliez "chanson".*

— *Oui, c'est ça !* s'exclama mentalement l'adulte en se rapprochant du dit passage et en posant sa main sur l'épaule de son fils. *C'est de la phonétique, nous ne l'utilisions déjà plus à l'époque, attends voir... Oui, je reconnais ces mots, on ne les écrit plus depuis longtemps. C'est un psaume de l'époque monothéiste.*

— *Un psaume ?*

— *Pardon, un chant religieux, je l'ai déjà entendu de la bouche de ma mère.*

Ceux qui avaient conçu cette dalle ne voulaient vraisemblablement pas que l'on découvre ce qu'elle dissimulait. Le Commandement avait été astucieux en utilisant la voix et la religion, deux éléments de l'ancienne civilisation qui tombaient en désuétude.

— *Tu saurais le chanter ?* risqua timidement Lyvius.

Après un raclement de gorge, son père se chauffa progressivement les cordes vocales. L'organe inusité – ou à de très rares occasions – émit un sifflement strident avant que l'on ne puisse distinguer différentes notes. Après plusieurs essais, Syrius régla un peu mieux la hauteur de sa voix et, sous les oreilles attentives de son fils, commença à y mettre du rythme. Le souffle lui manquait. Il prit une grande inspiration et s'employa à lire la partition sculptée dans la pierre.

Il eut à peine entonné les premières lignes que le mécanisme dissimulé émit un cliquetis significatif, suivi d'un léger souffle poussiéreux à chaque angle de la pierre rectangulaire.

— *Écarte-toi !* ordonna Syrius à son fils qui s'exécuta aussitôt.

La dalle s'ébranla avec un fracas terrible et se redressa sur la tranche, soutenue par de larges pistons métalliques. Lorsque la porte s'ouvrit, le sable ocre du désert se déversa sur les premières marches de l'escalier. Le père et le fils se regardèrent, l'air satisfait, le premier demandant au second :

— *Tu es prêt ?*

Et l'autre de lui répondre :

— *Merci papa.*

Syrius attrapa la lampe accrochée à sa ceinture et ouvrit la marche dans le petit escalier qui s'enfonçait en pente raide dans l'obscurité. Au bout de quelques mètres, d'anciennes ampoules à incandescence, alimentées par on ne sait quelle énergie, apparurent. Certaines ne fonctionnaient pas mais les autres fournissaient suffisamment de clarté pour aborder le périlleux escalier. Ainsi, le duo d'explorateurs descendit dans les profondeurs du désert sur près de 150 mètres avant d'arriver à un coffrage en béton humide appuyé sur des pierres visiblement plus anciennes.

Au-dessus de leurs têtes, une colonne d'aération qui devait déboucher plus loin dans le désert venait purifier l'air ambiant. Il faisait tout de même chaud et humide. L'air était pesant et les respirations saccadées. Ils enjambèrent la haute marche simultanément et pénétrèrent dans un couloir juste assez haut pour Lyvius et plongé dans l'obscurité. Son père ne pouvant y tenir debout, il dut courber considérablement le dos. L'assemblage de pierres massives dessinait une paroi étonnamment lisse et vierge de toute inscription. Lorsque Syrius alluma sa lampe à cristaux, la luminosité fut tout de suite accentuée par la clarté de la roche qui les entourait. Ils s'enfoncèrent dans le boyau en pente plus douce sans perdre un instant, avides de découvertes.

Très vite, le couloir prit une orientation inédite, tournant à 50 ° vers le haut. Ils empruntèrent les quelques marches permettant de rejoindre le nouveau plan incliné et continuèrent de progresser vers le cœur de cette étrange construction. L'agencement des blocs calcaires était parfait, pas une seule arête ne dépassait et cette nouvelle galerie – comme la précédente – était tout à fait rectiligne. On aurait cru observer une architecture moderne, sauf que la pierre n'était plus utilisée depuis des décennies.

Après une trentaine de mètres, la hauteur sous plafond augmenta sans prévenir, laissant plusieurs mètres au-dessus de leurs têtes. En face d'eux, les murs polis et immaculés continuaient dans la même direction et une autre petite galerie s'ouvrait à l'horizontale. Ils décidèrent de rester là où il y avait le plus de place. Encore plusieurs dizaines de mètres et ce haut boyau minéral finit par les conduire à une grande salle construite avec ce qui semblait être du granit.

Syrius leva sa lampe pour éclairer tout l'espace. Outre la couleur différente de la pierre, l'assemblage des blocs était une fois encore millimétré, du vrai travail scientifique. À une extrémité de cette pièce se trouvait une curieuse forme – en granit également – semblant être solidaire du sol. Cela s'apparentait à une sorte de coffre rectangulaire vide et ouvert sur le dessus.

Le père et le fils flânaient paisiblement dans ce lieu mystérieux que presque personne n'avait eu la chance de visiter, observant dans les moindres recoins. Lyvius s'apprêtait à poser ses mains sur les rebords du "coffre" lorsque des vibrations se firent sentir, accompagnées d'un grondement sourd.

— *Que se passe-t-il ?* demanda l'enfant en regardant autour de lui.

Il sut que son père n'avait pas la réponse quand lui aussi manqua de perdre l'équilibre sous l'effet d'un tremblement plus fort. Les murs bougeaient distinctement, de la poussière commença à tomber du plafond.

— *Nous ne sommes pas dans une zone sismique...* commença-t-il à penser avant de se reprendre. *COURS LYVIUS, COURS !* martela-t-il dans la tête de son fils.

Il fallait sortir de là au plus vite. Peu importait l'origine de ces secousses mais cette chose risquait de s'effondrer à tout moment.

À grandes enjambées, ils empruntèrent la haute galerie en sens inverse, sa pente leur sembla d'ailleurs beaucoup plus aiguë qu'à l'aller. La structure entière bougeait, le bruit était assourdissant. Ils descendirent la petite galerie presque sur les fesses tellement son inclinaison était devenue raide et tombèrent enfin dans le couloir qui menait à l'entrée. Syrius aida son fils à se relever et le tira en avant jusqu'à l'escalier. Tous les deux avaient le souffle court mais là encore, les tremblements étaient largement perceptibles. C'est donc avec beaucoup d'effort qu'ils remontèrent les marches incalculables, le père soutenant le fils, pour finalement émerger dans la lumière aveuglante du désert.

Allongés dans le sable chaud et doux, leurs cœurs battaient à un rythme effréné. Dans la précipitation, le masque de Syrius avait glissé en découvrant son nez. Il s'empressa de le remettre en place. Quand ils commencèrent à se calmer, les vibrations venues du sous-sol s'estompèrent elles aussi, pour finalement s'arrêter.

Assis les mains dans le sable, le père et le fils se regardèrent avant d'éclater d'un rire franc et libérateur, c'était là une des rares occasions où ils pouvaient entendre leurs voix.

Les yeux rivés vers le ciel, ils reprenaient leur souffle et leur calme lorsqu'un rayon d'un bleu intense vint percuter le sol à un peu plus de cent mètres d'eux, au-dessus de la structure enfouie, projetant une immense gerbe de sable alentour. Cette lumière les aveugla autant qu'elle les fascina pendant à peine trois secondes, puis disparut dans le sable.

Syrius et Lyvius se regardèrent, étourdis et incapables d'émettre la moindre pensée. Le phénomène venait de s'abattre au niveau du sommet de la pyramide.

« Le véritable voyage de découverte ne consiste pas à chercher de nouveaux paysages, mais à avoir de nouveaux yeux. »
Marcel Proust

« La science consiste à passer d'un étonnement à un autre. »
Aristote

## Neït, Terre Australe, Arène Militaire de Behdet
## Au lendemain de la 9ème lune

Le soleil se levait à peine sur l'océan que les encouragements retentissaient déjà dans le grand amphithéâtre.

Hank avait revêtu sa cuirasse moulée spécialement pour son buste et se tenait debout au milieu de la piste. Le lourd bouclier, posé au sol, tenait en appui contre sa jambe et un glaive court et large prolongeait son bras ballant. Sa posture manifestait robustesse et fermeté, son adversaire aurait fort à faire. Dans la tribune destinée au Commandeur, Sobek faisait confiance à son ami pour l'honorer, et gagner le duel.

Trétor, le forgeron soutenu par la plupart des sénateurs, s'était fait attendre pendant de longues minutes. Il apparut enfin par la petite porte menant aux vestiaires. Tous étaient curieux de savoir quel guerrier était assez fou pour accepter d'affronter l'illustre Maître d'armes. En s'arrêtant devant la tribune officielle, l'opposant s'adressa au Commandeur :

— Gloire et respect Sobek ! Avant que la joute ne commence, je t'informe que tout est prêt pour le départ. J'ai pris la liberté de regrouper l'équipage du Pourfendeur et de charger ses cales de provisions. Si l'issue de ce combat me donne raison, le navire pourra appareiller dans l'instant.

— Tu as bien fait, mieux vaut être préparé, répliqua Sobek pour ne rien perdre de son charisme.

— La question qui va être débattue ici ne concerne que cette expédition sur la Terre Boréale. En aucun cas ta légitimité ne sera remise en question, énonça le frondeur.

— Tu m'en vois ravi Trétor, j'avais peur de devoir te tuer moi-même ! plaça le Commandeur avec un rire rauque. Qui vas-tu opposer à mon plus fidèle guerrier ?

Le forgeron baissa la tête et fit quelques pas en arrière avant de se retourner et de désigner les vestiaires d'un signe du bras, symbole de déférence. Les cors retentirent et la porte s'ouvrit. Tout à coup, sous le regard impatient du public, Tetki fit son entrée au pas de course, portant arme et bouclier. L'assemblée se figea tandis qu'une clameur discrète précéda un silence glacial. Les yeux se tournèrent vers le Commandeur qui venait de se lever. Celui-ci ne dit rien, secoué et impuissant en voyant son fils entrer dans l'arène.

Tetki vint se placer face à son précepteur, fixant son regard avec une expression neutre. Il contractait tous ses muscles et sautillait comme pour se chauffer, Hank ne le reconnut pas. En effet, le regard du jeune mâle était vide, il ne salua même pas son mentor.

— Nos lois sont formelles : "quiconque accepte de se présenter en tenue de combat est autorisé à combattre pour défendre ses idées ou celles du citoyen qu'il représente", cita Trétor.

— Qu'est-ce... Comment se peut-il ? bégaya Sobek qui n'en revenait pas de voir son fils prêt à affronter Hank.

Tout alla très vite ensuite. L'organisateur du combat avait tous les pouvoirs dans l'arène, et ne laissa par conséquent pas au Commandeur le temps de s'exprimer. Ce mâle de petite taille et plus épais, peu gâté par la nature, s'impatientait tellement devant un tel évènement qu'il ordonna le début du duel :

— Hank, fils de Tarbi Salik, représentant la maison Klyos, et Tetki, FILS DE SOBEK KLYOS, éleva-t-il intentionnellement la voix, représentant Trétor troisième, vont maintenant s'affronter pour votre plus grand plaisir. Le combat décidera si des troupes seront envoyées ou non en direction du nord et de cette lumière observée plus tôt. Une fois l'un des participants vaincu ou mort, l'issue sera définitive et n'autorisera aucun autre affrontement sur le sujet. Les règles sont connues de tous... PLAAAACE AUX GUERRIEEERRRS ! acheva-t-il dans un glapissement sordide.

Le calme régnait dans les tribunes.

— Tetki, à quoi joues-tu ? prononça Hank d'un ton ferme et le regard sévère.

Le jeune adulte ne broncha pas.

— Tetki, TETKI, ne fais pas ça ! insista-t-il plus fortement.

Rien. Aucun sourcillement, son élève avait l'air totalement absent.

Au son du gong, c'est sans hésitation que ce dernier s'avança, les traits animés de rage. Hank n'avait encore jamais observé cette expression sur son visage. Il comprit qu'on l'avait drogué, ce ne pouvait être que ça. Jamais Tetki n'accepterait de le combattre consciemment, d'abord parce que les deux mâles étaient liés sinon par le sang, par une affection inébranlable, mais surtout parce que l'élève était encore bien loin du niveau de son maître. Le combat était parfaitement inégal, il s'agissait visiblement d'un coup monté contre le Commandeur.

Le bouclier de Hank essuya un premier coup d'épée puissant.

— TETKI ! cria le Maître d'armes dans l'espoir de réveiller celui qu'il considérait comme son fils.

Rien n'y fit. Au deuxième coup porté par Tetki, Hank lui bloqua le bras avec son bouclier et le fixa un moment dans le blanc des yeux. Comme son adversaire se débattait, il le repoussa vigoureusement en le faisant tomber à terre.

Le combat auquel assista le public ensuite ne fut pas celui auquel il s'attendait. Hank esquivait les attaques pourtant agiles de son élève sans grande difficulté, mais ne tentait jamais de l'atteindre avec son glaive. Il se contentait seulement de l'éloigner ou de le fragiliser avec des coups du tranchant du bouclier dans les membres, si bien qu'au bout d'un moment, Tetki se fatigua. C'est en traînant la jambe et totalement essoufflé qu'il s'évertuait à attaquer, à courir, à sauter sur son opposant qui le repoussait chaque fois. On aurait dit que quelqu'un d'autre contrôlait sa volonté, en temps normal, le jeune guerrier aurait déposé les armes.

Une énième charge et le fils du Commandeur reçut un coup de bouclier involontaire à la tête. Il tituba, s'écroula quelques secondes et se releva une fois de plus. Hank commençait sérieusement à s'inquiéter, le petit était déjà bien amoché, du sang coulait de son front, mais il n'avait visiblement pas l'intention d'en rester là. S'ils n'arrêtaient pas bientôt, il se blesserait gravement ou pire, s'écroulerait définitivement de fatigue.

À la fois concentré sur ses mouvements et attentif à l'état de son élève, le précepteur lança un regard interrogateur à Sobek dans la tribune officielle. Il vit son ami, toujours debout et le visage désemparé, lui faire "non" de la tête. Presque aussitôt, Hank laissa tomber son bouclier et planta son glaive dans la terre sablonneuse. Son adversaire réagit à ce signe de soumission en se redressant – autant qu'il le put – et en se retournant en direction des vestiaires.

Alors c'était tout ? Le public s'était déplacé pour assister à ce triste spectacle ? La foule commença à huer les deux combattants, lançant divers déchets dans leur direction. Hank accompagna d'un regard triste son élève qui disparut par la petite porte.

La ruse de Trétor était assez inattendue. Il avait fait jouer le lien du sang pour faire tourner le combat à son avantage. Quel poison avait-il fait ingérer à Tetki pour le manipuler de la sorte ? Ce genre de phénomènes avait déjà été observé, mais jamais au cours d'un combat officiel. Bien qu'ils ne puissent certainement pas prouver ce qui semblait évident, Hank et Sobek ne laisseraient pas le forgeron s'en tirer aussi facilement. Il paierait cher d'avoir truqué le combat.

Même si la décision d'envoyer des troupes sur la Terre Boréale avait été prise – d'une manière peu conventionnelle certes, mais selon les règles ancestrales du combat – et que l'organisation de l'expédition incombait à Trétor et à ses alliés, le Commandeur avait tout de même son mot à dire. Ainsi fut-il décidé que Hank superviserait la sécurité des mâles envoyés au Nord et garderait un œil sur l'état de santé de son fils. Si Sobek avait pu les accompagner, il aurait assuré cette tâche lui-même, mais nombre de besognes l'attendaient à Behdet.

***

— Plus fort ! Ramez plus fort ! hurlait le responsable de l'immense troupe de rameurs, avec toujours la même cadence. Dans la cale, les quatre-vingts forces de la nature réparties quatre par quatre maniaient avec énergie et courage les dix longues perches qui battaient les flots de chaque côté de la coque. L'extrémité élargie fendait la surface lisse du grand océan et propulsait le navire qui glissait à toute vitesse.

— Plus fort ! Ramez plus fort !

On entendait sa voix puissante jusque sur le pont. Là, des marins bien sûr, qui affalaient, arisaient, étarquaient, barraient bref, naviguaient, mais aussi les meilleurs guerriers que Behdet connaissait. Serrés les uns contre les autres, ils devaient être environ deux cents, ce qui, additionné aux rameurs et aux marins chevronnés portait les neïts présents sur le Pourfendeur au nombre de 320. Tous savaient manier l'épée.

Fierté de l'armada de la dynastie Klyos, il s'agissait là du plus grand navire de la flotte et surtout du seul conçu pour naviguer dans les eaux gelées bordant la Terre Boréale. Pour une raison étrange, le climat chaud et sec de la Terre Australe se transformait très rapidement en une atmosphère apocalyptique ventée, pluvieuse et froide. Le plan d'eau parfaitement calme devenait en quelques milles tourmenté puis parsemé de creux de la hauteur de la coque. Les bourrasques aveuglaient la vigie et l'équipage devait s'accrocher pour ne pas passer par-dessus bord.

Bientôt, le calme reviendrait et le Pourfendeur pourrait, grâce à sa proue renforcée et profilée, se frayer un chemin dans la glace.

— Tenez-le bien ! ordonna Hank à deux guerriers qui lui étaient fidèles. Allez, bois mon grand, c'est pour ton bien, bois !

Il déversa le contenu d'un bol dans la bouche grande ouverte de Tetki, qui essayait tant bien que mal de se défaire de l'étreinte des deux géants. Il était faible depuis son dernier combat. C'est donc sans trop de difficulté que son précepteur lui fit boire plusieurs litres d'eau de mer.

— Voilà, vous pouvez le lâcher. Ça va te purger fils, tu vas vite redevenir toi-même.

Dans un recoin de la cale, la scène de Hank tentant de soigner Tetki du sortilège chimique échappa au regard de Trétor resté près de la barre. Le jeune initié rendit comme prévu tout le contenu de son estomac, et plus encore. L'eau de mer nettoya si bien son organisme qu'après quelques heures de sommeil, il avait repris ses esprits.

— Père... articula-t-il couché à même le plancher.

— Non, c'est moi, c'est Hank, fit le Maître d'armes en se tournant vers lui. Alors, comment va notre plus solide guerrier ?

— Hum, bien... je crois. Que m'est-il arrivé ?

Son mentor lui expliqua l'épisode de l'arène, du combat ainsi que les manigances du forgeron pour que le Commandeur cède à ses attentes. Ils étaient en route pour la Terre Boréale et Tetki était censé rester fidèle au forgeron qui dirigeait l'expédition.

— Tu vas devoir jouer un double jeu, fils.

— Jusqu'à quand ?

— Tant que tu ne seras pas en danger, tu comprends ? Ton père...

— Je ne suis plus un enfant aujourd'hui, je suis capable d'affronter cet idiot et ce traître de Trétor.

— Je sais, je sais. Ne parle pas trop fort ! J'ai besoin de toi, de tes oreilles pour m'aider à faire en sorte que tout se passe bien une fois là-bas. Je peux compter sur toi ? demanda le guerrier transformé en stratège.

Tetki répondit en hochant la tête avant de se relever. Le bateau tanguait déjà moins.

Lorsque le Pourfendeur accosta sur la Terre Boréale, il laissa derrière lui une traînée bleu nuit, presque noire, dans la fine pellicule blanchâtre qui recouvrait l'océan. Drapés de peaux de bêtes qu'ils n'utilisaient que très rarement, les guerriers et marins neïts débarquèrent sur la banquise immaculée. La plupart foulaient cette terre pour la première fois.

Les érudits qu'avait emmenés Trétor utilisèrent la position des étoiles pour se repérer et pour estimer la direction où s'était produit le phénomène. Tous se mirent en marche, chargés de nourriture et subissant les assauts du froid. À cause des rafales de vents qui soulevaient les minuscules particules de givre, la visibilité était très mauvaise. L'étendue semblait plane des lieues à la ronde.

— Grrr ! cet imbécile veut notre mort, grognèrent certains.

— Allons-nous affronter les guerriers Koprü ? redoutèrent d'autres.

— En tout cas, j'espère qu'on rentrera très vite chez nous, c'est invivable ici.

— Il n'y a pas plus de Koprü que de Klyos ici, raisonna l'un des marins. Aucun neït ne s'aventurerait sur ces terres sans une bonne raison.

— Et nous alors, tu crois que notre raison est bonne ?

— Demande à Trétor, et laisse-moi tranquille ! Regarde devant toi !

Les discussions commençaient à s'échauffer dans le groupe de marcheurs. Plusieurs fois, Hank dut donner de la voix pour calmer les esprits.

Tetki marchait à proximité du forgeron et l'entendit échanger avec un sénateur aventurier :

— Notre plan se passe pour le mieux. Lorsque nous rentrerons à Behdet, le Commandeur sera tellement effondré qu'il enverra tous ses guerriers vers Sehlem. Cette déclaration de guerre au clan Koprü causera sa perte. Il voudra naturellement affronter le patriarche, mais il ne sait pas que son fils l'a remplacé. Il perdra ce combat, j'en mets ma main à couper. Sa défaite m'autorisera à administrer Behdet comme je l'entends, ponctua-t-il avec un regard malsain pour le fils Klyos.

Sur le moment, Tetki du dompter sa colère pour ne pas réagir et trancher la gorge de Trétor. Dès qu'il le put, il rejoignit discrètement Hank pour lui faire part du projet du comploteur.

— Quoi qu'il prépare, son but est d'évincer ton père, il est trop faible pour s'en prendre personnellement à lui.

— Laisse-moi lui régler son compte Maître !

— Et pour quel motif ? Non, je te rappelle que tu dois plus que quiconque respecter le code moral de la guerre.

— Son plan est de toute façon voué à l'échec puisque je ne suis plus sous son emprise.

— C'est vrai, mais un conflit avec la dynastie Koprü pourrait bouleverser l'ordre établi. Il faut se méfier d'eux, surtout s'ils coopèrent avec ce fourbe. Attendons de voir ce qu'ils fomentent !

Après une nuit et une journée de marche, le groupe finit par s'arrêter dans la tempête, fatigué et n'y voyant plus rien. Ils établirent un bivouac à l'abri de ce qui semblait être, dans la tourmente, une petite montagne ou un relief de glace. Sous les toiles tendues et battues par le vent, des feux réchauffèrent les corps et la viande accompagnée de pain revigora tous les mâles de l'expédition. La marche avait été longue, et bien que la nuit ne fût pas encore tombée, tous s'endormirent bien vite.

Au matin, à la surprise générale, près du tiers des yourtes avaient disparu. Seuls restaient les valeureux guerriers de Behdet. Trétor avait fichu le camp avec ses marins et les quelques érudits sachant lire les étoiles, les abandonnant au beau milieu de l'étendue désertique. Le Maître d'armes s'en voulut terriblement, son ami l'avait chargé de protéger son fils et voilà qu'ils partageaient le même sort. Le vent avait évidemment effacé leurs traces, il n'y avait aucun moyen d'arriver jusqu'au Pourfendeur avant eux, surtout sans se perdre.

Alors tel était son plan, faire croire au Commandeur qu'un affrontement avait eu lieu et que son fils avait péri. Cela déciderait sans aucun doute Sobek à envoyer toutes ses forces marcher sur Sehlem. Cela risquait d'être un carnage. Hank ne l'avait pas vu venir.

Tous les combattants restés sur la Terre Boréale avec lui étaient désormais pendus à ses lèvres, le considérant comme leur mentor et désormais comme leur Commandant.

Tellement préoccupé par la fuite de Trétor et par le sort de Behdet, Hank n'avait pas prêté attention à ce qui se tenait derrière le campement. L'air stupéfait des autres neïts l'invita à se retourner et à lever les yeux. Ce qu'ils avaient pris pour une montagne plusieurs heures auparavant se dévoilait maintenant, par un temps plus clément, comme une construction bien plus haute que ce qu'il ne leur avait jamais été donné de voir. La structure en forme de pointe de flèche n'était visiblement pas naturelle, et bien que la glace en recouvre la surface, les pierres qui la constituaient n'avaient assurément pas leur place sur cette banquise. Impressionné par les dimensions extraordinaires du bâtiment, le Maître d'armes se remémora l'éclair inhabituel observé dans le ciel depuis Behdet…

Ces deux phénomènes étaient-ils liés ?

« L’honneur défend des actes que la loi tolère. »
Sénèque

« On tient d'autant plus aux honneurs qu'on en est moins digne. »
Edouard Herriot

## Terre, Égypte, Aéroport al-Qāhirah al-Duwaliyy du Caire 24 septembre 2014

Après l'ouverture des portes et l'amarrage des passerelles de débarquement, le docteur Grangé avait tout de suite senti l'air chaud et sec filtrer entre la carlingue et la jonction en accordéon. Son bermuda et sa chemise en lin rendraient les 35 °C de ce mois de septembre plus supportables.

Avant d'embarquer à Charles de Gaulle, il avait tout juste eu le temps de passer chez lui et de jeter des vêtements légers dans son petit sac de voyage. Le scientifique, habitué aux départs dans l'urgence, se contentait de peu et préférait voyager léger.

Miguel l'attendait à l'arrêt minute dans une ancienne berline climatisée mise à leur disposition par les autorités locales. Leur chauffeur, parfaitement francophone, le salua avec toute la joie que ses employeurs avaient dû lui demander de manifester :

— Bienvenue Docteur Grangé, je me nomme Akins, je vais vous accompagner tout au long de votre séjour, se présenta-t-il en déposant le sac de son passager dans le coffre.

— Bonjour, répondit Maxime un peu surpris d'un tel accueil.

— Avez-vous passé un bon vol ?

— Je n'aime pas les avions, mais le repas était plutôt bon, c'est gentil, articula-t-il malgré la fatigue du voyage.

L'air frais recyclé lui fit un bien fou mais commença à lui piquer la gorge au bout de quelques secondes.

— Tu vois, je t'avais dit qu'ils ne se moquaient pas de nous, ils prennent la situation très au sérieux ici. Salut patron !

— Ah, je t'ai déjà dit de ne pas m'appeler comme ça, admonesta le sismologue en faisant l'accolade à son assistant. Alors, qu'est-ce que tu as appris de nouveau ?

— Tous les relevés sismographiques ont confirmé les données initiales : la source des secousses se situe à l'emplacement précis de la grande pyramide et son rayon de propagation est extrêmement réduit.

— Réduit à quel point ?

— C'est inédit, on n'a jamais observé quelque chose de semblable. L'équipe de Tobias Simeon a bien relevé un 2,6 au centre du Caire, mais la résonance s'amenuise à mesure que l'on s'éloigne de Gizeh

— Plus que d'ordinaire ?

— Pour tout te dire, au-delà d'un rayon de 50 kilomètres, il n'y a déjà plus de traces de secousses. La plus grande partie des habitants du Caire n'a même pas ressenti le phénomène.

— C'est plutôt troublant, déclara Maxime en fronçant les sourcils.

— Je suis d'accord.

— Tobias travaille pour les Égyptiens ?

— Oui, pour les conservateurs du Musée Égyptien exactement, ils comptent sur lui pour anticiper d'éventuels séismes et protéger leurs collections. C'est toi qu'ils auraient dû embaucher, ricana le jeune Espagnol.

— Il fera un excellent travail... mais je parie qu'il ne l'a pas vu venir celui-ci.

— Sans doute, mais tu vas pouvoir lui demander toi-même, il nous attend sur place.

— Parfait ! Il n'y a pas de temps à perdre. Parle-moi de ces secousses ! s'intéressa le sismologue qui flairait une anomalie.

— Le terme de "vibrations" serait plus approprié, beaucoup moins fortes et presque continues. Comme je te l'ai dit, elles se sont dispersées en seulement quelques kilomètres, comme s'il n'y en avait qu'à la surface.

— Tiens, justement, qu'en est-il des couches inférieures ?

— Hum... c'est que... personne n'a aucune donnée là-dessus.

— Personne ? Sur toutes les équipes qui étudient l'activité sismique dans la région, personne n'a relevé d'ondes sismiques ?

— Non Maxime, il n'y a même pas d'hypocentre. Tu crois qu'ils t'auraient fait venir pour un simple séisme ? Pour eux, tu es le seul à être capable de dire de quoi il s'agit.

Pendant leur conversation, les larges lunettes noires du chauffeur desquelles dépassaient des sourcils ébouriffés n'eurent de cesse de regarder dans le rétroviseur intérieur.

Les avant-bras musclés d'Akins manoeuvraient le lourd véhicule dans les petites rues de la capitale. L'autoroute circulaire contournant la ville gigantesque étant totalement saturée de bouchons, cela avait incité le chauffeur à changer d'itinéraire et à traverser l'agglomération qu'il connaissait comme sa poche.

— Certains croient que c'est un signe de Pharaon, prononça-t-il tandis qu'il doublait un bus de tourisme.

Maxime et Miguel se regardèrent, un peu amusés par l'immersion de leur chauffeur dans leur conversation. Autant inquiétés par les nombreux coups de klaxon des voitures et des motos alentour qu'intéressés par les croyances de leur guide, ils firent un effort pour lui tendre une oreille plus attentive.

— On dit que quelque chose s'est réveillé, et que ça a fait bouger la terre. Personnellement, je ne crois pas aux histoires de revenants, reprit-il avec son accent oriental très léger. Je pars du principe que si la momie de Khéops n'a jamais été retrouvée, c'est soit parce qu'elle a été dérobée, soit parce que le Pharaon a traversé le fleuve sans encombre et siège à présent dans l'au-delà.

— Il aurait réussi à passer sans son embarcation ? demanda Maxime avec ironie.

Grâce à Céleste et à ses cours du soir, il pouvait se targuer de connaître une part de l'histoire égyptienne. Il en savait suffisamment en tout cas pour affirmer que la barque solaire destinée à la traversée avait été retrouvée sous son tombeau.

Akins leva la tête dans le rétroviseur avec un large sourire :

— Je vois que vous vous intéressez à notre culture Docteur, c'est très bien, vous en aurez besoin. L'Égypte est encore pleine de mystères vous savez.

À peine eut-il fini sa phrase qu'il écrasa la pédale de frein pour immobiliser la voiture au milieu de la route. Un peu secoués, ses passagers s'inquiétèrent de la raison de cet arrêt violent.

Avant qu'ils n'aient le temps de se renseigner auprès de leur guide, ils comprirent en voyant un homme qui traversait la route d'un pas volontairement lent. Lorsque le véhicule put repartir, Akins baissa sa vitre et jura en arabe quelques mots à destination du piéton imprudent.

En s'éloignant, Maxime se contorsionna et vit par la vitre arrière que l'homme s'était retourné et lui faisait face. Le chèche qui lui couvrait une partie du visage laissait apparaître des arcades profondes et des yeux d'un noir saisissant, presque morbides. Le vent qui s'engouffrait dans les rues souleva la pièce de tissu et dévoila le même col mao que le scientifique avait pu observer la veille dans les couloirs du Louvre.

La voiture et ses passagers s'éloignèrent rapidement si bien que l'individu fut bientôt hors de vue. Le scientifique se rassit face à la route, le teint blêmit par son observation.

— Tout va bien Max ? s'inquiéta son assistant.

— Ça va, ça va.

— On dirait que tu as vu le fantôme du Pharaon, ricana l'autre.

— Ce doit être à cause de la chaleur et de la clim, sans doute un coup de froid, mentit-il.

Comme il n'était pas certain de ce qu'il avait vu et qu'il n'avait reçu aucune menace directe, il préféra ne pas inquiéter Miguel avec cet étrange pressentiment. Pourtant, les mises en garde du président du comité de recherche de la faculté l'angoissaient au plus haut point, ses mots résonnaient dans sa tête :

*Si vos résultats sont concluants, attendez-vous à vous faire un paquet d'ennemis dans la communauté scientifique ET au sein d'autres organisations !*

Trois quarts d'heure plus tard, après s'être dépêtrés d'un trafic insupportable, ils arrivèrent enfin sur le site de Gizeh.

Les monuments pharaoniques – en cet endroit, le mot prenait tout son sens – jetaient leurs ombres colossales sur le sable et la pierre du désert. Le sphinx, un peu en retrait et tourné vers le soleil levant, remplissait toujours son rôle de gardien. Converties en attraction touristique, les trois pyramides semblaient baignées d'une aura divine, venue de l'ancien temps. Malgré la foule de visiteurs qui s'y pressaient et les multiples études dont il avait fait preuve, le plateau qui accueillait la nécropole revêtait toujours la même sacralité. À quelques kilomètres au sud de la vieille ville de Gizeh collée au Caire, le site attisait encore les croyances, qu'elles soient d'ordre religieux ou plus cartésiennes.

Autant dire que l'évènement de la veille ravivait l'intérêt persistant de la grande pyramide. Le présumé tombeau de Khéops, plus encore que les autres pyramides, alimentait les questionnements et les théories en tout genre. Scientifiques et historiens poursuivaient leurs affrontements virtuels au sujet de la fonction réelle du monument, brandissant à tour de bras sa structure interne inédite, les reliques trouvées dans le tombeau, ses dimensions impliquant pi ou le nombre d'or, les nombreux hiéroglyphes, l'orientation de l'ensemble du site par rapport aux astres ou encore les moyens théoriquement employés lors de sa conception.

Aucun terrain d'entente ne semblait possible, les égyptologues empiriques restaient campés sur leurs positions et des idées toujours plus farfelues venaient les bousculer. La pyramide de Khéops gardait finalement tous ses secrets.

L'accueil du sismologue israélien ne fut pas aussi chaleureux que celui du chauffeur. Quand les deux hommes descendirent de la voiture, il leur tendit une main crispée et ne décocha pas le moindre sourire, l'homme semblait sous tension.

— Tobias Simeon, voici le Docteur Maxime Grangé, introduisit le conservateur principal du Musée Égyptien.

— Ravi de vous rencontrer Monsieur Grangé, déclara-t-il sobrement.

Les titres n'étaient visiblement pas sa tasse de thé. Maxime connaissait bien la réputation de Simeon. Il savait que celui-ci possédait un diplôme d'ingénieur en plus d'un master en géophysique mais était assez éclairé pour savoir que le terrain ne souriait pas davantage aux doctorants qu'aux opportunistes. Simeon était pour ainsi dire son concurrent direct mais n'avait encore jamais réussi à le devancer dans ses prévisions.

— Moi de même, j'ai suivi vos travaux avec attention, tenta Maxime par politesse.

— Nous avons installé notre tente par ici, obtint le Français pour seule réponse avant de suivre son homologue qui ouvrait la marche.

Miguel fit de gros yeux et une grimace ridicule que Maxime ne manqua pas de remarquer.

— Je ne vous cache pas que vous perdez votre temps avec cette secousse, il n'y aura rien de plus, prononça Tobias en leur tenant ouverte la bâche de la tente.

— Vous ne croyez pas en d'éventuelles répliques ?

— Non, exprima-t-il sèchement, je pense qu'il s'agissait d'un résidu de fissures locales qui ont généré ces secousses de faible amplitude. Pas de quoi en faire toute une histoire.

— Et où se situerait le foyer ? demanda Maxime, interpelé par la théorie de l'Israélien.

— Ici même, sous la pyramide, un peu alentour.

— En surface donc ?

— Non, dans les premières strates de la croûte terrestre. De simples craquements je vous dis, des reliques d'un précédent tremblement de terre.

Dubitatif, Grangé fit le tour de l'installation en observant les écrans d'ordinateur et les sismogrammes papier étalés sur le plan de travail. Après quelques minutes, il déclara :

— Mmm, vous avez sans doute raison, ce n'est peut-être rien...

Pour la première fois, Tobias Simeon esquissa un semblant de sourire. Il parut véritablement soulagé que Maxime lui donne raison.

— Je vais tout de même me pencher sur le sujet, ajouta ce dernier. La terre ne tremble pas sans raison, et puis, les personnes qui m'ont convié ici s'attendent à un minimum d'implication de ma part, lâcha-t-il dans un large sourire.

L'autre homme se décomposa immédiatement et avant de quitter la tente, s'exprima ainsi :

— Bien, faites comme bon vous semblera. On m'a demandé de mettre mon matériel à votre disposition, tout est ici. Bonne journée Messieurs.

Le conservateur lui emboîta le pas en silence et tous deux montèrent dans un luxueux 4X4 anthracite.

— Curieux bonhomme, déclara Miguel quand ils furent seuls.

— Oh, je ne m'attendais pas à un meilleur accueil. Ce sont leurs résultats qui sont curieux, regarde-moi ça ! enchaîna Maxime en désignant alternativement les feuilles volantes et les données numériques. Rien ne correspond, on dirait les relevés de sites différents, ou faits par des étudiants. Cela m'étonne que Tobias travaille dans ces conditions.

— Tu l'as entendu, il prend ça à la légère.

— C'est le moins que l'on puisse dire. Allez, montre-moi où nous sommes installés !

Quelques heures plus tard, après une sieste réparatrice et l'analyse des résultats de ses propres sismographes, le docteur

Grangé était plus qu'impatient de déballer ce qu'il appelait “ses lasers”.

La nuit tomberait bientôt et le flot de touristes avait regagné les hôtels.

Miguel et une équipe d'étudiants en sismologie l'aidèrent à placer les capteurs laser tout autour de la pyramide. Surveillés par des gardes du gouvernement, ils jouissaient d'une habilitation exceptionnelle qui les autorisait à monter sur le volumineux monument.

Maxime avait imaginé ces capteurs optiques qui étaient à la fois reliés à des récepteurs au sol mais également entre eux. La multitude de petits prismes renvoyait le faisceau lumineux vers leurs petits frères et enregistrait les déplacements des uns par rapport aux autres. Il en était très fier et comme l'architecture antisismique de l'Égypte antique était au centre de ses recherches, il lui tardait de tester le dispositif sur la grande Khéops. En cas de nouvelles secousses, le dispositif lui permettrait d'observer les réactions de la structure.

Tout était en place, il ne restait plus qu'à patienter.

À peine avait-il rejoint Miguel sous la grande tente que celui-ci l'interpella d'une voix forte :

— MAX, tu devrais venir voir.

Le scientifique s'approcha du long plateau posé sur des tréteaux qui faisait office de plan de travail.

— Qu'y a-t-il ? demanda-t-il, insouciant. Ah, les données du scan sont arrivées, voyons voir... prononça Maxime en tournant l'écran de l'ordinateur portable face à lui.

Il avait commandité la veille un scan aérien du plateau de Gizeh. Le procédé, embarqué sur un drone téléguidé et placé en vol stationnaire, capturait des images non seulement de la surface mais également des couches sous-jacentes. Par résonance électromagnétique, l'extrême précision des ondes renvoyait donc une image nette de la géologie du sol. La technologie était telle que la modélisation 3D permettait de naviguer dans l'espace tout en changeant d'angle de vue.

Par comparaison avec les données antérieures, Maxime et Miguel seraient capables de visualiser les mouvements du terrain survenus la veille.

— Ça a l'air d'être la morphologie classique, rien n'a bougé, observa Maxime.

Miguel, toujours assis, effectua une rotation pour se retrouver face à son employeur. Son regard presque paniqué appuya ses mots :

— Tu ne vois rien ? Ne regarde pas la terre, observe le centre de l'image !

— Hé bien quoi, nous avons trop peu de visibilité sous la py...

Le géologue s'arrêta net et fit glisser ses doigts sur l'écran tactile pour agrandir l'image. Sous ses yeux, la structure interne de la pyramide de Khéops apparut. Pour l'avoir consulté tant de fois pendant ses cours d'égyptologie ou observé dans la galerie du Louvre, le schéma classique de la répartition des couloirs et des chambres funéraires au cœur de la pyramide semblait avoir changé.

— Qu'est-ce que... hésita l'homme de science ! Il y a eu un bug lors de l'assemblage des images ou quoi ? Tu as déjà navigué dans la 3D ?

— Non, je viens à peine d'ouvrir la modélisation.

— C'est comme si on avait superposé une image prise dans l'axe nord-sud avec une autre prise dans la verticalité, ça n'a aucun sens.

Les deux hommes constatèrent un renversement inédit de la structure interne de la grande pyramide.

Les couloirs, construits méthodiquement pour permettre de circuler vers les différentes salles, s'étaient réorganisés de sorte que le couloir ascendant et la grande galerie restaient dans le prolongement l'un de l'autre mais occupaient le centre du monument, reliant verticalement son sommet à la chambre funéraire du roi, située désormais dans le tiers inférieur du bâtiment. Le puits, le couloir horizontal, et la chambre de la reine avaient eux aussi changé de place et apparaissaient désormais au niveau du sol. Seuls le couloir descendant et la fausse chambre funéraire demeuraient à leur emplacement d'origine. C'était désormais le puits qui semblait connecter le couloir descendant à la chambre du roi. Les puits d'aération n'avaient quant à eux pas bougé.

— Ces données sont-elles fiables ?

— Bien-sûr, ce sont toujours...

Miguel interrompit sa réponse en voyant une silhouette dans l'entrebâillement de la toile de tente. Le temps que Maxime se retourne, l'homme avait disparu.

— Quoi ? questionna-t-il.

— Cet homme, son regard... C'est le type qu'on a failli écraser ce matin.

Le sismologue réagit au quart de tour et se précipita vers l'entrée. Une fois dehors, comme la nuit commençait à s'installer sur la plaine et que le vent soulevait d'épais nuages de poussière, il ne vit personne qui correspondait à la silhouette aperçue en centre-ville quelques heures plus tôt. Il dut se rendre à l'évidence, l'homme avait filé.

Les autres scientifiques qui étaient en train de regrouper leur matériel dans leurs tentes respectives lui lancèrent des regards curieux. Il rentra se mettre à l'abri.

— J'ai un mauvais pressentiment, c'est la troisième fois que ce type croise ma route, je crois qu'il me suit.

— Il m'a foutu les jetons. Que veux-tu faire ?

— Il faut être très prudent Miguel, on m'a prévenu que je rencontrerai des obstacles. Et avec ce qu'on vient de découvrir... Pour commencer, informons le bureau du Ministre de l'intérieur, ils vont avoir du boulot ici quand ça se saura.

— Très bien, je leur envoie un mail tout de suite, avec une copie des données...

— Non, pas de transmission informatique, je crois qu'il faut se méfier.

— Tu es parano, qui va...

— Écoute ce que je te dis, ne discute pas s'il te plaît !

— OK, que proposes-tu alors ?

— On n'a pas d'imprimante ici ?

— Non.

Avec un long soupir, Maxime sortit un crayon de sa poche de chemise et retourna une feuille volante pour y reproduire l'image qu'il avait sous les yeux. D'un trait assuré, il traça le contour de la pyramide puis y inscrivit la nouvelle organisation interne. Après deux minutes de silence et satisfait de sa reproduction, il plia la feuille de papier et la tendit à Miguel.

— Rends-toi directement à l'ambassade et demande une entrevue avec le Ministre !

— Entendu.

— Le Ministre en personne, pas un de ses délégués. C'est compris ?

— Compris, articula son assistant en fixant son regard avec détermination.

— Dis-lui tout ce que l'on sait, et ajoute que les secousses venaient de la pyramide elle-même ! Tu lui montreras ça. Vas-y, le chauffeur est sur le parking des officiels.

Après un signe de tête approbatif, Miguel jeta son sac à dos sur son épaule et prit la direction de la voiture.

Ce n'était pas faute d'avoir été prévenu. Il connaissait bien toutes les théories autour du mystère des pyramides et d'hypothétiques gardiens de ces secrets, mais jamais il n'avait imaginé que ses travaux puissent déranger une éventuelle société cabalystique. Sa modestie avait fait office d'œillères, et c'est seulement maintenant qu'il en prenait conscience.

Du mythe des bâtisseurs qui reprenait de la vigueur en cette époque troublée à l'existence controversée des Illuminatis, il avait du mal à faire le tri. Si ses travaux dérangeaient cette organisation secrète, s'ils risquaient de révéler un de leur savoir les plus précieux, alors Maxime avait été sous surveillance depuis la publication de ses premières études. Cela expliquait que quelqu'un le suive où qu'il aille. L'idée lui fit froid dans le dos.

Avec ce qu'il venait de découvrir, toutes les croyances établies seraient mises à mal, et ça, les conspirateurs ne le permettraient pas. D'après ce qu'avait pu lire le scientifique, les Illuminatis ou quel que soit le nom qu'on leur donnait avaient investi tous les domaines de la société moderne. Politiciens, scientifiques, historiens, écrivains, etc., ils étaient présents partout et travaillaient de concert pour protéger leurs secrets, leurs croyances. Ainsi, ils avaient pu cacher l'origine de la grande pyramide au plus grand nombre…

Un peu perdu dans ces hypothèses, Maxime venait de s'asseoir, les coudes sur le plan de travail et la tête dans les mains.

*Mais dans quoi est-ce que je me suis encore fou…*

L'explosion interrompit brusquement sa réflexion.

Au loin, des cris lui parvinrent.

— Non, non, non ! tonna-t-il en se ruant à l'extérieur de la tente.

À deux cents mètres de là, une lumière intense en provenance du parking confirma ses craintes. Il se mit à courir dans la direction de la voiture aux prises avec les flammes où déjà, les équipes de chercheurs étrangers se rassemblaient. Le véhicule était méconnaissable, il n'y avait plus rien à faire ! Impuissant, Maxime ne put contenir des larmes de tristesse mêlée de colère. Se doutant qu'il s'agissait là d'un assassinat et qu'il aurait très bien pu se trouver dans la voiture, il scruta la foule avec désespoir. Les visages déformés par les flammes vacillantes ne s'occupaient guère de lui et semblaient tout aussi catastrophés.

Miguel était son employé, il en était responsable.

Les secours arrivèrent peu de temps après et la police finit par prendre sa déposition. D'abord suspicieux, l'inspecteur qui prit Maxime en charge comprit vite à quel point les deux hommes étaient liés. Le géologue évoqua la raison de leur présence ici – les secousses de la veille – ainsi que l'homme qui semblait le suivre depuis Paris, mais se garda bien de révéler sa récente découverte. Il ne pouvait se fier à personne, pas même aux forces de l'ordre.

Quand il en eut fini avec lui, le fonctionnaire trapu et lymphatique lâcha dans un français maladroit :

— Évènements hier, créent la folie. Il y a tensions en ville, partout. Certains sont très croyants, fanatiques, expliqua-t-il. Alors, avec lumière dans le ciel, ça crée la peur, peur de pharaon, peur d'élever sa colère. Ils n'aiment pas les étrangers fouiller dans leur histoire… Je suis désolé Docteur Grangé, désolé pour votre ami.

L'oreille distraite de Maxime capta toutefois un élément important.

— Une lumière ? De quoi parlez-vous ?

— Lumière forte, venue du ciel.

— Quand ça ?

— Après le tremblement de terre. Comme l'éclair qui frappe la pyramide, les gens ont peur.

Quand l'inspecteur le libéra, c'est en traînant les pieds qu'il retourna vers la tente, considérant les derniers mots du policier et laissant son esprit à des divagations ésotériques.

Il n'était qu'à quelques mètres de celle-ci quand il entendit un vacarme inquiétant. Arrivé devant l'entrée, il constata que son précieux matériel avait été saccagé, jeté au sol, et que le responsable de tout ceci se tenait toujours au milieu de cette pagaille, lui tournant le dos.

C'est sans réfléchir et les yeux humides que Maxime voulut se jeter sur lui mais une simple projection d'épaule permit à l'homme robuste de se défaire de son assaillant et de l'envoyer rouler au fond de la tente. Son réflexe avait été fulgurant. Le géologue comprit qu'il avait affaire à forte partie. Dans son esprit, le danger monta encore d'un cran lorsqu'il se releva et fit face à l'intrus. Cette peau cuivrée, ces yeux noirs menaçants, cette tunique au col mao… Mais qui était ce type ?

— Qu'est-ce que vous foutez là ? s'égosilla le scientifique les yeux exorbités.

L'autre homme restait impassible, le regard fixé sur Maxime, comme si ce dernier ne l'inquiétait pas le moins du monde. Sa mâchoire carrée et son visage marqué laissaient deviner une vie mouvementée. Un espion, un soldat peut-être bien.

Au bout de quelques secondes, l'individu mystérieux porta la main à sa ceinture et en décrocha une arme jusque-là dissimulée. Le géologue se figea.

Au même moment, un rugissement de moteur précéda le 4X4 anthracite qui pénétra dans la tente avec fracas. Le plan de travail et le matériel furent expulsés sur l'une des parois tandis que l'agresseur de Maxime plongea pour éviter de se faire renverser.

À travers la vitre conducteur entrouverte, Tobias Simeon lui cria :

— Montez Docteur, dépêchez-vous !

Pendant que l'homme au col mao se relevait difficilement des décombres, c'est sans se faire prier que le géologue se précipita vers la voiture, ouvrit la portière arrière et se jeta sur la banquette. Le conducteur opéra une marche arrière puissante et un demi-tour radical avant de prendre la direction de la grande pyramide.

« Les vérités découvertes par l'intelligence demeurent stériles. Le cœur est seul capable de féconder ses rêves. »
Anatole France

« Oublier est le grand secret des existences fortes et créatrices. »
Honoré de Balzac

## Anamets, Limite de la Plaine Océanique et des Terres Émergées, Marée basse

L'équipe de sauvetage venait de quitter la plaine et commençait l'ascension des Terres Émergées.

D'après les visions de Miassa et le rythme des marées des jours précédents, le groupe d'érinites déduisit que le courant puissant avait conduit Énora du côté septentrional de cette contrée menaçante, et l'avait déposée sur ses rivages. Il fut donc décidé qu'une immersion dans l'épaisse forêt, par ailleurs risquée, était inutile. Ils la contourneraient pour se rendre à l'endroit estimé où l'enfant s'était échouée.

En longeant l'épaisse végétation, la petite colonie eut l'impression d'une phase d'observation avec son ennemi. La densité du mur végétal, des fougères et autres plantes grimpantes, la hauteur colossale des badiocs ainsi que les hurlements inquiétants des diverses créatures s'y dissimulant n'avait rien de rassurant. Sur le moment, la paisible Érinis manqua à ses habitants aventuriers.

Ils marchèrent précisément à l'endroit ou Llyréis et Danu s'affrontaient quotidiennement, là où la dernière marée avait laissé sa trace de sédiments, d'algues et de coquillages. Ce milieu tantôt aquatique, tantôt terrestre, accueillait aussi bien les crabes fouisseurs que les rongeurs friands de végétaux marins. D'un côté, une étendue désertique, de l'autre, un foisonnement de vie. Ce paysage plaisait à Miassa.

Les talents de pisteurs du groupe permirent très vite de repérer des traces dans le sable, de petites empreintes de bipède qui se dirigeaient tout droit vers les bois. Les pas étaient très espacés, même pour un enfant. Tout indiquait qu'elle avait couru tête baissée. Pauvre Énora, elle avait dû subir un choc émotionnel inimaginable pour détaler de la sorte. Miassa se souvint de l'émotion ressentie lors de leur "connexion", elle était perdue. Poussée par la peur, la petite avait traversé une grande partie de la pointe septentrionale avant de tomber sur le groupe de chasseurs.

Après concertation avec l'esprit de Llyréis, les érinites terrestres durent se rendre à l'évidence que la marée n'était pas avec eux. Si pour le moment la plaine où ils estimaient devoir commencer les recherches était libre, le tumulte aquatique ne tarderait pas. Ils ne pouvaient pas s'y risquer. Il faudrait attendre la prochaine marée descendante.

C'est donc à contrecœur que Miassa décida d'installer le campement.

— Nous passerons la nuit là-haut, informa-t-elle après avoir observé les environs.

Un arbre gigantesque servit d'échelle naturelle pour rejoindre une dalle plate située en hauteur non loin de là. La vingtaine d'érinites se hissa sur les larges branches pour déboucher sur un petit plateau rocheux isolé. Elle ne répéterait pas l'erreur de la veille. Mieux valait faire preuve d'un excès de prudence que de perdre d'autres de ses frères.

— L'as-tu vu ? questionna une érinite alors que tous partageaient des racines et des fruits cueillis en route.

— Non, Simé, il faisait noir, Diméo était en contrebas, raconta Miassa en se remémorant l'affreuse expérience de voir son ami retenu par la bête.

— En as-tu déjà vu un ?

— Lorsque tu en verras un, il sera déjà trop tard, répliqua-t-elle en s'éloignant, contrariée.

— Pardon Miassa, je ne voulais pas...

Simé était plus jeune qu'elle. Bien qu'inexpérimentée, elle disposait de facultés spirituelles qui la rendaient indispensable à cette mission. La chef d'équipe ferait d'elle un éclaireur.

Peu d'érinites avaient eu la chance de survivre à une attaque de tanko. Après s'être calmée et avoir satisfait son appétit, Miassa vint s'asseoir près du feu, à côté de son équipière. Les flammes agitées par le vent jetaient leurs silhouettes vacillantes sur la pierre claire qui les accueillait. La sentinelle partagea son expérience :

— Tu ne dois jamais prendre un tanko à la légère, tu m'entends Simé ?

— C'est compris.

— Si jamais l'un d'entre eux te repère, ne réfléchis pas et cours ! En courant, nous avons une chance d'en réchapper.

Entendu vous autres ? reprit-elle en direction des leur comparses. Ce que l'on vous raconte depuis votre plus tendre enfance n'a rien d'une légende. Le Tanko est la forme physique de Sukèl, de sa part maléfique. Il garde la forêt et fait tout pour nous la rendre invivable.

— Ce n'est pas un démon alors ? risqua Simé.

— Non, ce n'est pas un démon. C'est un animal, comme le poisson, comme l'antix, comme toi et moi. Seulement, Sukèl utilise cet animal pour nous empêcher d'entrer dans sa demeure.

— À quoi ressemble-t-il ?

— C'est un serpent. Plus grand, plus rapide et plus vorace que tous ceux que nous connaissons, mais ça reste un serpent.

— Est-ce vrai qu'il est capable d'avaler un érinite tout entier ?

Miassa regarda les flammes. Son silence était équivoque. Devant les mines effrayées des plus jeunes de ses partenaires, elle reprit :

— L'esprit de la forêt nous fait simplement comprendre qu'il ne veut pas de nous sur la terre ferme. Nous sommes un peuple aquatique, les choses sont ainsi.

Il y avait évidemment de nombreux tankos dans les forêts originelles, tous n'étaient pas mortels mais les plus gros spécimens s'en prenaient aux bipèdes sans complexe. Long de plusieurs mètres, leur corps musclé leur permettait de se propulser dans la flore avec vigueur et agilité, ne laissant que peu de chance à leurs proies. Ils s'enroulaient autour d'elles et resserraient leur étreinte pour les étouffer. Ils se nourrissaient ensuite en les avalant en un morceau – les tankos n'avaient ni venin ni crochets – et passaient plusieurs semaines à les digérer.

Miassa décida d'épargner ces détails à son auditoire car elle ne souhaitait pas mythifier davantage la créature.

— Pouvons-nous le tuer ? questionna l'innocente Simé.

— Nous pouvons, mais en avons nous seulement le droit ? Notre héritage et notre culture nous enseignent de respecter toute forme de vie, que chaque être a sa fonction et que nos Dieux justifient leur présence à tous. En aucun cas nous ne devons nous substituer à Llyréis ou à Éloan en décidant quelle espèce doit vivre ou mourir.

— Mais pourtant, cette espèce nous tue, intervint un jeune homme en se rapprochant d'elles.

— Cela arrive, mais fait-elle pour autant disparaître toute la population d'une cité ? Non. Elle se contente de se nourrir. Et croyez-moi, la chair du tanko n'a aucun intérêt gustatif, ajouta la sentinelle d'un rire aigre.

— Je comprends Miassa, déclara la jeune Simé. Mais si l'un d'eux attaque, pouvons-nous le tuer pour nous défendre ?

Un sourire attendri se dessina sur le visage de celle qui était devenue malgré elle une guide.

— J'ai dit que l'on pouvait le tuer, mais pas dans toutes les circonstances. Si le serpent nous prend en chasse, c'est qu'il sait qu'il sera vainqueur. Nous ne pourrons pas lutter. Lorsqu'il est assoupi et digère un gros repas, alors oui il est vulnérable. Cependant, Sukèl ne nous pardonnerait jamais un tel acte. Vous entendez ? En dépit de vos craintes et de votre rancœur à son égard, Tanko fait partie d'Anamets, il est aussi précieux que nous tous ici.

Après le repas, le groupe continua à évoquer les animaux totems de chaque esprit puis finit par tomber de sommeil. Deux veilleurs restèrent aux extrémités de la dalle en scrutant et en écoutant alentour.

Miassa ne dormit pas. Le souvenir de la dernière nuit passée à la belle étoile et l'angoisse omniprésente de devoir se frotter à nouveau avec la créature la maintinrent dans une torpeur désagréable, où réalité et cauchemars se mêlaient. Elle réfléchit aux questions de Simé.

Cette confusion dura jusqu'à ce qu'un cri déchire l'atmosphère humide. Les érinites se réveillèrent, surpris par ce son soudain. En poussant eux aussi des hurlements terrifiés, ils s'écartèrent du centre de la dalle où l'un des leurs était aux prises avec un de ces serpents géants. Les restes du foyer jetaient des reflets rougeoyants sur sa cuirasse vernie et de petits yeux ronds entouraient sa tête massive. Son corps allongé semblait interminable et son extrémité disparaissait dans une anfractuosité de la roche, un trou béant qui avait échappé à Miassa. Plusieurs anneaux entouraient déjà le corps d'un érinite, se resserrant progressivement sur lui. Ce serait bientôt fini.

La pensée de la sentinelle ne fit qu'un tour.

*Non, pas encore. Si tu veux me tester Sukèl, je vais te montrer que je suis digne de tes terres.*

Elle ressentit presque instantanément les vibrations du sol, l'attraction de la lune et pour la première fois, elle toucha l'âme de cette créature malfaisante. Un sentiment nouveau éleva sa conscience à un stade inattendu et l'incita à agir.

— Sortons-le de là ! éclata-t-elle en bondissant sur l'animal et en le ceinturant de ses jambes.

D'un bras, elle s'accrocha au corps remuant de la créature et de l'autre, assena une série de coups de couteau dans sa chaire tendue. D'abord perplexes, ses compagnons restèrent un instant sans réagir, les yeux rivés sur le combat déséquilibré qui s'annonçait. Le tanko faisait trois fois la taille de la jeune femme et sa mâchoire aussi large que le torse d'un érinite les fit tressaillir. Cependant, ils ressentirent la conviction de Miassa. Grâce au lien spirituel qui les unissait, ils comprirent que seule, leur guide ne ferait jamais le poids, mais que s'ils s'y mettaient tous, alors ils auraient l'avantage. À tour de rôle et comme poussés par une soif de revanche, hommes et femmes se lancèrent sur la bête en imitant Miassa. Certaines lames rebondirent sur la peau épaisse et dure tandis que plusieurs corps furent expulsés sous les contractions du tanko. Les autres réussirent à lui asséner de nombreuses blessures. La pierre couleur de lune commença à se teinter de tâches pourpres tandis que l'animal crachait un souffle synonyme de souffrance. Sous les assauts répétés et inhabituels des érinites, la créature relâcha lentement son étreinte pour finalement battre en retraite dans l'antre sombre d'où elle était venue.

Quelques-uns aidèrent la victime de l'attaque à se redresser. Circonspects, les autres s'observèrent, comme ahuris par ce qu'ils venaient d'accomplir. Pas de manifestation de joie d'aucune sorte, la simple satisfaction d'avoir sauvé leur frère suffit. Miassa ressentit quant à elle la détresse de l'animal et conserva un regard grave sur la décision qu'elle venait de prendre. On ne contredisait pas la volonté de Sukèl impunément, elle devrait payer cet affront.

Alors que la tension due à l'assaut commençait à se dissiper, plusieurs souffles bruyants émergèrent de la forêt à proximité. Tous se turent et s'avancèrent au bord de l'immense pierre plate. La nuit était claire et permettait de distinguer assez bien ce qui se trouvait en contrebas. De l'autre côté, l'eau avait remplacé l'étendue déserte et Éloan faisait crépiter ses rayons sur la surface de l'océan. Llyréis arpentait progressivement le relief, remplissant la plaine d'un volume d'eau inimaginable. Bientôt la marée serait à son paroxysme.

Plusieurs ombres allongées et bardées de reflets passèrent sous les yeux des érinites et se dirigèrent sous leurs pieds. Si l'un d'entre eux avait réussi à se glisser jusqu'au sommet, alors il fallait s'attendre à les voir sortir du trou noir d'un instant à l'autre. Tel était le prix à payer pour s'être confrontés à l'esprit sylvain.

Particulièrement alerte, Miassa n'avait pas dit son dernier mot. Elle comprit que s'ils avaient eu le dessus sur un tanko, ils ne pourraient pas en affronter davantage. Sous la dalle du côté maritime s'ouvrait une pente assez raide parsemée de buissons et de petits arbres. Elle débouchait directement dans l'océan qui aurait bientôt fini de monter. Quelques deux cents mètres les séparaient de Llyréis. La sentinelle sentit que cette fois, l'esprit marin acceptait de les aider.

Elle attacha soigneusement son couteau à sa ceinture puis, d'un signe de la main, fit comprendre à l'équipe qu'ils n'avaient d'autre choix que de sauter. Le temps ne jouait pas en leur faveur, heureusement que tous les érinites s'en remettaient à elle et lui faisaient confiance dans cette fuite désespérée.

— Sautez, courez et nagez ! intima-t-elle d'une voix ferme.

Presque simultanément, les vingt hommes et femmes se lancèrent dans le vide pour atterrir une dizaine de mètres plus bas sur une pente tapissée de terre meuble qui amortit largement leur chute. Entre glissade et course effrénée, ils fuirent les six tankos lancés à leur poursuite. Ils ne les voyaient pas, mais entendaient et ressentaient le glissement sourd et menaçant. Surtout, ne pas se retourner ! Après presque une minute d'une descente intensive, c'est sans hésitation que les érinites plongèrent dans l'élément liquide, leur élément naturel, où ils se savaient désormais à l'abri. Les serpents ne les y suivraient pas.

Tous étaient sains et saufs, Miassa en fut profondément soulagée.

C'est donc plus tôt que prévu et à la nage que l'équipe de sauvetage entreprit ses recherches.

Si la réalité était conforme à la vision de Miassa et si cette colonie d'érinites avait établi sa cité selon les mêmes principes que les habitants d'Érinis, alors il fallait chercher une excavation dans le plancher océanique, une sorte de renfoncement capable d'accueillir une ville encore plus étendue que la leur.

Si ses compagnons semblaient réellement soulagés de continuer leur route sous la surface, la sentinelle, qui était la plus terrestre de tout le groupe, appréhendait cette nouvelle épreuve. Bien qu'ils ne risquent plus de rencontrer de prédateurs assez féroces pour attaquer un groupe de vingt nageurs, c'est ses capacités physiques qui l'inquiétaient à présent. Ne sachant pas combien de temps dureraient les recherches, elle devrait s'économiser, ne pas trop solliciter ses branchies handicapées. Les autres le savaient et la tiraient à tour de rôle de sorte qu'elle puisse respirer calmement, l'esprit d'équipe continuait de fonctionner.

Pendant plus d'une heure, ils scrutèrent le fond de la plaine devenue océanique, en essayant de rester proches les uns des autres. Les branchies s'ouvraient et se refermaient au rythme des mouvements de jambes et de bras, laissant pénétrer l'eau de mer et la rejetant après en avoir capté l'oxygène. Pour la première fois, et bien que ses capacités soient quelque peu réduites, Miassa trouvait cet organe utile, il l'avait sauvé des tankos et d'une mort probablement atroce.

Il fallait faire vite. S'ils ne faisaient pas mouche d'ici peu, ils devraient trouver un abri, grotte sous-marine ou récif corallien dans lequel se protéger du courant qui ne tarderait plus à se réveiller.

Une intuition étrange, tout à fait nouvelle, guida la sentinelle vers une forêt d'algues verticales. Quelques signes lui suffirent pour faire comprendre à ses compagnons qu'elle voulait pénétrer dans cet amalgame de rubans marron, dont les ramifications voletaient avec une parfaite coordination. Si la lumière de la lune leur avait permis jusque-là d'y voir clair, la densité végétale qui s'étageait sur près de 50 mètres rendit leur progression plus difficile et hasardeuse. Miassa put certes s'y accrocher afin de progresser plus facilement, mais la lumière avait du mal à percer l'épais rideau. Il faisait si sombre que les nageurs ne voyaient pas où ces lianes gigantesques prenaient leur source. La sentinelle décida de plonger dans cette noirceur. Elle agrippa l'une des tiges à deux mains et tira sur ses bras pour s'enfoncer de plus en plus dans l'obscurité. Ses compagnons l'imitèrent.

Miassa fila tout droit sur plusieurs dizaines de mètres, restant concentrée sur ses mouvements et fixant le fil conducteur de sa progression. La pression se faisait sentir de plus en plus, mais son organisme parfaitement adapté la régulait automatiquement. Seuls ses membres paraissaient de plus en plus lourds. Elle ne prit conscience de sa vitesse que lorsqu'elle vit le plancher de sable blanc se rapprocher d'elle. Elle manqua de le heurter violemment et se freina du mieux qu'elle put. Ce n'est qu'alors qu'elle leva les yeux.

Derrière l'épais rideau de laminaires, révélée par la faible lueur venue de la surface, se dessinait l'ombre d'une forme gigantesque, une forme pointue. C'est ce qu'elle avait vu dans les souvenirs d'Énora. Ses compagnons évoluaient déjà vers la forme monumentale, ils l'avaient enfin trouvée.

Dès qu'ils eurent slalomé entre les multiples tiges verticales et passé ce rempart naturel de végétaux, ils découvrirent un paysage de désolation où restes de construction et corps sans vie flottaient entre deux eaux. Les algues avaient retenu la plupart de ce qui avait jadis vécu dans la cité. Le bois qui avait servi à construire des tours, les fruits, viandes et poissons qui constituaient les réserves de nourriture et les multiples outils de chasse ou de confection étaient disséminés partout. Du sol au sommet de cette pyramide extravagante, les plongeurs reconnaissaient des biens qui auraient pu être les leurs. C'est avec tristesse et un profond respect qu'ils pénétrèrent dans la ville dévastée.

Mise à part la taille titanesque de la ville qui devait accueillir dix fois plus d'âmes qu'Érinis, la disposition des ruelles, des logements et des places communes était en tout point identique. La population semblait avoir construit autour et à l'échelle de la structure pyramidale qui en occupait le centre. Il y avait même des restes d'habitations sur les parois en escalier du bâtiment. Ce dernier était probablement d'origine érinite, les formes géométriques ne plaisant pas à la nature.

Il était difficile de croire qu'une population si nombreuse ait été balayée d'un seul coup. Quelle était cette force capable de détruire un Brihel avec autant de facilité ?

Miassa commençait à fatiguer, sa respiration lui demandait de plus en plus d'efforts. Elle se dit qu'elle pourrait tenter d'ériger un Brihel autour de la pyramide. Même s'il ne s'agissait pas de la spécialité de ses compagnons, elle savait qu'elle pouvait compter sur leur connexion spirituelle. Cela lui demanderait beaucoup d'efforts de coordonner un tel réseau avec si peu de sentinelles, mais elle s'en sentait capable. Ce qui la dérangeait plus était l'impossibilité de communier à l'aide de chants. Dans le milieu aqueux, il ne faudrait compter que sur la force de l'esprit. En outre, ériger un Brihel dans l'eau n'avait jamais été réalisé. Même si le principe restait le même qu'à l'air libre, elle ne savait pas si cela marcherait.

Tandis qu'elle flottait parmi les ruines de cette grande cité en se demandant comment elle s'y prendrait, un courant plus fort vint mettre un terme à ses idées. Trop tard pour le Brihel, ils n'auraient pas le temps d'unir leurs esprits. L'intensité de la marée descendante s'accentuait largement. Elle rappela les autres sauveteurs à ses côtés en leur signifiant qu'il leur fallait trouver un abri. Le courant serait bientôt trop puissant pour qu'ils puissent lutter. Une ouverture dans la partie basse de l'immense bâtiment attira le regard d'un des érinites. Tous nagèrent dans la direction désignée. Ils n'étaient pas encore arrivés à ce qui semblait être une entrée que certains ne pouvaient déjà plus avancer.

Miassa trouva un second souffle, battit des jambes et décrivit de grands demi-cercles avec ses bras pour atteindre enfin l'abri providentiel. Avec deux de ses compagnons, elle pénétra un peu plus loin dans le couloir pour finalement trouver refuge derrière un angle droit. Ils se collèrent au mur en luttant.

Qu'était-il advenu des autres ? S'étaient-ils fait emporter par le puissant Llyréis ? Sa propre survie lui avait demandé tellement de concentration qu'elle avait perdu le lien précieux qu'elle entretenait avec les siens. Elle n'avait pas pu les préserver. Une fois de plus, ses branchies défectueuses noircissaient son existence.

Miassa ferma les yeux et s’accrocha aux pierres saillantes jusqu’à ce que la tourmente se dissipe.

« La peur va jusqu'où commence l'inévitable ; dès lors, elle n'a plus de sens. »
Paulo Coelho

« Plus le corps est faible, plus la pensée agit fortement. »
William Shakespeare

## Galéa, Désert bordant l'Ancienne Archipolis
## An 2053, jour du 2ème équinoxe

À travers leurs masques respiratoires, le père et le fils se souriaient mutuellement, essoufflés par la course qui les avait ramenés à la surface et immensément joyeux de partager cette aventure ensemble.

La vie sur Magnépolis n'avait aucun piment, l'anticipation ainsi que les connaissances scientifiques avaient supprimé tout imprévu et toute montée d'adrénaline – considérée comme empêchant le cerveau de raisonner objectivement. Ce que Syrius offrait à son unique enfant, en descendant sur la terre ferme, était peut-être l'opportunité d'une vie, l'expérience de la nature, avec tout l'inconnu que cela comportait.

Avec ce tremblement de terre et la manifestation surprenante de ce rayon lumineux semblant venir du ciel, leur escapade les transformait de simples observateurs en aventuriers et explorateurs de leur propre passé. Syrius était venu ici auparavant, pour enfouir cet étrange bâtiment, et Lyvius avait le sentiment de marcher sur les pas de son géniteur, de rattraper une part de sa propre histoire.

— *Maman n'en croirait pas ses yeux*, inséra-t-il dans l'esprit de son père en laissant échapper un rire nerveux.

— *Elle me jetterait sans doute dans le recycleur biologique si elle apprenait où nous sommes*, ricana l'adulte à son tour dans une toux saccadée. *Hum, le sable et la poussière sans doute*, ajouta-t-il en se tenant la gorge.

— *Ou la chanson de tout à l'heure.*

— *Possible, ma voix était rouillée*, partagea-t-il avec un clin d'œil.

— *Alors, on retente une incursion ?*

— *Est-ce bien raisonnable ?* pesa Syrius, satisfait du caractère aventureux de son fils.

— *Je suis d'accord avec toi, papa, la façon dont bougeaient les murs et les couloirs était curieuse…*

— *Lyvius, je t'ai déjà dit de ne pas lire mes pensées immédiates. Limite-toi aux souvenirs, ça te sera plus utile !*

— *Pardon*, s'excusa le petit en baissant la tête, *ce n'était pas volontaire, ça s'impose tout seul.*

— *Ce n'est pas grave mon fils. C'est pour te protéger que je te dis ça, les pensées des adultes peuvent parfois être troublantes pour un enfant de ton âge.*

— *C'est compris papa*, résonna la voix fluette.

— *Donc, oui. Comme tu as pu le ressentir, la structure dans laquelle nous nous trouvions semblait se déplacer, la gravité en est la preuve.*

— *Cela exclut la possibilité du tremblement de terre.*

— *C'est ce que je pense aussi. Les vibrations s'opéraient au sein même de la pyramide. L'angle du couloir se rapprochait de la verticale, c'est tout à fait inédit.*

— *Cela n'existait pas à l'époque ?* questionna Lyvius en n'osant pas fouiller la mémoire de son père.

— *La mécanique pouvait faire se mouvoir des bâtiments, évidemment, mais il s'agit ici de blocs de pierre ni plus ni moins. Il n'y a aucune armature métallique ou motrice à l'intérieur, les scans faits avant l'enfouissement étaient formels.*

— *Comment expliquer ces déplacements alors ?*

— *Je crois que cela mérite une exploration plus approfondie*, déclara Syrius après un silence.

Le sourire de l'enfant en dit long sur sa volonté de percer le mystère auquel ils venaient d'assister. Ne souhaitant rien laisser au hasard, c'est dans une autre quinte de toux que Syrius repartit vers la capsule de débarquement pour s'équiper. Il revint auprès de son fils, le teint plus pâle que d'ordinaire et affublé d'un grappin d'escalade et de sa bobine de câble condensé qu'il fixa à sa ceinture. Il tendit à Lyvius une paire de gants fibrostatiques et glissa les siens dans la poche arrière de sa combinaison.

— *Allons-y !* exprima-t-il en se raclant la gorge tandis qu'il franchissait à nouveau l'entrée du grand escalier.

Plus que l'entrain que son père avait mis dans ce départ, Lyvius ressentit surtout la fatigue de ce dernier. En effet, sa forme avait nettement chuté depuis leur débarquement dans le désert. Les questions que se posait l'adulte sur les raisons de sa faiblesse atteignirent la conscience de son fils et troublèrent ce dernier. Il se contenta malgré tout de suivre les pas de son guide sans émettre la moindre objection.

Quelques minutes de descente plus tard et ils passèrent le seuil de la pyramide, matérialisé par les blocs de calcaire humide. Là, dans la première galerie, rien n'avait changé, ni sa taille ni son orientation. Ce n'est que plus loin que les explorateurs se retrouvèrent face un dilemme. La deuxième galerie, celle qui plus tôt, montait en pente douce vers la grande salle, était maintenant parfaitement verticale. Une importante quantité de sable recouvrait le sol.

En se plaçant en dessous, ils purent distinguer une intense clarté à son extrémité. Père et fils se regardèrent d'un air interrogatif. Ce qui s'apparentait à la lumière du jour, celle du ciel de Galéa, signifiait que le couloir ainsi orienté ouvrait désormais sur le sommet de la pyramide et sur le désert. Pourtant, Syrius se souvenait que la structure avait été intégralement enfouie et que plusieurs mètres de roche et de sable en recouvraient la pointe. Ce rayon, quel qu'il soit, avait dû traverser cette épaisseur et laisser un trou béant dans le désert.

L'embout magnétique du grappin vint se fixer sur la paroi lisse d'un bloc du premier couloir, l'autre extrémité et sa bobine rejoignirent la ceinture de Syrius. Celui-ci enfila ses gants et fit plusieurs tentatives avant de parvenir à fixer une de ses mains à l'entrée de la galerie verticale. Le deuxième gant vint tout de suite équilibrer la posture de l'aventurier athéléen qui se hissa sur quelques mètres à la force des bras, pour enfin venir caler ses jambes de part et d'autre du couloir. La texture micromoléculaire des gants pénétrait si bien la surface du support qu'elle faisait office de ventouse. Une extension simultanée de tous les doigts de la main permettait de se désolidariser de la pierre avant de réitérer un peu plus haut.

— *À toi maintenant*, indiqua Syrius à son fils en désignant le câble tendu vers lui.

De la même manière, Lyvius s'aida de la technologie fibrostatique afin d'évoluer le long du câble jusqu'à son père, puis dans la galerie abrupte avec de plus en plus d'assurance. Syrius ouvrait toujours la marche – l'"escalade" serait plus appropriée – et laissait échapper des toussotements rauques et encombrés.

L'ascension fut longue et périlleuse. Si Lyvius s'accommodait plutôt bien de ses gants et parvenait à prendre appui avec ses chaussures souples, son père affrontait quant à lui bien plus de difficultés. Sa progression était de plus en plus lente, il transpirait à grosses gouttes et sifflait à chaque expiration. C'est dans un ultime effort qu'il pénétra dans une salle intermédiaire – probablement située au bout du couloir qu'ils n'avaient pas emprunté lors de leur première visite –, suivi de près par son fils, et se laissa rouler sur la dalle de granit. Un râle à la fois soulagé et exténué résonna dans la petite pièce, Syrius avait des difficultés à garder les yeux ouverts.

— *Père, que se passe-t-il ?* s'affola Lyvius en se précipitant à ses côtés.

Le temps que Syrius reprenne son souffle, l'enfant eut tout le temps de chercher des réponses dans l'esprit de son père. Des mots se mélangeaient aléatoirement, certains qu'ils ne connaissaient pas, d'autres plus connus pour avoir été souvent répétés par le Noyau Central. Des mises en garde !

*Les allergies, virus, infections, maladies... se multipliant à la surface.*

*Les protections, masques, désinfectants, filtres... sont indispensables.*

— *Tu... tu es malade ?* demanda-t-il effrayé, car totalement étranger à cette notion.

— *J'ai dû me faire contaminer par un de ces microbes. Ne t'inquiètes pas, ça va aller fils*, acheva-t-il avec un bruit sourd et crépitant de bronches inflammées.

— *Non, non, ça ne va pas aller ! J'ai vu ce que donnent les maladies de la surface. Oui, dans tes souvenirs, assuma le petit garçon devant le regard inquisiteur de son père. Il faut retourner à la navette n'est-ce pas ?*

— *Il le faudrait... en effet, la trousse médicale est... là-bas. Ça s'est déclaré si vite*, continua Syrius après un gargouillement inquiétant, *je ne pensais pas... Lyvius, écoute-moi ! Je ne peux pas me déplacer, je... tu dois y aller seul, déclencher la balise de secours et rapporter la... la trousse. Tu t'en sortiras ?*

— *Oui !* affirma l'enfant en se redressant. *Je ne serai pas long.*

Alors qu'il s'apprêtait à glisser ses jambes dans le puits vertical pour redescendre, Lyvius s'immobilisa, ses sens et son esprit à l'écoute.

— *Qu'y a-t-il ? Qu'attends-tu ?*

L'enfant fit signe au malade de garder le silence mental, afin qu'il puisse se concentrer. Après quelques secondes, il diffusa vers son géniteur ce qu'il percevait lui-même, tous deux pouvaient entendre la même chose. Il était difficile de situer d'où cela venait, car il s'agissait plus d'une information flottant dans l'air, mais il leur sembla capter une présence au-dessus de leur position. Deux êtres communiquaient, des êtres sensiblement différents. Bien qu'ils ne comprennent pas le contenu de leurs échanges, ils reconnurent un vrai dialogue.

Au fur et à mesure que Syrius et Lyvius s'immergèrent dans cette conversation, leurs esprits empruntèrent virtuellement le couloir qui remontait vers l'objet de leur attention. Arrivée à l'entrée de la grande salle visitée plus tôt et bien que très floue, leur vision vagabonde guidée par les aptitudes de l'enfant découvrit deux silhouettes penchées au-dessus du coffre. Ils continuèrent à se rapprocher…

L'impression gênante d'être surpris dans leur espionnage gagna leurs têtes et leurs corps simultanément. Les deux silhouettes se retournèrent assez vivement vers eux – ou plutôt vers le prolongement de la pensée de Lyvius – et la frayeur de l'enfant les ramena dans leurs corps respectifs.

Syrius, qui partageait pour la première fois les visions de son fils – ainsi que sa peur –, avait tout de suite compris ce qui se passait, et bien que très faible, il intima au jeune garçon de revenir près de lui.

— *Nous ne sommes pas seul, il vaut mieux que tu restes là pour le mom…*

Il n'eut pas le temps de communiquer sa pensée à son fils que tous les deux ressentirent une brève sensation de légèreté, un picotement plutôt agréable qui les plongea dans le noir. Moins d'une seconde de néant et ils rouvrirent les yeux quarante mètres plus haut, dans la pièce qu'ils venaient de quitter mentalement.

Les deux individus, maintenant très nets, leur faisaient face.

De stature aussi haute que la moyenne des athéléens, leur carrure était cependant plus épaisse et robuste. Les traits de leurs visages ainsi que leurs regards, bien que familiers, comportaient de nombreuses différences avec les leurs. Leurs mâchoires plus avancées, leurs fronts plus bas et bombés ou encore leurs lèvres plus proéminentes prouvaient qu'il ne s'agissait pas d'athéléens, ni même d'habitants de Galéa à l'époque terrestre. Leurs vêtements eux-mêmes, clairs et amples, trahissaient une autre culture. Qui étaient-ils ?

Sans aller jusqu'à sourire, leurs visages n'étaient en rien menaçants, ils s'efforçaient plutôt d'adopter une attitude d'ouverture afin de les rassurer. Lyvius sentit cela aussitôt et fixa son regard dans les yeux bleu intense de l'homme. Une sensation nouvelle, et il les visualisa dans un espace restreint, endormis, puis nappés d'une lumière bleue avant de les voir se matérialiser dans la pièce où ils se trouvaient tous. La vision fut brève mais très explicite, ces individus venaient d'ailleurs.

Il se passa quelque chose, l'enfant sentit que son incursion dans l'esprit du visiteur n'était pas passée inaperçue. Ce dernier regarda la femme qui l'accompagnait et ils échangèrent quelques mots dans un langage inconnu. Des frissons parcoururent l'échine de Lyvius qui n'avait pas l'habitude d'entendre de vraies paroles, prononcées vocalement.

Son père, toujours allongé sur le dos, frissonnait aussi mais pour des raisons plus dramatiques. Il grelottait à présent et gardait les yeux fermés. Les spasmes qui le secouaient alertèrent l'étrangère qui vint s'agenouiller près de lui. Alors que Lyvius prenait ses distances, elle plaça sa paume sur la joue puis sur le front du malade, palpa son poignet et posa son oreille contre sa poitrine. Encore des mots échangés avec l'autre resté près du coffre en pierre, ils semblaient en désaccord. Lyvius restait prostré dans un coin de la salle, n'osant s'enfuir en laissant son père derrière lui.

Sans prévenir, la femme se redressa et le corps de Syrius lévita d'un même élan. Elle avait au creux de la main un dispositif technologique étrange, émettant une discrète lumière bleutée. Lyvius crut reconnaître l'un de ces générateurs de champ magnétique, chers à Magnépolis, mais miniaturisé au centième. D'un geste du bras, elle accompagna l'athéléen jusqu'au coffre où elle le déposa délicatement. Le garçon ne s'inquiéta pas outre mesure, car il put sentir la bienveillance des visiteurs.

Tandis que l'autre lui tournait le dos et se penchait sur le corps tremblant de son père, l'homme s'approcha de Lyvius avec un sourire engageant. Le jeune athéléen lui rendit un rictus timide, toujours immobile.

Lorsque l'étrange bonhomme commença à articuler un dialecte incompréhensible, Lyvius leva vers lui de grands yeux ronds. Pendant plusieurs minutes, l'homme parla – il s'adressait de toute évidence au gamin –, s'arrêtant de temps à autre pour voir si l'expression perplexe de son interlocuteur changeait. Après chaque pause, sa prononciation changeait, ses mots aussi. Lyvius ne comprit absolument rien mais eut l'impression qu'il s'agissait là de plusieurs langages.

Le silence gagna à nouveau la grande pièce. Les mains sur les hanches, l'étranger considéra le petit garçon pendant un moment, scrutant ses yeux vert confus.

— *Bonjour, je suis Namrod !* résonna une voix douce dans la tête de Lyvius qui tressaillit sous la surprise. *Me comprends-tu ?*

L'enfant hocha la tête.

— *Enfin, j'ai enfin trouvé votre mode de communication. Je pouvais me fatiguer à te parler dans toute les langues de l'univers,* communiqua-t-il avant de lâcher un rire jovial.

Des rides d'expression marquées illuminèrent son visage. Ses cheveux bruns mi-longs semblaient tenir debout tout seuls et ses iris noirs brillaient avec malice dans l'obscurité. Il s'assit en tailleur face à Lyvius et continua de le rassurer :

— *Ma partenaire va soigner ton père, il ira bientôt mieux.*

Comment savait-il ? L'enfant pénétra à nouveau l'esprit de l'étranger et se retrouva face à deux visages, celui de son père et le sien. Des marqueurs virtuels colorés apparurent sur leurs nez, arcades, pommettes et bouches, la ressemblance lui sauta aux yeux.

— *La génétique ne trompe pas,* déclara Namrod en le rappelant à la réalité. *C'est ton incursion dans ma tête tout à l'heure qui m'a révélé votre position. Fascinante cette télépathie !*

— *Nous sommes peu nombreux à maîtriser l'immersion dans les pensées d'autrui,* s'aventura le petit, plus détendu. *Pour la plupart d'entre nous, il ne s'agit que de notre mode de communication. Je m'appelle Lyvius, fils de Syrius,* présenta-t-il avec un coup d'œil vers le coffre.

— *Namrod et Samsyl, nous sommes des amis,* fit l'homme en tendant une main avenante.

— *Qu'arrive-t-il à mon père ?* s'enquit l'enfant après avoir lâché cette poigne deux fois plus grande que la sienne.

Namrod se retourna vers la femme afin d'échanger un bref instant. Une lumière mouvante irradiait du coffre. Avec un regard tendre, elle invita Lyvius à se rapprocher. Une chevelure lisse et noire coulait dans son dos et des yeux clairs rehaussaient la finesse de son visage.

La voix délicate de Samsyl intervint à son tour dans la tête de l'enfant, son partenaire avait dû lui expliquer comment communiquer avec lui.

— *Nous ne sommes pas censés intervenir dans la vie des civilisations que nous rencontrons, ni dans la mort,* ajouta-t-elle avec un regard pour Syrius. *Toutefois, étant donné l'importance du premier contact, nous ne pouvions nous résoudre à laisser la maladie l'emporter sur lui, cela t'aurait rendu triste et nos rapports en seraient devenus impossibles.*

— *Il va aller mieux ?* réitéra Lyvius.

— *Oui, la matrice biologique va reconstituer ses défenses immunitaires, cela prendra quelque temps mais il sera bientôt sur pied. Un simple virus neuro-inhibiteur...*

L'enfant décocha un sourire éclatant et vint se pencher au-dessus du coffre en granit. L'intérieur avait changé du tout au tout. La lumière observée plus tôt venait de ses parois et une énergie onctueuse semblait envelopper le corps de son père. Syrius était plus paisible et avait fini par s'endormir de fatigue.

Sur les rebords de la "matrice", des signes que Lyvius n'avait pas distingués lors de leur première visite étaient apparus. Ces symboles en relief, eux aussi lumineux, ressemblaient un peu au tableau de commande de la navette, à la différence près qu'ils étaient intégrés dans le granit.

Son cœur se desserra un peu.

— *Vous venez donc du cosmos ?* questionna-t-il sans hésiter. *Ce rayon lumineux est votre moyen de transport n'est-ce pas ?*

— *En effet mon jeune ami,* acquiesça Namrod comme si l'esprit éveillé de cet enfant ne l'étonnait guère.

— *Comment cela fonctionne ?*

— *Je suis désolé Lyvius, grand nombre de tes questions resteront sans réponse. Je connais le besoin de ton peuple d'assouvir sa soif de connaissance et de comprendre tous les phénomènes observables, cependant nous de pouvons ni modifier vos connaissances, ni orienter votre évolution.*

— *Pourquoi cela ? Vous venez bien de sauver mon père.*

— *Il s'agit d'une exception, c'était nécessaire. Pour le reste, la règle de notre voyage est de ne laisser aucune trace de notre passage.*

La moue de l'enfant en dit long sur sa frustration. Toutefois, une question qui lui parut légitime fusa de son esprit à celui de Namrod.

— *Comment savez-vous ces choses sur les athéléens ?*

— *Disons que nous venons d'apprendre tout ce qu'il y a à savoir sur votre civilisation. Dès notre arrivée, nous nous sommes mis à étudier votre histoire, votre technologie, votre corps et votre esprit.*

— *En si peu de temps ?*

— *Nous avons notre propre technologie Lyvius*, annonça Samsyl dans un sourire plein d'humilité. *L'un de nos savoir-faire est de télécharger et de faire assimiler à notre cerveau quantité d'informations, dans des lieux comme celui-ci*, compléta-t-elle en balayant la pièce d'un revers de la main.

— *Est-ce vous qui l'avez construit ?* lança aussitôt le petit garçon, fortement intéressé par toutes ces découvertes.

— *Hum*, intervint Namrod, gêné. *Disons que nous en maîtrisons le fonctionnement. Tu n'as pas à en savoir plus pour le moment. La pyramide est comme "connectée" à l'ensemble de votre planète, à tout ce qui y évolue. Elle a tout enregistré depuis votre cré... votre arrivée, et vient de nous le restituer.*

— *Alors, c'est la raison de votre voyage ? Étudier d'autres espèces... Dans quel but ?*

L'esprit pragmatique de Lyvius plut beaucoup aux deux visiteurs. Ils portaient sur lui un regard protecteur.

— *Toutes tes questions sont très pertinentes jeune athéléen, je vais essayer de te répondre*, entreprit Namrod.

*Notre planète d'origine s'appelle Centrium et se situe dans un système que vous ne connaissez pas encore. Notre peuple, les Vidams, a maîtrisé de puissantes technologies et sources d'énergie, nous étions très avancés. Malheureusement, cette énergie est devenue instable et détruit notre monde. Si nous avons entrepris ce voyage, c'est pour découvrir de nouveaux peuples, et apprendre d'eux. Nous voulons voir quelles voies vous avez suivies, quelles difficultés vous avez rencontrées et comment vous vous en êtes sortis. Dans l'une de nos destinations, nous espérons trouver une solution au mal qui ronge Centrium.*

Lyvius avait écouté avec passion, il était véritablement époustouflé par ces voyageurs de l'espace et se sentait si proche d'eux. Pourquoi lui ressemblaient-ils autant ?

L'enfant de Magnépolis considéra cette pièce mystérieuse, son père en train de recouvrer ses forces dans un coffre de granit "médicalisé", puis ses interlocuteurs. Il leva enfin les yeux vers le plafond dans lequel le puits vertical se prolongeait sur encore plusieurs dizaines de mètres jusqu'à l'air libre. Le trou que celui-ci laissait dans le plancher de la grande salle et qui descendait vers le couloir emprunté plus tôt était tout à fait propre et net, comme s'il avait toujours été ainsi.

Cette technologie était incroyable. Son père et lui avaient surpris la conversation de Namrod et Samsyl, et moins d'une seconde plus tard, s'étaient retrouvés face à eux. Comment les avaient-ils téléportés quarante mètres plus haut ? Il savait qu'il n'aurait pas la réponse à cette question, il s'abstint donc de la poser.

— *Vous devez repartir n'est-ce pas ?* fit l'enfant en comprenant que le couple en avait fini sur Galéa.

— *C'est vrai Lyvius, nous avons d'autres planètes à visiter,* répondit Samsyl en posant sur sa tête une main maternelle.

— *Merci pour ce que vous avez fait pour mon papa,* émit-il avec tristesse.

— *À propos, ton père va devoir rester dans la matrice encore un moment et... quelque chose me dit que la suite de notre voyage pourrait t'intéresser.*

Le garçon leva un regard intéressé vers la femme, puis posa ses yeux sur son père.

— *Vous pouvez nous emmener ? C'est vrai ?*

— *Pour des raisons de logistique, nous ne pouvons emmener qu'une personne avec nous. Si tu souhaites nous accompagner, tu es le bienvenu, et tu seras de retour avant son réveil.*

Lyvius n'avait aucune envie d'attendre la guérison de son père dans cette pièce sombre et silencieuse, mais surtout, l'appel de l'aventure venait de prendre une proportion colossale. Il regarda une dernière fois le visage assoupi de Syrius et attrapa la main que Samsyl lui tendait.

Namrod effleura une série de symboles sur le rebord du coffre et les murs se mirent à trembler.

« En voyage, on a besoin d’un compagnon et dans la vie, de compassion. »
Haruki Murakami

« Un voyage de mille lieues commence toujours par un premier pas. »
Lao-Tseu

## Terre, Égypte, Plateau de Gizeh
## 24 septembre 2014

Le 4X4 filait à toute vitesse en direction du tombeau mystérieux, levant derrière lui un épais nuage de sable et de poussière du désert.

— Je vous avais pourtant dit que ça n'en valait pas la peine, vociféra Simeon en contrôlant son rétroviseur, vous auriez dû quitter ce pays.

— J'ai pourtant l'impression du contraire, répliqua Maxime en désignant les restes de son camp de base d'un mouvement de la tête. Vous pouvez me dire ce qu'il vient de se passer Tobias ? ajouta-t-il après avoir repris ses esprits.

— J'ai pourtant tout fait pour vous faire comprendre le danger qui vous menaçait, énonça le chercheur israélien avec son accent habituel. Les yeux dans les yeux, je vous ai dit que vous n'aviez rien à faire ici.

Voilà que le chauffeur s'emportait après Maxime, il semblait paniqué et continuait à hausser le ton.

— Vous auriez dû comprendre.

— Comprendre quoi ? Les cartes et relevés éparpillés dans votre tente n'avaient aucun sens, j'ai pensé que vous vouliez m'induire en erreur...

— Stupide Français, cracha l'autre, toujours à vous obstiner ! Regardez où nous en sommes maintenant !

Le docteur Grangé observa dans le regard de son sauveur une lueur qu'il n'avait pas perçue lors de leur première entrevue, un éclair d'intelligence et de savoir qui attisa sa curiosité. Tobias Simeon savait-il quelque chose que Maxime ignorait ?

— Que pouvez-vous me dire au sujet de la pyramide ? reprit le Français une fois que le chauffeur fut calmé.

— Je ne suis rien censé vous révéler, ils me tueraient, répondit-il sur un ton plus neutre. Mais c'est déjà trop tard, je ne devrais même pas vous parler, à quoi bon... S'ils ont décidé d'agir, c'est que vous êtes tombés sur une anomalie n'est-ce pas ? De quoi s'agit-il, relevé d'énergie tellurique, scan de la pyramide... commença-t-il à énumérer. Alors c'est cela, comprit-il en voyant le regard de Maxime s'éclairer. Vous avez été témoin de la réorganisation interne de Khéops ?

Grangé restait silencieux, abasourdi par le discours et la connaissance de son interlocuteur. Comment pouvait-il lui aussi être au courant ? Qui était-il vraiment et surtout, qui avait tenté de l'assassiner ? Il fit oui de la tête pour acquiescer à la dernière question de Simeon et attendit la suite.

— Un jour ou l'autre il fallait bien que ça arrive, continua l'Israélien, ce secret a été dissimulé bien trop longtemps.

— Quel secret ?

— Le mystère des pyramides, ça vous dit quelque chose ? ironisa-t-il tandis qu'il immobilisait le véhicule au pied de la face nord de la grande pyramide.

En sortant de la voiture, les deux hommes contrôlèrent qu'ils n'étaient pas suivis puis Simeon désigna l'entrée située à une quinzaine de mètres au-dessus de leur tête. Il attrapa un sac de randonnée dans le coffre puis ouvrit la marche. Sans réfléchir, Maxime décida de lui faire confiance et le suivit sur les premiers blocs.

La nuit dissimulait leurs silhouettes.

— Je crois que nous serons en sécurité à l'intérieur, expliqua celui qui intriguait de plus en plus le géologue français. Ne me demandez pas pourquoi, je n'ai pas d'explication à vous donner.

J'étais l'un d'entre eux il n'y a pas si longtemps, raconta-t-il tout en escaladant les marches minérales. Mon travail ne consistait qu'à cacher la vérité, à publier des démentis et à freiner les recherches liées à ces monuments. J'en ai eu assez, je me suis retiré en jurant de ne jamais rien dévoiler de notre savoir.

— Les Illuminatis ? risqua Maxime.

— L'organisation est souvent mentionnée sous ce nom en effet, mais le grand public et les médias ont tissé bien des légendes à son sujet. Bien qu'elle n'ait pas d'existence avérée, ses membres se font appeler les Origos.

— Les origines ? traduisit Maxime spontanément.

— C'est cela, ils se considèrent comme les gardiens du secret des origines de l'humanité, et d'un soi-disant savoir absolu. Je me suis rendu compte qu'il y a beaucoup de fanatiques dans leurs rangs, annonça Tobias avec une grimace dédaigneuse.

— Vous pensez que ce sont eux qui ont tué Miguel ?

— J'en suis certain, je me tiens informé de leurs agissements, à leur insu bien sûr, j'ai tenté de vous mettre en garde Docteur Grangé. Je suis vraiment désolé, ajouta-t-il avec un air compatissant. Déjà à Paris vous avez attiré l'attention sur vous, les résultats du spectromètre ont activé la cellule dormante des Origos. Ils procèdent de la sorte, ils vous surveillent et si jamais vous découvrez quelque chose de trop important, ils suppriment vos recherches, et vous avec.

— Vous insinuez que l'un d'entre eux suivait mes travaux au labo du Louvre ?

— C'est évident.

— Ce type qui m'a attaqué tout à l'heure, tenta d'élucider Maxime, il me semble l'avoir aperçu dans les couloirs du musée…

— C'est possible, mais il ne s'agit pas de cet homme, affirma Simeon. Il n'est que l'un des bras de l'organisation, un espion dans le meilleur des cas, un tueur quand ils jugent cela nécessaire, déclara-t-il en baissant la voix. Non, quelqu'un d'autre devait vous surveiller là-bas, quelqu'un qui peut accéder à vos résultats.

Les deux hommes se tenaient debout devant la percée effectuée dans les blocs de calcaire, quelque peu essoufflés par leur ascension. Alors que Maxime emboîta le pas à Tobias Simeon qui l'invitait à le suivre dans le couloir étroit, le Français se posa une foule de questions sur les récents évènements.

Se pouvait-il que son directeur de recherche ou qu'un autre notable de l'université soient membres de cette organisation secrète ? L'idée qu'un de ces dissimulateurs de savoir et assassins sans scrupule puisse accéder à des postes aussi décisifs le fit frémir. Qu'en était-il des fonctions politiques, industrielles, bancaires, etc. ? Tout cela venait saper ce en quoi Maxime croyait, la société et le monde n'avaient soudainement plus aucune légitimité.

Tout allait trop vite. Il fuyait un ennemi dont il ne savait rien et devait intégrer ces nouvelles informations. Il aurait aimé s'arrêter pour réfléchir mais Tobias l'entraînait dans les profondeurs de Khéops.

Après avoir remué le contenu du sac, ce dernier lui tendit une lampe frontale et fixa la sienne sur sa tête, qui ne tarda pas à venir éclairer le couloir descendant et les murs lisses. L'air se faisait plus lourd, comme chargé en poussières minérales, Maxime eut très vite chaud mais cela n'entama en rien sa curiosité.

— Qu'est-ce que les Origos savent au sujet de la pyramide de Khéops ? résonna la voix du Français.

— À vrai dire, pas grand chose, expira Simeon dont le souffle devenait plus saccadé. À une époque, il est possible que leurs connaissances aient été énormes, mais avec le temps le savoir s'est effrité. C'est tout juste s'il leur reste quelques documents confidentiels bien gardés, sur des sujets plus récents, comme la vérité sur les voyages spatiaux ou l'assassinat de Kennedy. Le savoir antique lui, a disparu.

Il ne subsiste que la notion d'un vague secret liant la pyramide à l'origine de l'homme sur Terre. Une idée globale qui dicterait aux Origos de tout faire pour éloigner l'Humanité de la vraie nature de ce bâtiment, et ce, depuis des millénaires. Un beau jour, il a été décrété que l'Homme doit ignorer d'où il vient, que c'est préférable pour son évolution, pour ses croyances, et depuis tout est fait – ou défait – dans ce sens.

— Ne serait-ce pas pour maintenir un meilleur contrôle sur les civilisations ? laissa échapper Maxime qui prenait progressivement conscience de la dimension de ce qu'il avait à affronter.

— Les raisons peuvent être multiples. J'imagine que cette décision partait d'une bonne intention, tout comme la création de la société Origo, mais cela a dû s'avérer bien commode pour canaliser les populations. Leur donner un but, une vérité à rechercher, quelques choses auxquelles croire, cela s'avérait plus sûr que d'informer l'Humanité de son origine réelle.

— Alors personne ne sait ? Pas même les hautes sphères des Origos ?

— Je ne pense pas, conclut Tobias.

Ils se trouvaient à présent à la verticale du sommet de la pyramide, dans la galerie qui s'enfonçait sous terre. Au-dessus d'eux s'étirait un deuxième conduit de dimensions semblables, les scans n'avaient pas menti. Le géologue se remémora la coupe de la pyramide qu'il avait observée sur l'écran de son ordinateur avant qu'il ne décide d'envoyer Miguel informer le gouvernement : une réorganisation de la structure interne des galeries et salles, toute en verticalité.

— Comment est-ce possible ? questionna-t-il en levant les yeux et en dirigeant le rayon de sa lampe vers cette deuxième galerie.

— Il semblerait que la structure interne ait bougé, se soit réagencée, d'où les vibrations ressenties...

— C'est inconcevable, coupa Grangé, comment des blocs de plus de deux tonnes peuvent-ils se déplacer et s'assembler dans une nouvelle configuration ?

— Les Origos ont compris très tôt que certains phénomènes resteraient un mystère, mais n'ont pas hésité à admettre que la main et la volonté de l'Homme y étaient étrangères.

— Alors quoi ? Les extra-terrestres ?

— C'est une éventualité.

— Vous avez parlé d'énergie tellurique tout à l'heure, qu'avez-vous capté d'autre lorsque le phénomène s'est déclenché ?

— Une intensité tellurique anormale sous et dans la pyramide. Il a dû se créer un phénomène décuplant et canalisant l'énergie des roches dans la nouvelle galerie verticale.

— Comment cela ?

— Mes sondes ont détecté une énergie croissante et de plus en plus concentrée jusqu'à l'apparition de ce rayon lumineux. Ensuite, plus rien. L'architecture est restée en l'état mais l'énergie s'est comme évaporée, en quelques secondes.

— Incompréhensible, soupira Maxime. Et quelle intensité avez-vous relevée ?

— ...

— Qu'y a-t-il ?

— Presque 20 ampères par mètre carré ! articula Simeon très calmement.

— Pardon ?

— Vous avez bien entendu.

L'intensité électrique moyenne dans la croûte terrestre étant de 2 A/km2, le sismologue demeura incrédule. L'intensité mentionnée par son confrère correspondait à plus d'une prise de courant par mètre carré, soit 10 000 fois l'activité tellurique normale.

— Je sais ce que vous pensez, mais j'ai vérifié les relevés deux fois, anticipa l'Israélien.

— Je ne sais pas quoi dire. Et personne n'a été blessé ?

— Non, le courant semble être resté bien sagement isolé dans la roche.

— C'est fou ! Il s'est donc concentré vers le centre ?

— Oui, et pas seulement au niveau de la surface, le phénomène s'est propagé à tout le volume de la pyramide, comme si chaque bloc décuplait cette énergie.

— Je n'ose imaginer la puissance atteinte...

— C'est bien simple, les instruments de mesure ont été totalement saturés.

— Cela devait dépasser nos plus grosses centrales électriques, affirma Grangé après un calcul rapide.

Pendant ce temps, Tobias Simeon avait sorti tout un équipement d'escalade de son sac et s'était équipé d'un harnais. Le pistolet d'ancrage automatique à la main, il s'apprêtait à fixer le premier mousqueton lorsqu'une voix féminine retentit dans le fond du couloir descendant :

— Je ne ferai pas ça, Simeon !

Cette autorité, cette assurance, Maxime les aurait reconnues entre mille. Il se retourna et découvrit le visage décidé de Céleste qui émergeait de la pénombre. Sans un regard pour son amant, la jeune femme continua de s'adresser au sismologue israélien :

— Ce qu'il y a là-haut ne nous concerne pas, vous êtes bien placé pour savoir qu'on ne vous laissera pas faire.

— "On" ? répéta Tobias. Vous vous croyez capable de m'en empêcher, clama-t-il en braquant l'outil dans sa direction.

Maxime Grangé comprit en un instant. L'agent dormant des Origos, celui qui avait espionné son travail et ses résultats avant d'ordonner son exécution, n'était autre que la sensuelle égyptologue avec laquelle il avait tant partagé ces derniers mois. Elle s'était rapprochée au plus près de lui afin de tout connaître des avancées de ses recherches. Il ne s'était douté de rien.

Céleste et Tobias échangèrent un regard haineux puis elle s'élança en avant, esquivant un clou tiré par le pistolet avant de désarmer l'Israélien d'un revers de l'avant-bras. Un combat au corps-à-corps s'engagea. Devant les yeux interloqués du sismologue, la jeune femme enchaîna une série de coups de poings et pieds avec précision et fulgurance, attaques que contra systématiquement Simeon par des ripostes de krav maga dont Maxime avait déjà vu des démonstrations. La défense efficace de l'Israélien repoussa plusieurs fois Céleste qui manqua de trébucher. Quelques coups atteignirent les côtes et les jambes de chaque combattant, mais ils semblaient tous les deux de force égale.

Maxime était paralysé. Comment pouvait-il intervenir ? Et en faveur duquel ? La femme qui lui avait donné tellement de plaisir quelques jours plus tôt ou l'homme qui venait de lui sauver la vie ? Il ne pouvait décidément pas se résoudre à la frapper. En avait-il seulement les capacités ? À deux contre elle, ce serait inégal. Le scientifique resta prostré dans l'obscurité balayée par le faisceau frontal de Tobias.

— Attention… tenta de prévenir l'Israélien en apercevant une menace derrière Maxime.

Trop tard ! Le Français sentit une étreinte violente et soudaine autour de son cou. Très vite, il manqua d'air, la pression commença à augmenter dans son crâne et sa vision à s'opacifier. Il balançait les bras en arrière et au-dessus de sa tête, tentant de se libérer, mais ne parvenant qu'à asséner des coups dérisoires au tueur.

L'homme au col mao les avait rattrapés et l'avait pris par surprise, c'était la fin. Des images de la pyramide vinrent se mélanger à celles du Louvre, des momies et autres obélisques. Une tête de chacal noire occupa toute sa vision… Anubis ! Il venait le chercher.

Céleste, qui n'arrivait pas à prendre le dessus sur son adversaire, venait de dégainer un petit revolver tout aussi sombre. Elle visa Tobias. Au moment où la détonation retentit, le Français ressentit un sentiment d'abandon étrange, son agresseur se figea et l'étreinte se relâcha.

Grangé tomba à genou en essayant de reprendre son souffle. Ce type avait failli l'étouffer. Il leva ses yeux pleins de larmes et le vit, statique, ses bras formant une clef devant lui. Tobias, en garde et immobile, faisait face au canon que Céleste pointait toujours sur lui. Tous trois semblaient paralysés, comme statufiés. Une sensation étrange flottait dans l'air, Maxime était le seul élément mobile de la scène. La balle du revolver elle-même s'était arrêtée à quelques centimètres de l'arme.

Le Français se releva dans l'intention d'observer cela de plus près, mais sentit une autre présence.

Une lumière bleutée l'aveugla soudainement, et lorsqu'il fut à nouveau en mesure d'ouvrir les yeux, il découvrit deux autres individus, au sourire avenant et à la posture amicale. D'abord animé d'un léger recul, Maxime ressentit au fond de lui les intentions bienveillantes des deux individus et finit par se décrisper.

Il fixa sa lampe frontale tour à tour sur leurs silhouettes. Plus grands et plus costauds que lui, l'homme et la femme arboraient des vêtements amples et clairs. On aurait dit du coton égyptien ou du chanvre. Leurs yeux le fixaient avec profondeur, gris clair pour l'une, bleu pour l'autre, ils témoignaient une intelligence que le scientifique n'avait encore jamais observée. S'ils avaient toutes les caractéristiques des êtres humains, Maxime remarqua tout de même des différences dans la forme de leur crâne et dans le reste de leur ossature. Leur façon de se tenir avait quelque chose de nouveau.

— Bonjour Docteur ! entreprit la femme dont les cheveux noirs inondaient ses épaules. C'est le titre qu'on vous donne n'est-ce pas ?

Son français était parfait, seul un accent inconnu laissait deviner l'origine étrangère de son interlocutrice. Comment le connaissait-elle ? Que savait-elle d'autre et surtout, d'où venaient-ils ?

— Je devine que vous vous posez de nombreuses questions, continua-t-elle. Nous répondrons à la plupart, soyez rassurés ! Je m'appelle Samsyl, et voici Namrod, désigna-t-elle d'un geste souple du bras. Nous sommes des vidams et venons visiter votre planète en toute amitié.

Comme le sismologue regarda tour à tour Céleste, Tobias et l'inconnu au col mao, Namrod intervint :

— Ne vous en faites pas pour vos... "amis", hésita-t-il dans un sourire avisé, nous avons simplement figé leurs corps dans l'espace-temps. Ils reprendront le cours de leurs vies comme si de rien n'était.

— Comment... balbutia Maxime.

— Je ne peux malheureusement pas vous dire comment cela fonctionne. Nous n'avons pas pour habitude d'intervenir sur les autochtones des planètes que nous visitons, vous aviez cependant l'air d'un guide averti, et votre mort aurait desservi la progression de notre mission sur Terre.

— Merci, émit l'humain timidement. Vous êtes donc la cause de tout cela, de ce chamboulement de la pyramide et de toute cette énergie.

— La cause ou la raison, tout dépend du point de vue, répondit Namrod avec malice.

Le docteur Grangé réalisa que les croyances des Origos étaient belles et bien fondées et que l'origine de la grande pyramide abritait bien des mystères. Cette société secrète aurait eu beau faire tout ce qui était en son pouvoir, jamais elle n'aurait pu cacher l'arrivée de ces humanoïdes sur Terre.

— Ceci est notre mode de transport, expliqua Samsyl en levant ses yeux lumineux vers la galerie verticale. Nous avons appris que vous êtes le premier à s'être autant rapproché de sa date de construction, félicitations ! Quelle coïncidence que votre découverte soit aussi synchrone avec notre arrivée !

— Un moyen de transport… Vers l'espace ? murmura Maxime. Impressionnant ! Et vous utilisez la réverbération tellurique c'est bien cela ?

— Vous êtes une espèce particulièrement créative et apte à comprendre les mécanismes complexes, confirma Namrod d'un signe de tête.

— Le réagencement des blocs a amplifié puis condensé l'énergie, continua le géologue, c'est bluffant.

— Il s'agit pourtant d'un phénomène naturel basique, c'est étonnant que vous ne l'exploitiez pas encore. La résonance des minéraux entre eux, selon leur positionnement et leur orientation, permet d'ouvrir de nombreux canaux.

Même s'il n'en saisissait pas le fonctionnement, Maxime pouvait admettre la nature du phénomène observé la veille par des milliers d'Égyptiens. Ce rayon lumineux était en vérité un influx d'énergie destiné à transporter les visiteurs de leur planète d'origine jusqu'à la grande pyramide. Les théories du complexe funéraire volaient en éclat, les Égyptiens de l'Antiquité s'étaient simplement approprié les lieux pour y emmurer Khéops – et encore, cela restait à prouver.

Pour la première fois, Maxime Grangé se trouvait devant un procédé qui dépassait son imagination.

— Qu'êtes-vous venus faire sur Terre ? demanda-t-il.

— Nous sommes venus constater comment les humains y évoluent, prononça Samsyl d'une voix douce tandis que son compagnon faisait le tour des trois individus figés, scrutant leurs armes avec curiosité et manipulant le matériel de randonnée. Nous avons bon espoir que votre espèce puisse nous aider à sauver la nôtre.

— Comment cela ? s'enquit le scientifique qui commençait à trouver toute cette histoire passionnante.

— Centrium, notre planète, se meurt. Nous devons trouver des solutions d'évolution viables pour rebâtir notre civilisation. Mais le mieux est que nous vous montrions. Acceptez-vous de nous suivre dans la salle de commande ? interrogea-t-elle en désignant le sommet de la pyramide.

Le Français eut à peine hoché la tête qu'un picotement se fit sentir dans ses membres et qu'un halo bleuté l'entoura. L'obscurité, une demi-seconde de vide profond, pénétrant, et il se retrouva dans une grande pièce aux dalles de granit. Au regard du coffre présent à une extrémité, il se remémora la reconstitution de la chambre du roi visitée au musée et comprit que les visiteurs l'avaient téléporté cent mètres plus haut.

Là, sa lampe frontale ne servait plus à rien, le coffre ayant soi-disant accueilli le corps de Khéops illuminait l'ensemble de la pièce de cette même lueur bleutée. Des symboles qui ne ressemblaient en rien aux hiéroglyphes égyptiens parsemaient les rebords de l'objet et brillaient de la même façon. Maxime n'en croyait pas ses yeux.

*Alors, c'est ça, un Terrien ?* résonna une petite voix dans la tête du sismologue. Il se retourna et constata la présence d'un enfant plutôt chétif, planté dans un coin de la pièce, qui l'observait avec curiosité. Son allure était étrange, plus étirée, et son teint pâle presque gris contrastait avec l'intensité de ses yeux vert. Sur les conseils de Samsyl, l'athéléen avait retiré son masque respiratoire.

*Il me ressemble beaucoup, mais qu'est-ce qu'il a l'air sale…* capta encore l'esprit du Français tandis que le gamin le détaillait de bas en haut.

Entendait-il ce que celui-là pensait ? Cette sensation était tout à fait nouvelle, à la fois gênante et riche de possibilités.

Samsyl vint se placer aux côtés du gamin, et une main entourant ses épaules, le présenta :

— Docteur, voici Lyvius, il vient d'une planète que ses habitants appellent Galéa et nous accompagne dans notre voyage. Lyvius, je te présente Maxime, s'accroupit-elle afin de se retrouver à sa hauteur, c'est un homme de science lui aussi, lâcha-t-elle dans un sourire destiné à rapprocher les deux étrangers.

Elle parlait à haute voix, même au jeune télépathe qui n'en revenait pas de comprendre ce qu'elle articulait. L'air amusé, elle ajouta :

— Comme tu peux le voir, nous avons fusionné vos modes de communication avec le nôtre. Ainsi, nous pouvons entendre tes pensées, et nos dialectes respectifs te sont traduits instantanément.

Maxime entendait en effet des mots et un langage différents du sien, mais en percevait toutefois le sens en son for intérieur, encore une sensation nouvelle. Lyvius commença par sourire devant cette communication facilitée puis s'adressa timidement à Maxime, toujours par la pensée :

— *Pardon, je ne voulais pas être désobligeant*, fit-il en baissant les yeux.

— Pas de problème, répliqua aussitôt le Français en ébouriffant les cheveux noirs de l'enfant, c'est que nous sommes différents de bien des manières.

Ils prirent quelques instants pour échanger au sujet de leurs planètes respectives, de leurs histoires et surtout, de leurs avancées technologiques. Lyvius semblait passionné par les recherches du géologue.

Aussi, Namrod et Samsyl expliquèrent à l'humain qu'en plus d'être un moyen de transport, la pyramide était un collecteur de données connecté à la Terre et à ses habitants. Maxime demanda une démonstration.

Lorsque Namrod s'approcha du coffre semblant constituer un tableau de commande et posa son index sur l'une des touches, la paroi latérale de la pièce sembla changer de texture. Sa surface, pourtant composée d'une pierre très dense et résistante, s'anima en de multiples signes et symboles. Là, Maxime reconnut un graphique, une ligne brisée s'étirant vers le haut. Ici, des séries de chiffres, compilées dans un tableau comparatif. Enfin, des images apparurent dans un coin, défilant les unes après les autres et retraçant les grandes étapes de l'évolution de l'espèce humaine : des outils de l'âge de bronze, des peintures de la Renaissance, un moteur à explosion, un théâtre à l'italienne, un champignon nucléaire, une séquence ADN, etc.

Toutes ces données et ces images s'affichaient à même le granit et se composaient d'une multitude de petites aspérités mobiles. En se rapprochant, Maxime constata que des millions de gonflements microscopiques, sortes de petites bulles de pierre, apparaissaient et disparaissaient pour former ces images en relief. Cette technologie dépassait encore une fois tout ce qu'il avait pu imaginer.

Les visiteurs contrôlaient donc l'espace, le temps, et même la matière.

Samsyl et Namrod se penchèrent quelques instants sur l'analyse de ce flot d'informations, ils "apprenaient" la Terre et l'Humanité ! De temps en temps, ils se consultaient du regard, ajoutant un signe de tête ou croisant les bras avec un air plus circonspect. Ces deux-là n'avaient pas besoin de parler pour se comprendre, Maxime se rendit compte que quelque chose de fort les liait.

Le mur de données s'arrêta sur un graphique et juste à côté, plusieurs images défilaient toujours : des cultures et des élevages intensifs, des sols secs et infertiles, une ville gigantesque au milieu du désert, des centres commerciaux disproportionnés, un continent de déchets dans le Pacifique nord, des populations mourant de faim, le déboisement des forêts primaires, etc. Les Vidams se regardèrent, inquiets.

D'après les chiffres inscrits sur les axes du graphique, le géologue comprit qu'il s'agissait d'une courbe de population. Sur les derniers siècles, sa croissance était effrayante.

Sans dire un mot, Namrod pianota sur quelques touches lumineuses et une vue aérienne du globe terrestre se matérialisa. D'abord la Pangée, puis sa dislocation, la formation des continents actuels, des taches sombres expansives représentant les densités de population. Au bout d'un moment, l'animation fit apparaître une enveloppe opaque autour de la planète, enveloppe qui se perça par endroits. L'atmosphère ! Les courants marins s'ajoutèrent à la fresque, les régions d'accidents nucléaires également, la propagation des nuages toxiques, la contamination des sols, la fonte progressive des glaciers et des glaces polaires, etc.

Samsyl ne regardait déjà plus l'écran minéral. Namrod pressa encore quelques touches pour afficher deux nouveaux graphiques. Maxime n'eut pas le temps d'en saisir le sens que l'animation en relief s'aplanissait déjà, le mur était de nouveau lisse. Les visages décomposés des visiteurs étaient équivoques, ils semblaient déçus.

— Vous espériez de meilleures nouvelles ? déduisit Grangé.

— Nos premières observations étaient plus optimistes en effet, avança Namrod.

— L'Homme est tout de même capable de beaucoup de bonnes choses non ? voulut se rassurer le principal intéressé.

— Nous ne contestons pas cela, c'est évident. Malheureusement, tous vos bons côtés ne suffiront pas à renverser la déchéance que vous avez amorcée.

— À ce point-là ?

— J'ai préféré stopper l'animation, elle se projette ensuite dans le futur et… vous n'avez pas besoin de voir cela. Nous avons déjà pu observer ces séquences de nombreuses fois, nous connaissons la suite, déclara Namrod en appuyant ses mains sur le bord du coffre.

Maxime resta silencieux. Les craintes soulevées maintes fois par les êtres humains venaient d'êtres vérifiées par ces étrangers aux connaissances si vastes. Il était à la fois triste que ces érudits confirment que l'Humanité soit sur la mauvaise voie, mais aussi déçu que ces visiteurs ne puissent trouver de réponses aux enjeux de leur propre habitat.

Après un long moment de réflexion, le couple se ressaisit :

— Nous avons encore d'autres planètes à visiter, déclara Samsyl en collant son front à celui de son compagnon, il reste de l'espoir.

— Tu as raison, il est temps de repartir. Voudriez-vous nous suivre vers notre prochaine étape ? ajouta-t-il en se tournant vers le jeune athéléen et l'humain.

Lyvius souriait de plus belle, avide de découvertes.

L'opportunité de visiter d'autres civilisations était trop tentante. Maxime en avait déjà oublié sa vie et ses obligations, tout cela ne comptait plus, il se sentait destiné à en savoir davantage. Il avait déjà pénétré dans un autre univers, ou plus précisément, il venait de s'ouvrir à l'univers. En route !

« La faiblesse humaine est d’avoir des curiosités d’apprendre ce qu’on ne voudrait pas savoir. »
Molière

« On voyage pour changer, non de lieu, mais d’idées. »
Hippolyte Taine

## Neït, Quelque part sur la Terre Boréale, Construction inconnue 2 jours après l'incident lumineux

Devant le constat de l'abandon qu'on leur faisait subir, de sa méconnaissance des lieux et de son incapacité à retrouver le chemin Behdet, Hank dut prendre sur lui afin de ne manifester ni sa colère ni son inquiétude devant ses troupes.

— Sommes-nous condamnés ici ? trembla la voix hésitante de Tetki derrière lui.

— Ne sous-estime pas nos ressources jeune Klyos ! répliqua calmement son précepteur en gardant les yeux fixés sur l'étrange construction. Les neïts sont bâtis pour résister aux assauts des leurs comme à ceux de la nature, et puis nous appartenons au puissant clan Klyos n'est-ce pas ? ajouta-t-il en se retournant et en plaçant ses mains puissantes sur les épaules du jeune guerrier.

Il essayait évidemment de dédramatiser, Tetki le comprit aussitôt et accueillit sa sagesse d'un sourire déterminé.

— Que devons-nous faire maintenant ?

Hank, qui avait pris le temps de réfléchir à cette question, adressa un rictus malin à son ancien élève.

— Tu es un guerrier Klyos à présent, tu trouveras la réponse en toi-même. Ce que je sais c'est que cette construction m'intrigue, et que je vais aller la visiter. Je te confie donc les troupes, voyons si tu as l'étoffe d'un chef !

La confiance du Maître d'armes l'honorait, mais Tetki lança un regard aigre en direction du campement. La perspective de se retrouver seul face à ces deux cents guerriers, même s'il en égalait la plupart au combat, ne le rassurait guère. Hank avait la légitimité et l'expérience nécessaire pour que les mâles neïts le suivent. Lui, en revanche, mise à part sa naissance, ne pouvait justifier un tel statut de leader.

— Tu trouveras les mots, l'encouragea Hank. Je reviendrai vite, conclut-il en s'éloignant dans le paysage immaculé.

Le vent avait beau s'être calmé, la température était bien en dessous de ce qu'un corps nu pouvait supporter. Enroulé dans un pelage d'akron aussi lourd que dense, Hank parcourut les quelques dizaines de mètres qui le séparaient de la pyramide.

Celle-ci l'étonnait non seulement par sa taille mais également par la complexité de cet empilage de roches, jamais il n'avait vu cela. Les blocs de taille imposante avaient visiblement été taillés, et il aurait fallu une dizaine de neïts pour en soulever un seul. Il fallait se rendre à l'évidence, cette structure n'avait pas été bâtie par les siens, qui plus est au beau milieu de la Terre Boréale. D'où cette architecture pouvait-elle bien venir et qu'abritait-elle ? Elle devait se trouver là depuis des cycles et des cycles.

Il en fit le tour jusqu'à découvrir une ouverture pratiquée à une hauteur qu'il jugea accessible. Il gravit les marches imposantes avec agilité et se retrouva vite devant un couloir étroit et sombre dont l'entrée était quelque peu obstruée par la glace. Avant de s'y engouffrer, l'instinct du Maître d'armes l'incita à regarder en arrière. Il observa d'abord les tentes constituant le campement ainsi que les poignées de soldats se risquant à l'extérieur, puis balaya lentement l'horizon.

L'étendue blanche et lisse semblait couverte d'une fine brume givrée qui flottait dans l'air et floutait la vision. Malgré tout, Hank arrêta son regard sur quatre taches plus sombres qui se détachaient sur la banquise. Elles se déplaçaient, il n'eut aucun doute là-dessus, et semblaient se rapprocher. À cette distance, il ne put distinguer s'il s'agissait de silhouette neïts ou d'animaux endémiques à ce territoire hostile, mais l'une d'elles était plus petite que les trois autres. Une famille d'akrons alertés par leur présence ?

Tant pis, il remettrait sa visite du bâtiment à plus tard, mieux valait prévenir ses hommes et se tenir prêts. Le guerrier dévala les blocs de pierre par bonds successifs et atterrit finalement dans la neige. Moins d'une minute de course plus tard, sa voix résonnait dans le méandre des tentes et donnait ses directives.

***

Lorsque Namrod et Samsyl arrivèrent à proximité du campement, celui-ci semblait désert. Sur leur conseil, les voyageurs humain et athéléen se tenaient un peu en retrait.

Les deux vidams avançaient d'un pas franc et assuré, ne craignant rien de ce qui pourrait leur arriver dans les mondes visités.

Comme ils avaient fourni à Maxime et Lyvius les tissus amples et clairs propres aux voyageurs spatiaux, les propriétés thermiques de ces vêtements étonnèrent les deux esprits scientifiques. En effet, ils ne souffraient en rien de la rudesse du climat. Le tissu bioorganique s'adaptait en réalité aux conditions atmosphériques dans lesquelles se trouvait son porteur, et régulait automatiquement les indicateurs corporels de température, de sudation et même de tensions musculaire et nerveuse.

Ces quatre individus à peine plus foncés que la banquise franchissaient à présent les premières tentes qui laissaient échapper quelques fumées des feux encore vivants. Le géologue trouva étrange la multitude de peaux de bêtes éparpillées à même le sol. L'enfant télépathe voulut prévenir ses compagnons :

— *Je crois qu'ils...*

— Oui, nous les avons sentis nous aussi, coupa aussitôt Namrod pour l'apaiser. Cette prise de contact ne sera pas aussi facile que précédemment, ajouta-t-il à l'attention de Samsyl.

Grâce aux perceptions cérébrales que Lyvius partageait désormais avec eux, les vidams ressentaient non seulement la présence toute proche d'un grand nombre d'autochtones, mais surtout le projet d'embuscade qu'ils leur réservaient. C'est donc délibérément que les voyageurs continuèrent d'avancer.

Devançant l'assaut imminent des troupes Klyos, Samsyl mit à profit les informations recueillies quelques heures plus tôt sur les neïts et leur planète. Elle combina l'Histoire récente des guerriers de Behdet aux sensations plus ou moins précises captées par l'esprit éveillé de Lyvius, et s'arrêta devant un pelage d'akron isolé des autres. S'agenouillant, elle prononça calmement dans le dialecte local :

— Hank, fils de Tarbi, nous avons des intentions pacifistes. Montrez-vous sans crainte !

Le manteau de poils se souleva d'un coup sec et le Maître d'armes se redressa avec une majesté qui n'échappa pas à Namrod. Aussitôt, des dizaines de guerriers neïts situés alentour en firent de même, suivis par l'ensemble de la petite armée qui laissa s'élever un tapis de poussière glacée accompagné d'un grondement sourd. Serrant le poing au niveau de son épaule, Hank dut calmer l'excitation de ses hommes par un cri témoignant toute son autorité. Le silence gagna à nouveau la plaine gelée.

Plusieurs secondes d'observation furent nécessaires pour calmer la tension accumulée ces derniers instants. Bien plus grand que les étrangers, Hank les considéra d'un regard dominateur plus méfiant qu'agressif. Ces quatre individus aux faciès si différents formaient une bien drôle équipe. Cela ne ressemblait ni à une assemblée d'émissaires venus discuter les conditions d'un combat, ni à une escouade de guerrier, et encore moins à des animaux sauvages. La curiosité du leader des neïts n'en fut que plus attisée.

Il baragouina quelques mots qu'aucun des voyageurs ne comprit. Sous son regard curieux, Samsyl effectua un réglage sur le dispositif situé au creux de sa main et la traduction finit par arriver à leurs oreilles :

— Qui êtes-vous ? Que faites-vous ici ?

La diplomatie légendaire neït avait parlé, mais le duo d'explorateurs s'attendait à peu près à cela.

— Je me nomme Samsyl, continua la jeune femme pensant à juste titre que les mâles neïts auraient moins tendance à entrer en conflit avec elle qu'avec son partenaire. Voici mon compagnon, Namrod, ainsi que deux amis rencontrés au gré de notre voyage, Lyvius et Maxime, les désigna-t-elle d'une main ouverte.

— Quel voyage ? Que faites-vous ici ?

— Nous sommes ce que vous pourriez appeler des voyageurs des étoiles, commença à vulgariser la jeune femme, et venons d'un autre monde que le vôtre. Nous espérons trouver ici, et avec votre aide, un moyen de sauver notre civilisation.

Le regard de Hank restait irrémédiablement fixé sur cette femelle qui ne ressemblait à aucune autre rencontrée au sein de la population de Behdet. L'idée d'êtres venus de l'espace ne lui était évidemment jamais venu à l'esprit, et même si la mince spiritualité neït autorisait quelques croyances en des divinités mystérieuses, le voyage spatial était loin des conceptions classiques et des préoccupations de ce peuple primitif.

Des murmures et autres grognements montaient de la foule de guerriers qui se pressait autour d'eux et resserrait les rangs. Pour les soldats plus que pour tout autre neït, l'étranger était synonyme de risque pour le clan, qui tenait à ses privilèges. La coutume était de se prémunir de cet éventuel danger en attaquant les premiers, en lançant un défi aux inconnus pour négocier leur retraite.

Les quatre visiteurs ne tarderaient pas à comprendre le fonctionnement de cette société basée sur des négociations musclées.

— Lequel d'entre vous est le combattant négociateur ? interpela le Maître d'armes avec un rictus qui trahissait l'amusante différence de taille et de robustesse entre ces inconnus et les neïts.

— Nous avons connaissance de vos coutumes en matière d'affrontement, interféra Namrod qui s'attendait à une question de ce genre. Cependant, vous devez savoir que nous sommes issus d'un peuple pacifiste qui a rejeté toute forme de violence, même politique.

— Comment prenez-vous les décisions dans ce cas, et comment gérez-vous les conflits ? rétorqua aussitôt Hank en portant sur lui un regard agacé, mais patient.

— Par le dialogue cher guerrier, annonça l'autre. Et les conflits n'étaient pas chose courante sur notre planète.

— J'en doute, étranger. Toujours est-il qu'ici, sur Neït, nous devons tous nous soumettre au code ancestral de la guerre, lança le commandant des troupes Klyos. C'est ici et maintenant que nous déciderons si vous devez repartir d'où vous venez ou si nous écouterons ce que vous avez à nous dire.

Le guerrier ne croyait pas si bien dire. Les neïts avaient tant à apprendre de ces visiteurs providentiels. Namrod pouvait même leur indiquer la direction à suivre pour rallier Behdet, mais mieux valait se soumettre aux moeurs locales. L'idée de cet affrontement ne sembla d'ailleurs pas l'inquiéter outre mesure.

— Dans ce cas, Hank fils de Tarbi, je représenterai mes compagnons de voyage, annonça le vidam en sachant pertinemment qui il devrait affronter.

— Parfait, c'est décidé, que l'on prépare la piste ! clama finalement Hank à destination de ses hommes.

Namrod se vit attribuer une vaste tente où il put se préparer sous les yeux de ses compagnons. Après quelques exercices d'assouplissement, l'homme adopta une posture de relaxation et resta parfaitement immobile pendant plusieurs minutes. Lyvius et Maxime l'observèrent attentivement tandis que Samsyl faisait aller et venir ses mains sur sa nuque, ses épaules, ses bras puis son dos dans de lents mouvements d'harmonisation.

Les encouragements bruyants que les autochtones destinaient à leur chef ne l'interrompirent en rien dans sa méditation. Samsyl ne montra pas plus d'émotion que lui à l'approche de ce combat, ce qui étonna Maxime pour qui le colosse prénommé Hank faisait office d'un vrai Goliath.

À l'extérieur, Tetki s'était rapproché de son mentor.

— Gloire à toi, Maître ! scanda-t-il alors que Hank revêtait sa cuirasse. Je voulais te présenter mes excuses pour l'affront que je t'ai fait en me présentant face à toi dans l'arène militaire.

— Tu n'étais pas toi-même, c'est oublié, éluda le guerrier.

— Je souhaiterais laver cet affront en combattant cet étranger à ta place, m'y autoriserais-tu ? questionna-t-il humblement.

— Je t'avoue que j'y ai pensé Tetki, confia Hank avec une profonde empathie. Je n'ai pu m'y résoudre, car je sens que ces inconnus représentent une réelle menace.

— Ce mâle petit et chétif ? Tu en es sûr ?

— Souviens-toi d'une de tes premières leçons fils !

— Ne pas se fier à l'aspect physique de son adversaire ! récita Tetki.

— Absolument, et en dépit de leur aspect inoffensif, ceux-là nous réservent bien des surprises, affirma le Maître d'armes en désignant leur tente de la tête.

Le fils Klyos respecta la décision de son mentor et se retira, le laissant à son échauffement.

Peu après, Namrod et Hank se retrouvèrent face à face, le combat paraissait inégal. Devant la stature imposante de son adversaire portant glaive et bouclier, le svelte voyageur vidam avait conservé la même tenue et ne portait aucune arme.

— Toi qui connais si bien notre peuple, étranger, es-tu certain de vouloir me combattre ainsi ?

— Je te l'ai dit, nous n'avons aucun goût pour les actes de violence, répliqua Namrod malicieusement.

Tetki officia en tant que juge et prononça le discours habituel, présentant les combattants au public de connaisseurs et énonçant l'enjeu de cette opposition. Il ordonna enfin le début du combat.

Utilisant l'historique consulté dans la salle de commande de la pyramide locale, Namrod décida de reproduire le déroulement du combat entre Hank et Tetki. Il avait compris leur point faible et savait qu'il pourrait l'exploiter à son avantage.

C'est donc avec infiniment plus d'habilitée et de souplesse que le vidam esquiva les coups d'épée du neït, se penchant et se déplaçant avec une rapidité et une fluidité étonnante. Alors que Hank finissait à peine d'abaisser son bras, son adversaire attendait déjà le coup suivant. Après plusieurs attaques, le Maître d'armes s'arrêta pour considérer Namrod qui n'était pas essoufflé le moins du monde. Il comprit alors que celui-ci pouvait continuer des heures durant. Sa stratégie était évidente, il voulait l'épuiser avant de lui porter un coup fatal.

Dans sa grande expérience de guerrier, Hank décida de s'adapter à cet adversaire inhabituel. Il se redressa et se débarrassa du poids de son glaive et de son bouclier. Une fois les lanières de son plastron desserrées, il put retirer ce dernier en dévoilant un torse large et puissant. Namrod ne parut pas impressionné. Au contraire, il se détendit davantage et commença à sautiller sur place.

L'assaut suivant fut décisif. Alors que Hank, à la manière d'un boxeur, tentait d'atteindre son adversaire avec des coups de poing ajustés au visage, Namrod mettait à profit sa vitesse pour continuer à esquiver. Tout à coup, et sous le regard averti de sa partenaire, il serra les poings en levant les pouces et accueillit le cou de l'immense guerrier avec une pression au niveau de la carotide. Étourdi, Hank ne put voir venir le second "coup de pouce" qui vint s'enfoncer sur un point précis juste au-dessus de la clavicule. Il s'immobilisa aussitôt et tomba sur le dos, parcouru de spasmes incontrôlables.

Namrod avait obtenu ce qu'il voulait : son adversaire s'était débarrassé de sa cuirasse protectrice, mettant ainsi à nu des points stratégiques du schéma nerveux. Le guerrier le plus respecté de la dynastie Klyos venait d'être vaincu avec une facilité déconcertante, ses hommes n'en revenaient pas et restèrent totalement désœuvrés.

Satisfaite, Samsyl lâcha un léger sourire avant de se diriger vers le vaincu. À son passage, Namrod lui adressa un hochement de tête complice. Devant les yeux ébahis de Maxime, de Lyvius et des guerriers neïts, la jeune femme s'agenouilla près de Hank et appliqua le dispositif qu'elle tenait dans sa paume sur la tempe puis sur le sternum du Maître d'armes. Ses convulsions cessèrent et il reprit progressivement ses esprits.

En dépit de son état second, sa défaite ne lui avait pas échappé, et sa première intention fut de mettre un genou au sol pour signifier sa soumission à Namrod. Ce dernier l'invita à se relever.

Tetki désigna l'étranger vainqueur de la joute et les orienta vers la plus grande tente du campement. Namrod, Samsyl, Maxime, Lyvius, Hank et Tetki se retrouvèrent assis sur un épais tapis, réchauffés par les flammes naissantes du foyer et dégustant quelques morceaux de viande séchée.

— Vous avez toute mon attention, prononça Hank sans la moindre animosité.

Samsyl et Namrod le remercièrent alors de son hospitalité et entamèrent le récit de leur voyage, racontant le péril encouru par Centrium et leur recherche de solutions capables d'y rétablir l'équilibre. Ils ne manquèrent pas le récit de leur rencontre avec les individus athéléen et humain présents à leur côté, sans oublier les spécificités de cette construction si fascinante capable d'inventorier et de restituer toute l'histoire de la planète sur laquelle elle est implantée. Afin de persuader les deux guerriers incrédules, l'intervention de Lyvius fut évidemment nécessaire pour insinuer quelques visions de leurs mondes respectifs dans leurs esprits, ainsi que l'expérience du voyage cosmique.

— Voilà tout ce que nous pouvons vous révéler pour le moment, poursuivit Samsyl pendant que Tetki remplissait les coupes d'un nectar sucré. Nous avons nous-mêmes appris beaucoup de votre civilisation, votre adaptation physique est absolument fascinante. Malheureusement, j'ai peur que Neït ne nous aide pas à guérir Centrium de son mal, et nous ne pouvons nous attarder davantage ici.

— Je comprends, femelle venue du ciel, répondit Hank avant d'avaler une grosse gorgée d'alcool de miel. Je vois à présent ce que vous entendiez par "pacifiste", et je suis satisfait de m'être opposé à votre mâle, conclut-il avec un regard viril en direction de Namrod. Cette expérience complète ma connaissance du combat et compte beaucoup pour moi.

Ne s'offusquant pas de cette appellation qu'elle savait faire partie du vocabulaire indigène, la jeune femme se contenta de lui sourire, de la même façon que Namrod lui rendit son regard empreint de respect.

Ce qui les frappa davantage fut la clairvoyance de cet être d'apparence rustre et peu évolué, mais qui avait perçu sans effort l'intimité qui les liait. Connectés grâce à la télépathie de l'enfant en provenance de Galéa, tous eurent une vision précise de ce que Hank ressentait à l'égard du couple. En effet, bien qu'ils ne se soient pas étendus sur le sujet et qu'ils évitent toute démonstration affectueuse, Samsyl et Namrod apparurent aux yeux des autres convives comme une seule et même entité. Les phéromones captées par le sens le plus animal du guerrier neït indiquaient que ces deux-là se connaissaient depuis longtemps, depuis toujours. Leurs hormones respectives semblaient même se confondre tellement elles se reconnaissaient, induisant une conscience profonde de l'autre ainsi qu'une compréhension presque instantanée. Le duo d'explorateurs, le "couple" devrait-on dire, se révélait être lié à vie, partageant toutes ses expériences, tous ses sentiments et se confondant en une âme unique.

L'intensité qui les unissait et que les autres ressentirent à ce moment-là toucha profondément l'assemblée. Aucun d'entre eux n'était capable de décrire cette sensation, et leur imagination était loin d'appréhender la nature de leur union.

— Nous étions venus afin de comprendre d'où émanait cet éclair bleu fendant le ciel, et cette rencontre étonnante a assouvi notre curiosité, poursuivit Hank. À présent, nous pouvons rentrer chez nous, peut-être pourriez-vous…

— Nous nous ferons un plaisir de vous orienter afin que vous retrouviez votre cité, anticipa Namrod, j'ai toutefois une proposition à vous faire Hank, dit-il en plongeant un regard aussi franc que possible dans celui de son interlocuteur.

— De quoi s'agit-il ?

— Avant de retourner auprès des vôtres, nous aimerions que vous nous accompagniez pour l'étape suivante de notre odyssée, annonça le vidam avec un engouement non dissimulé. Les cultures que nous rencontrerons vous enrichiront de bien des manières et je suis persuadé que notre association peut nous aider dans notre quête.

— Un intérêt mutuel en quelque sorte.

— C'est cela, qu'en pensez-vous ?

— Selon les coutumes neïts, l'issue de notre affrontement fait de moi votre obligé... déclara Hank avec un regard hésitant vers Tetki. Mais c'est avec plaisir que je découvrirai ce que vous avez à me montrer, guerrier malin, reprit-il de plus belle en déposant une claque virile dans le dos de Namrod.

— Soit, fit ce dernier en manquant de s'étouffer, nous partons dans l'instant.

Tous les six trinquèrent à cette amitié nouvelle, et s'esclaffèrent lorsque Lyvius recracha la liqueur, trop forte pour sa gorge prépubère.

Comme les explorateurs avaient assuré à Hank que son absence ne durerait qu'un instant aux yeux des neïts restés sur place, le commandant salua le fils Klyos dans une étreinte fraternelle et lui signifia une fois de plus sa confiance, promettant que Trétor paierait cher sa trahison.

Tetki regarda donc la troupe improbable s'éloigner du campement en direction de l'immense pyramide. Quelques minutes plus tard, un faisceau ascendant jaillit de son sommet, projetant à la ronde un souffle glacial qui manqua de le renverser.

« Croyez-moi ! Le secret pour récolter la plus grande fécondité, la plus grande jouissance de l'existence, consiste à vivre dangereusement ! »
Friedrich Nietzsche

« Aucun homme n'a reçu de la nature le droit de commander aux autres. »
Denis Diderot

## Anamets, Plaine Océanique à l'Est des Terres Émergées, Citée inconnue, 2 nuits après le cataclysme, Marée haute

Le champ d'énergie créé par l'appareil étrange que Samsyl manipulait les maintenait tous les cinq au-dessus de la surface.

Pour Hank, qui avait l'habitude de naviguer sur des embarcations robustes faites des bois les plus lourds, le phénomène tenait de la magie et il ne pouvait s'empêcher de considérer la femelle vidam comme une divinité. Maxime comprenait ce procédé à mi-chemin entre le magnétisme et la télékinésie, mais n'arrivait cependant pas à percevoir le procédé physique permettant de modéliser ce support invisible. Lyvius quant à lui appréhendait très bien les forces en jeu dans ce processus de lévitation, même si l'air lui semblait un vecteur de propagation improbable pour ce champ de force – en comparaison des cristaux utilisés sur Magnépolis.

Tous se tenaient debout, immobiles autour de Samsyl qui restait assise en tailleur, la paume orientée vers la surface du grand océan. Le dispositif générait donc une sorte de coque impalpable qui les déplaçait pourtant à moins d'un mètre des flots.

À leur arrivée sur cette nouvelle planète, les connaissances assimilées par le biais de la pyramide s'étaient achevées par le désastre provoqué par le canal de transport. À la réception de cette information, Namrod et Samsyl furent anéantis. Eux qui tenaient tellement à n'interférer dans la vie des populations indigènes qu'en cas d'extrême nécessité venaient de causer la mort de milliers d'érinites. Leur culpabilité ne fut que très légèrement atténuée par leur méconnaissance des lieux de leur arrivée. Comment auraient-ils pu savoir que l'espèce qu'ils s'apprêtaient à rencontrer avait élu domicile autour de la pyramide, et que seul le mince Brihel les abritait d'un déluge dévastateur ? Bien qu'ils sachent où était implanté le bâtiment sur chaque planète, ils ne possédaient aucune donnée sur l'état actuel de ses environs, pas avant de s'y transporter.

Devant cette triste constatation, le couple s'était activé dans de vaines recherches de survivants. Accompagnés de leurs trois compagnons de voyage, ils s'étaient précipités au-dehors par le conduit vertical qui émergeait à peine de l'océan, et s'étaient mis à scruter, à scanner par la pensée et par tous les moyens à leur disposition les environs. Ils avaient suivi le courant vers le continent émergé le plus proche, sans résultat. Le temps écoulé depuis leur arrivée avait anéanti les faibles chances de retrouver des rescapés. Toutes ces âmes évanouies dans leur élément, englouties par leur divinité protectrice... Les vidams arpentaient en silence l'étendue plane, leur tristesse était palpable.

Même s'ils n'étaient que partiellement responsables, Namrod et Samsyl se mirent d'accord pour faire tout ce qui était en leur pouvoir afin de réparer ce préjudice. En dépit du principe de non-interférence qu'ils appliquaient depuis le début de leur voyage, ce qu'ils venaient de provoquer méritait bien quelques contreparties.

La marée descendante leur en donnerait bientôt l'occasion.

Après avoir passé deux jours à parcourir à grande vitesse les côtes des Terres Émergées puis la plaine océanique, et devant les résultats nuls de leurs recherches, le petit groupe s'était aventuré dans la forêt primordiale pour en découvrir les merveilles. Devant la densité et la diversité de la faune comme de la flore, les yeux des visiteurs s'étaient émerveillés d'une nature à ce point préservée. Même les rugissements des grands félins et la menace des tankos les avaient enchantés.

De retour vers la ville engloutie, ils avaient décidé d'attendre le retrait prochain des eaux pour investir la pyramide par le bas, lorsque Lyvius leur signala la présence des nageurs érinites :

— *Un groupe s'approche*.

— En effet, je les ai sentis également, confirma Maxime en essayant de sonder l'épaisseur marine.

— Il s'agit d'une équipe de sauvetage, compléta Namrod qui ressentait les intentions des nageurs grâce aux capacités mentales de l'enfant. Le courant s'accélère Sam, ils vont avoir besoin d'aide...

La vingtaine d'individus progressant sous leurs pieds demeurait invisible. Bientôt, Llyréis les emporterait à leur tour. Il fallait faire vite. En un éclair de pensée, Samsyl transmit son idée à Lyvius afin qu'il indique l'abri le plus proche à celle qui semblait guider ces autochtones amphibies.

Dans la précipitation, Miassa ne se demanda même pas ce qui l'orientait vers l'entrée de la pyramide, et suivit cette direction.

— Elle n'y arrivera pas, lâcha Namrod les yeux fermés. Donne-lui un coup de main, je m'occupe des autres...

— Utilisez les algues ! conseilla Maxime qui percevait désormais une partie des capacités du couple.

— Bien vu. *Accrochez-vous aux laminaires !* pensa Namrod en fixant les yeux de Lyvius qui relaya le précieux conseil vers les nageurs en perdition.

D'une main, Samsyl sortit un deuxième appareil de sa tunique, qu'elle cala dans sa paume avant de l'orienter vers la profondeur des flots. Même en surface, l'eau défilait en accéléré. La vidam se concentra sur la présence qu'elle ressentait, sur le corps de Miassa, et par une extension simultanée de ses cinq doigts, impulsa un champ magnétique dans sa direction. La sentinelle érinite et deux de ses pairs se sentirent affranchis du courant puissant pendant quelques secondes, juste assez longtemps pour rejoindre la porte et s'abriter dans un couloir providentiel.

Le reste des nageurs s'était fait emporter. Ceux qui n'avaient pas réussi à empoigner les tiges orientées dans le sens du courant, comme leur avait suggéré une voix inconnue, s'étonnèrent lorsque les algues elles-mêmes s'enroulèrent autour de leurs chevilles et de leurs bras.

L'équipage en surface fixa un regard étonné sur Namrod qui lui aussi écarquillait les yeux.

— Ce n'est pas moi, les informa-t-il alors que le niveau de l'eau baissait à vive allure.

Au fur et à mesure, eux aussi perdaient de l'altitude. Cinq, dix, vingt, cinquante mètres, et ça continuait. Le champ d'énergie qui les soutenait se maintenait juste au-dessus de l'eau sans en subir la fureur. La pyramide se découvrait progressivement, identique en tous points à celles présentes sur Galéa, Terre et Neït. Les restes de la cité leur apparurent enfin.

Étirant et couchant totalement la forêt d'algues qui entourait la ville, Llyréis se retira dans le fond de la plaine en abandonnant les corps éprouvés des sauveteurs devenus sauvés. Tous avaient été stoppés par les végétaux, des cris et des rires de soulagement retentirent. D'abord inquiète, Miassa émergea très vite du tunnel ombragé pour constater que ses frères et sœurs s'en étaient sortis. Elle se laissa tomber sur le bloc de calcaire humide et inspira à plein poumon, le visage offert à la douce brise de Taràn.

Ce n'est que lorsque tous les érinites furent regroupés au pied de la pyramide, dans des embrassades euphoriques, qu'ils commencèrent à se questionner sur l'origine de leur salut.

— Qu'est-ce qui nous a sauvés ? demanda l'une d'entre eux. J'ai clairement ressenti une présence dans ma tête, quelqu'un ou quelque chose qui m'indiquait quoi faire pour survivre.

— Nous avons tous eu ce sentiment, abonda Miassa, c'est la première fois que je les ressens aussi distinctement mais je crois qu'il s'agit des esprits de l'astre solaire.

— Bélèn et Bélis nous auraient sauvé la vie ?

— Cela me semble évident.

— J'ai pourtant le sentiment qu'il s'agissait de Llyréis. Comme il ne pouvait pas arrêter sa course folle, il nous a suggéré d'utiliser les laminaires afin de ne pas nous faire emporter.

— C'est possible, convint Miassa, nous sommes ses enfants après tout.

— J'ai distingué un bref instant le visage d'un enfant, il s'adressait à moi, déclara un éclaireur.

Presque tous y allèrent de leur commentaire en décrivant cette sensation qui leur était parfaitement étrangère.

Tandis qu'ils s'approchaient du rassemblement d'érinites, Samsyl, Namrod, Maxime, Hank et Lyvius préparaient individuellement cette rencontre et étaient persuadés de son déroulement sans accroc. Ils ressentaient en effet une profonde spiritualité chez ce peuple, et comme avait pu leur apprendre la matrice historique deux jours plus tôt, la population d'Anamets respectait toute forme de vie. Ils n'avaient rien à craindre d'eux.

Quand ils furent suffisamment proches, les yeux de Maxime éludèrent tous les autres individus présents pour se concentrer sur la silhouette rayonnante de celle qui semblait les guider. Sa peau brunie par le soleil et ses cheveux aux reflets dorés créaient un contraste fascinant. Cette fille de l'eau avait pourtant quelque chose d'éminemment terrestre. Ses yeux émeraude le désarmèrent dès qu'elle les posa sur lui. Son corps mince et athlétique luisait encore, si bien que le géologue se prit à imaginer les minuscules cristaux de sel qui se formaient sur sa peau – bien qu'il soit encore trop loin pour les voir. Son cou étiré, ses épaules larges et arrondies, sa poitrine visiblement ferme et ses hanches saillantes sous un ventre appelant au désir… Maxime fut immédiatement subjugué.

Tandis qu'il n'avait d'yeux que pour elle, les autres approchèrent en souriant et en saluant chacun des érinites, pour finalement s'arrêter devant Miassa. Quelques secondes suffirent pour que tous reconnaissent Lyvius comme l'origine de leur vision salvatrice, et commencent à se prosterner. Certains vinrent à sa rencontre, pour lui toucher les mains, jouer avec ses cheveux, comme pour s'assurer qu'il était bien réel. Lorsque dans la joie collective, quelques-uns le soulevèrent du sol pour le porter sur leurs épaules tout en poussant des cris de fête, le gamin ne put s'empêcher de rire aux éclats, alimentant un peu plus leur célébration.

Les visiteurs comprirent qu'on les accueillait comme les divinités locales incarnées dans des êtres vivants. Il faut dire que tous avaient un faciès, une taille et une morphologie différente, il était impossible de les confondre avec les érinites. On s'affairait autour d'eux. La jeunesse de Lyvius leur suggéra qu'il s'apparentait au génie sylvain, protecteur de la forêt ; les auras complémentaires de Namrod et Samsyl firent qu'on les identifia à Bélèn et Bélis, les divinités solaires ; l'air taciturne de Maxime le rapprocha davantage d'Éloan, l'astre lunaire ; le géant Hank fut assimilé à l'esprit de la montagne.

Devant toutes ces croyances erronées, Namrod jugea que le moment était venu de faire la lumière sur leurs origines réelles et la raison de leur présence sur Anamets.

Chacun se présenta donc dans sa langue respective, le traducteur instantané assurant la transcription dans autant de dialectes qu'il y avait d'espèces, et les vidams décrivirent le but de leur voyage. Pour les habitants d'Érinis, cela ne faisait pas une grande différence, les étrangers venaient du ciel et avaient joué de leurs pouvoirs pour leur sauver la vie. Ils conserveraient leur statut divin. Lorsque le rayon lumineux et la destruction du Brihel furent expliqués au groupe mené par Miassa, la tristesse se lut sur les visages.

— Nous n'avions aucun moyen de savoir qu'un rempart d'énergie protégeait ici toute une population, tenta de se dédouaner Namrod. Vous devez comprendre que notre moyen de transport est constitué d'énergie pure, que celle-ci a interféré avec la structure biochimique de votre dôme de protection, et l'a désagrégé. Nous avons mené des recherches deux jours durant mais n'avons trouvé aucun rescapé. J'espère de tout cœur que vous accepterez de nous pardonner.

— Que votre âme soit en paix, visiteur, lui répondit Miassa les yeux humides. Mes compagnons et moi-même sommes affectés de la disparition d'un si grand nombre de nos semblables, mais nous n'avons pas de place pour l'amertume dans nos cœurs. Nous savons que vous n'êtes pas nos ennemis. Nous étions venus ici pour tenter de sauver ceux qui pouvaient l'être, espérant approfondir nos connaissances spirituelles au contact de nos semblables. Llyréis en a voulu autrement, et les esprits de tous ses enfants animent à présent d'autres créatures, ici ou dans un autre monde.

— Vos paroles sont pleines de sagesse, fit Namrod en joignant les mains et en s'inclinant légèrement en signe de respect. Votre connaissance de la nature vous honore, merci de nous accepter parmi vous.

Miassa les salua à son tour, son geste apparut à Maxime avec une grâce infinie.

Après avoir visité les ruines et constaté l'étendue de la cité, tous se réunirent sur ce qui s'apparentait à la place centrale. Ils apprirent les uns des autres pendant des heures, échangeant au sujet de leurs coutumes et de leurs croyances. Seuls les vidams demeuraient mystérieux.

Un peu avant la nuit, Miassa et les siens se mobilisèrent pour bâtir un nouveau Brihel. Les connexions psychiques déjà solides entre les érinites semblèrent décuplées pendant cet exercice, ils étaient parfaitement synchrones. Les cinq voyageurs observèrent la transe édificatrice avec un intérêt non dissimulé. Lorsqu'ils virent la puissance de Llyréis s'abattre sur le rempart, ils comprirent quelle avait dû être l'horreur vécue par les habitants lors de leur arrivée.

L'assemblée partagea quelques vivres trouvés çà et là et veilla longtemps autour du feu qui animait les visages.

Miassa se rapprocha de cet être magnétique qui accompagnait les vidams. L'humain possédait une force qu'aucun érinite n'était prédisposé à développer, un lien étroit avec la terre. Elle avait senti cette connexion en plongeant ses yeux dans ceux de Maxime. Ce regard noir connaissait le secret des roches et savait communiquer avec elles. Il était différent, elle se reconnaissait en lui. Cela lui plut beaucoup. Malgré leurs différences – Maxime était plus petit qu'elle et son corps trahissait une sédentarisation excessive –, leurs psychologies et leurs sensibilités se rejoignaient sur bien des points. Ils se savaient proches l'un de l'autre.

— Pourquoi as-tu décidé de suivre Samsyl et Namrod ? questionna-t-elle.

Ce tutoiement, même s'il était ordinaire sur Anamets, mit tout de suite Maxime à l'aise.

— Disons que la découverte que j'ai faite au sujet de ce bâtiment mérite que j'approfondisse le sujet, dit-il en désignant la pyramide qui les dominait. Je viens d'apprendre qu'elle se trouvait sur Terre bien plus tôt que ce que l'Histoire voulait nous faire croire, peut-être même avant l'apparition des premiers Hommes. Je suis un homme de science, et la recherche de la vérité est ma ligne de conduite.

— La vérité est très subjective, elle aime changer de visage. Es-tu à l'écoute des vérités inscrites dans ton âme, dans ton esprit ? articula-t-elle en posant sa main sur la poitrine du Français puis sur le côté de son crâne.

— J'essaie d'y prêter attention, mais tu dois savoir que la spiritualité n'est pas une qualité très cultivée d'où je viens.

— Je le comprends. Tu sembles pourtant proche des éléments, lui lança-t-elle avec des yeux émus. D'où te vient ce lien avec la terre ?

— Hmmm... sourit Maxime, je n'ai pas de réponse à te donner. J'ai simplement toujours été attiré par sa puissance, fasciné par ses mouvements.

— C'est une attirance à la fois physique et spirituelle n'est-ce pas ? Un magnétisme dont on ne peut se défaire et une compréhension qui dépasse l'entendement ?

— Oui... fit l'humain timidement. C'est assez bien résumé, avoua-t-il en se noyant dans les grands yeux brillants de l'érinite. Et toi, fille de l'eau, pourquoi la terre t'attire-t-elle autant ?

Il était difficile pour l'homme qu'il était d'ignorer le corps presque nu de son interlocutrice. La notion de pudeur, inconnue sur cette planète, n'habillait la jeune femme que d'un pagne fin qui épousait ses hanches à merveille. Heureusement, la proximité de celle-ci avec son environnement ainsi que sa sagesse palpable aidèrent Maxime à se concentrer sur ses paroles.

— Je suis née dans une cité engloutie, comme la plupart de mes compagnons. En tant que peuple aquatique, nous avons développé ces branchies, désigna-t-elle en caressant l'organe situé sur sa gorge. Les miennes ne sont pas vraiment fonctionnelles. J'ai longtemps pris cela pour un handicap mais j'ai fini par comprendre que ma place est davantage sur terre que sous l'eau. Je me sens liée à ses créatures et à ses esprits, j'ai envie d'appartenir à ce milieu…

Son discours fascinait le géologue. Même s'il lui était impossible d'ignorer les jeux de lumière que les flammes jetaient sur le corps de cette créature captivante, il partageait ses émotions avec tellement de facilité qu'il aurait pu l'écouter toute la nuit.

Samsyl vint les interrompre avec un sourire amusé et informa Maxime qu'il était temps de repartir. Dès que la marée redescendrait, ils quitteraient Anamets. Maxime acquiesça, quelque peu déçu de quitter la sentinelle érinite, mais impatient de découvrir de nouvelles planètes, de nouvelles cultures.

Les idées de Miassa ne firent qu'un tour. Cet être profondément terrien était un cadeau, pourquoi devait-il déjà s'en aller ? Pour une fois qu'elle rencontrait une personne aussi proche d'elle, celui-ci n'appartenait pas à son monde. Devançant la proposition de la vidam, elle s'empressa :

— Puis-je vous accompagner ? questionna-t-elle simplement en ignorant ce que pouvait impliquer ce voyage.

— Vous êtes la bienvenue, sourit Samsyl. Notre voyage touche bientôt à son terme mais je devine que nos cinq espèces ont beaucoup à apprendre les unes des autres, chuchota-t-elle en les couvrant tous les deux d'un regard maternel qui les fit rougir. Retrouvons-nous à l'entrée de la pyramide dès que l'eau se sera retirée !

Cela leur laisserait plusieurs heures pour se découvrir. Pour le moment, ils s'observaient, leurs existences respectives s'effaçaient totalement, seul comptait l'instant présent.

« La délicatesse est un don de nature, et non une acquisition de l'art. »
Blaise Pascal

« La nature se suffit. »
Friedrich Hegel

## Anamets, Plaine Océanique à l'Est des Terres Émergées, Citée dévastée, Marée basse

Les forces canalisées par la pyramide décuplèrent les sensations et la communication entre les voyageurs. La combinaison des facultés de télépathe du jeune athéléen avec le dispositif associant leurs différentes langues et modes de communication était d'autant plus fédératrice. Elle harmonisait leurs savoirs autant que leurs perceptions, en les mélangeant toutes les unes aux autres. Un sentiment d'union en découlait.

Maxime et Miassa furent les premiers à ressentir les courants telluriques qui alimentaient la structure d'une énergie naturelle intense. Pour lui, la juxtaposition complexe des pierres révéla non seulement comment elle permettait l'absorption des tremblements de terre, hypothèse antisismique déjà appréhendée sur Terre, mais démontra surtout le niveau de connaissances des bâtisseurs de cette structure mobile. Leur science tellurique était tellement aboutie qu'il leur suffisait de jouer avec les formes des blocs ainsi qu'avec leurs masses, en les positionnant les uns par rapport aux autres de sorte qu'ils se transmettent l'énergie de la terre, l'amplifient, l'orientent et la condensent vers le puits vertical. Le géologue avait la certitude que la structure interne, comme à Gizeh, s'était remodelée dans ce but précis – et les souvenirs d'Énora que Miassa partagea avec lui, avec leur lot de vibrations, confirmèrent cette conviction.

L'érinite entra quant à elle plus facilement en contact avec le monde des esprits. L'énergie présente dans ce qui lui apparut comme un temple nourrissait et facilitait sa méditation, si bien qu'elle déchiffra l'ancrage profond du bâtiment dans le sol d'Anamets et eut très vite une vision d'ensemble de sa planète, de son Histoire. Les quelques peuples d'Anamets se révélèrent à elle, à différents âges, et elle assimila en un instant les rapports étroits entre toutes les espèces ainsi que leurs implications dans l'écosystème. Elle comprit par ailleurs comment Danu, déesse de la terre, était intervenue à travers les laminaires géantes pour retenir les nageurs à la dérive. Elle faisait enfin partie de ce tout, de cette terre qu'elle souhaitait approcher au plus près, et paradoxalement, sentit que son espèce n'y était pas à sa place. Sentiment troublant. Miassa s'empara de la main de Maxime et la serra très fort.

Hank, par leur intermédiaire, ressentit tout cela lui aussi. Mais ce qui retint davantage son attention fut l'extrême puissance tirée de la terre et diffusée dans ces murs. Il se laissa pénétrer par l'idée d'une énergie telle qu'elle était capable de déplacer des milliers de tonnes de pierre, sans l'aide du moindre levier. Il était à la fois grisé par ce pouvoir énorme et rempli d'humilité face à ce potentiel. Sans se demander s'il s'agissait de magie ou de science, il comprit que lui, le plus grand guerrier de la dynastie Klyos et peut-être même de Neït, était ridicule comparé aux forces présentes en ce lieu. Tous ses muscles, son agilité et sa technique ne représentaient qu'une goutte de pluie dans la grande mer qui bordait Behdet.

Son voyage spirituel s'interrompit lorsque Lyvius concentra tout son pouvoir mental sur le coffre de la salle de commande. Comme il l'avait déjà vu en action pour soigner son père, retranscrire l'Histoire d'une planète ou les propulser vers une autre, il tenta d'en percer le mystère. Son mécanisme l'intriguait au plus haut point. L'enfant ne parvint pas à savoir si tout était basé sur l'énergie minérale ou bien s'il y avait des dispositifs électroniques voire organiques là-dessous. Les touches illuminées qui parcouraient les rebords du coffre étaient bel et bien incrustées dans le granit, simplement mises en relief par de microscopiques gonflements, des milliers par touche lui sembla-t-il. Il se sentait à la fois proche de cette technologie mais encore incapable de la comprendre. Comme Lyvius se considérait comme l'émissaire de son peuple, et puisqu'il était le seul athéléen à voyager ainsi, il devrait être capable de relater ses découvertes. Il essaya de percer mentalement les connaissances du duo d'explorateurs, en vain.

Les vidams étaient les seuls à rester presque imperméables aux pensées du groupe, comme s'il existait un verrou sur leur esprit que même Lyvius ne parvenait pas à faire sauter.

Car après tout, l'humain, l'athéléen, le neït et l'érinite ne savaient pas grand-chose du couple qui avait visité tour à tour leurs planètes. Tout ce que Namrod et Samsyl avaient bien voulu leur dire concernait la menace qui pesait sur leur monde, et une maîtrise évidente de la technologie. Ils avaient décrit leur voyage comme une quête, une planche de salut destinée à sauver Centrium. Pour cela, il leur fallait trouver des voix d'évolution applicables dans leur société, mais les vidams ne semblaient pour le moment pas convaincus par ce qu'ils avaient appris sur Terre, Galéa, Neït et Anamets. Dans ce cas, s'ils avaient d'autres planètes à visiter, pourquoi leur avoir proposé de les suivre ? Avaient-ils besoin d'eux ou était-ce par simple curiosité et volonté de partage ?

La sincérité de Namrod et Samsyl était évidente, mais partielle. Ils leur cachaient beaucoup de choses, à commencer par la nature de leur union. Étaient-ils un couple dans la considération "sentimentale" du terme, où étaient-ils simplement des collègues en mission ? Leur partenariat et leur proximité dépassaient visiblement ce que leurs quatre covoyageurs pouvaient comprendre. Ils semblaient investis d'une mission, pour le salut de leur espèce.

Tous n'attendaient qu'une chose, que la lumière soit faite sur leur histoire à eux. Cela viendrait…

L'intensité des vibrations pouvait faire croire que les murs allaient s'ébranler. Vivant cela pour la première fois, Miassa vint se blottir contre Maxime qui passa l'un de ses bras autour d'elle.

Après qu'ils eussent tous été baignés de la même lumière bleutée, les picotements puis l'absence de sensations physiques dissocièrent leurs corps et leurs esprits. Le néant régnait partout, ils étaient plongés dans le noir. Pourtant, même si leurs yeux n'avaient rien à contempler et leurs mains rien à toucher, leurs consciences étaient absolument éclairées de ce qu'ils subissaient. Ils pouvaient visualiser – mentalement – leur point de départ, le canal de transport et leur destination.

Vue du ciel, la pyramide devant laquelle se prosternait une vingtaine d'érinites s'éloigna rapidement, expulsant les six voyageurs de son ventre dans un faisceau d'une rapidité inconcevable. Entre dématérialisation et présence formelle, la confusion régnait. Tout ce qu'ils savaient c'est qu'ils étaient ensemble, et voyageaient côte à côte. Ils reçurent l'information d'une carte du cosmos, leur signifiant une multitude de systèmes solaires – dont Maxime et Lyvius n'avaient même pas idée – et la course folle du rayon bleu à travers l'immensité obscure. Puis un point grisâtre qui se rapprochait, une planète, un désert aride, la pyramide enfin !

Ils se matérialisèrent à l'emplacement et dans la position exactes qu'ils venaient de quitter. Quand ils ouvrirent les yeux, ils retrouvèrent une réplique de la salle de commande laissée sur Anamets.

Ils savaient au fond d'eux que le transfert n'avait duré qu'une poignée de secondes, mais ce qu'ils avaient vécu et appris au cours de celui-ci paraissait s'étendre sur des années entières. Il y avait tant de formes de vies dans l'univers, comment était-ce possible ? Comme lors de ses deux premiers voyages, Maxime en ressortit avec les larmes aux yeux. Le questionnement typiquement humain concernant la vie extra-terrestre se résolvait soudainement avec abondance et diversité. La population scientifique terrienne ne serait jamais prête pour cela.

Le Français se ressaisit bien vite et adressa un regard et un sourire bienveillants à Miassa.

Namrod, visiblement en charge de la navigation, adressa un regard à sa partenaire avant de pianoter sur le coffre/panneau de contrôle. Si leurs nouveaux compagnons étaient encore bousculés par ce voyage de plusieurs milliers d'années-lumière, les vidams y étaient complètement habitués, comme s'il ne s'agissait que d'un trajet en ascenseur.

Les vibrations ne tardèrent pas à se faire sentir, la structure de la pyramide se modifiait de nouveau, avec eux en son cœur. Par l'entrée de la grande salle, Maxime n'eut qu'une vision partielle de la transformation mais constata le glissement des blocs les uns sur les autres, l'obturation temporaire de la porte par plusieurs d'entre eux puis la matérialisation d'un couloir descendant en pente douce. Dans le même temps, la salle de commande s'était elle-même déplacée au sein du dispositif de transport, ils avaient perdu de l'altitude.

Contre toute attente, Samsyl invita les quatre novices à la suivre dans le haut tunnel qui se dirigeait visiblement vers la sortie. Si Maxime, Lyvius et Hank s'attendaient à une nouvelle connexion avec la mémoire de cette planète, à un historique complet de sa démographie, des techniques de sa population ou de ses croyances, il n'en fut rien. Le couple s'enfonça dans le tunnel sans prendre le temps de découvrir les caractéristiques de ce nouveau monde.

Lorsqu'ils eurent rejoint l'extérieur, la clarté les aveugla un moment puis leurs yeux s'habituèrent. Le ciel était pourtant d'un gris sombre, uniforme, rien à voir avec les formations nuageuses présentes sur Terre, Galéa, Neït ou Anamets. Il faisait jour, visiblement, mais il leur était impossible de voir où se trouvait le soleil. L'atmosphère était lourde et humide, assez chaude aussi, et chargée en électricité.

Ils se situaient au beau milieu d'une étendue désertique, tout aussi grise que le ciel, et d'innombrables sillons en parcouraient le sol. Les craquellements de la terre stérile l'apparentaient à la peau marquée d'un vieillard. Des crevasses plus profondes traduisaient ici la faiblesse de la croûte terrestre ainsi qu'une activité sismique fréquente. Le bâtiment colossal semblait être posé sur une fine pellicule de sable, creusée de multiples galeries et prête à s'effondrer à tout moment.

Face aux voyageurs, deux rangées de bâtiments plus petits s'étiraient vers l'horizon. Il y en avait des dizaines, des centaines peut-être, formant deux lignes parallèles et menant à la pyramide. Après être descendus au niveau du sol et s'être familiarisés avec ce support friable, les six visiteurs s'approchèrent de cette allée monumentale. Hauts d'une dizaine de mètres et érigés à intervalles réguliers, ces édifices ne se différenciaient de leur modèle que par la taille. En effet, il s'agissait d'une multitude de petites pyramides aux proportions identiques au monument principal – angles et rapports hauteur/côté. Les entrées, au niveau du sol, étaient orientées vers l'intérieur de l'allée ainsi tracée, et closes par de larges portes en pierre.

Le décor était impressionnant, tous se regardèrent d'un air circonspect. Namrod et Samsyl laissèrent le temps au groupe de s'accoutumer à cette vision puis continuèrent à avancer. Ils semblaient pressés. Leurs visages s'étaient départis de leur air jovial et curieux pour adopter une attitude plus concentrée et déterminée. Ils marchèrent un long moment entre les bâtiments, s'imprégnant de l'atmosphère étrange qui régnait sur cette planète et observant attentivement ce qui les entourait. Si les quatre faces des petites pyramides étaient vierges de toute décoration, les portes de chacune d'elles possédaient des motifs finement ciselés et des symboles variés, si bien qu'elles faisaient penser à l'entrée d'un temple ou d'un quelconque monument religieux. Maxime crut reconnaître certains sigles présents sur le coffre dans la salle de commande.

Un relief finit par se découper sur l'horizon. Il s'agissait visiblement de bâtiments verticaux, collés les uns aux autres et de tailles variables.

— *Une ville !* pensa Lyvius avec l'enthousiasme qui lui était propre.

— Elle semble si loin, prononça Miassa que le transfert avait épuisé.

— Il est pourtant nécessaire de s'y rendre, affirma Maxime persuadé d'y rencontrer des autochtones.

Devant eux, les vidams se consultèrent, discutant dans leur langue sans qu'aucune traduction ne parvienne aux quatre autres. Samsyl semblait argumenter pour persuader Namrod de quelque chose. Celui-ci finit par hausser les épaules avec résignation et se retourna vers l'amas urbain.

— Rapprochez-vous mes amis ! déclara Samsyl en effectuant un réglage sur son dispositif manuel. Nous allons visiter cette cité.

Ils resserrèrent alors les rangs et la vidam activa le champ d'énergie qui les souleva immédiatement du sol. Un instant plus tard, ils filaient à vive allure entre les colonnes de bâtiments.

Les tours grandissaient à mesure qu'ils se rapprochaient. Le petit athéléen trépignait d'impatience, l'humain tentait d'estimer la hauteur de ces constructions, l'érinite préparait son esprit à une nouvelle rencontre enrichissante et le neït imaginait déjà un affrontement avec une population potentiellement hostile. Namrod ne laissait deviner aucune émotion et Samsyl glissa sa main dans les siennes en posant sa tête sur son épaule. C'était la première fois que l'un d'eux témoignait physiquement de leur proximité.

Miassa se retourna et, sans parvenir à expliquer l'origine de ce sentiment, l'image de cette allée monumentale venant de la pyramide mystérieuse l'apaisa.

Quelques minutes plus tard, Samsyl les immobilisa aux frontières de la ville. Celles-ci étaient matérialisées par un mur constitué d'innombrables pierres, taillées et assemblées comme à l'intérieur de la pyramide. Le gabarit des pierres étant plus petit, ces dernières érigeaient une muraille d'environ un mètre cinquante qui encerclait totalement l'agglomération.

Maxime s'interrogea sur la fonction de cette construction, qui par sa hauteur n'empêchait aucune intrusion. L'association originale des pierres de différentes formes, imbriquées les unes dans les autres à la manière d'un "tétris", suggérait, comme pour le moyen de transport qui les avait emmené ici, un lien avec l'énergie tellurique. Puisqu'il englobait l'ensemble de la ville, ce mur permettait-il de la téléporter tout entière ? En tout cas, même s'il n'était pas très haut et compte tenu de sa courbure régulière ainsi que de la superficie de cette cité, son érection avait dû nécessiter un temps fou.

— Un rempart de protection, affirma Miassa qui déduisit instinctivement sa fonction.

— Contre quel ennemi, des petits mammifères ? ironisa Hank.

— Je n'en sais rien, mais l'énergie y est encore vivante, fit-elle en posant le plat de sa main sur le minéral.

— *Il semble que la population locale ait calqué son architecture sur la grande pyramide*, émit l'esprit analytique de Lyvius. *Regardez de quoi est faite leur ville !*

Le petit avait raison. Les regards des autres voyageurs découvrirent une multitude de bâtiments constitués uniquement de blocs rocheux. Les façades du moins, se présentaient exactement comme les parois des murs internes de la pyramide. Cet ensemble urbain était-il lui aussi transformable ? Pouvait-on l'agencer de différentes façons ?

Ce constat assimilé, la curiosité insistante de Lyvius les décida à prendre un peu de hauteur. Ils décidèrent de gravir la tour la plus proche afin d'élargir leur champ de vision. Seule Miassa resta près du muret, elle ne se sentait pas le courage de gravir autant d'étages.

Une fois parvenus à son sommet, le calme et le vide qui régnaient dans les rues sautèrent aux yeux de ses compagnons. Certains bâtiments tombaient en ruine, l'effondrement du terrain avait emporté des pans de murs entiers, il n'y avait aucun doute, la cité était abandonnée. Lyvius ne repéra pas une seule forme de vie des kilomètres à la ronde. Que s'était-il passé ici pour que les habitants prennent la fuite ? Peut-être avaient-ils tout simplement été exterminés par l'ennemi inconnu dont ils essayaient de se protéger.

Tous les regards se tournèrent vers les chefs de cette expédition. Eux ne semblaient pas surpris et se contentaient d'observer les réactions de Maxime, Lyvius et Hank. Alors que l'humain s'apprêtait à suggérer aux vidams une progression dans le cœur de la cité, une luminosité étrange l'arrêta dans son élan.

Au loin, sur l'un des côtés de la ville, le ciel se teinta de reflets orangés et dorés. Ces couleurs soudaines mais surtout mobiles se rapprochaient rapidement, le spectacle était magnifique.

Alors que tous étaient en contemplation, Namrod et Samsyl montrèrent enfin un peu d'enthousiasme. À les regarder de plus près, Maxime comprit qu'il s'agissait plutôt de panique. Tandis que sa compagne joignait ses mains en fixant le phénomène d'un regard implorant, Namrod se précipita vers elle et s'empara du dispositif mystérieux qui ne quittait jamais la paume de sa main.

Sous les yeux stupéfaits de Maxime, Hank et Lyvius, le vidam se jeta dans le vide sans la moindre hésitation. Sa chute fut encore plus rapide que sa décision surprenante. Miassa vit ce corps se rapprocher du sol à toute vitesse, reconnut son guide, et ferma les yeux pour ne pas assister à l'horrible atterrissage. Aucun bruit, pas de vibration synonyme de choc mortel. Pourtant, Namrod aurait dû s'écraser à quelques mètres seulement. Elle rouvrit ses paupières moins de trois secondes après les avoir closes et découvrit l'homme en lévitation à quelques centimètres du sol, les mains jointes et le dispositif braqué vers la terre.

Il coupa le champ magnétique salvateur, retrouva ses appuis puis se précipita vers le mur d'enceinte situé à quelques enjambées. Il longea celui-ci sur quelques mètres, visiblement à la recherche de quelque chose et s'arrêta enfin. L'érinite le vit retirer un objet qu'il portait autour du cou. Il s'agissait d'une fine tranche de pierre rectangulaire, sculptée en son centre de sorte que des motifs complexes trouaient le minéral. Avec précaution, il inséra ce qui s'avérait être une clef dans une fente prévue à cet effet et plusieurs touches lumineuses apparurent sur le segment de mur situé devant lui. Avec des gestes rapides mais fébriles, il combina une demi-douzaine de symboles qui se mirent à briller davantage avant qu'un souffle puissant les projette tous les deux au sol.

L'assemblage de pierres propulsa un filtre opaque et bleuté vers le ciel avec une puissance étourdissante. La cloison gigantesque se courba progressivement vers le cœur de la ville pour se refermer au sommet de la tour la plus haute. Miassa, qui y reconnut toute la bienveillance et la sécurité du Brihel, s'émerveilla dans un sourire radieux et lâcha un soupir ému. Un dôme venait de se former au-dessus de la ville et Namrod parut profondément soulagé.

La vague orangée ne tarda pas. Moins d'une minute après, un vent d'énergie heurta la pellicule bleue en créant des ondes de choc partout sur sa surface. Là-haut, deux forces antagonistes s'affrontaient dans des projections puissantes, le sol en tremblait.

L'incident cosmique dura une dizaine de minutes, durant lesquelles Samsyl et les autres regagnèrent la terre ferme. Le spectacle aussi beau qu'effrayant leur laissa tout le temps de s'interroger sur ce qui venait de se passer. La réaction de leur guide avait été si rapide. Comment Namrod avait-il su que ces couleurs sublimes annonçaient en réalité une menace mortelle ? Par-dessus tout, comment connaissait-il le fonctionnement de ce rempart protecteur et d'où tenait-il la clef d'activation ?

Devant les visages interrogateurs des quatre voyageurs, l'attitude des vidams changea et reprit enfin ses traits doux et prévenants. Le temps était venu. Une autre barrière tomba au même moment, celle, psychologique, qui avait jusque-là empêché Lyvius d'entrer dans leurs têtes.

En un éclair, tous comprirent : Namrod et Samsyl étaient chez eux !

« On ne force pas une curiosité, on l’éveille. »
Daniel Pennac

« Pour que l'événement le plus banal devienne une aventure, il faut et il suffit qu'on se mette à le raconter. »
Jean-Paul Sartre

## Centrium, Étendues Arides bordant Vidalite, Allée des Sauveurs Dernière éruption solaire + 20 minutes

— Nous avons quelque chose à vous montrer, avait déclaré Namrod à la fin de l'épisode chaotique.

Le ton employé et le calme profond qui l'habitait confortaient ses compagnons de voyage dans l'idée que tôt ou tard, ils sauraient tout. Ils lurent dans son esprit qu'il y avait des étapes à franchir pour accéder à la connaissance.

La certitude que tout leur serait révélé rassura Maxime et Lyvius qui mourraient d'impatience de découvrir l'histoire de ces deux-là. Miassa quant à elle, souhaitait plus que tout connaître les raisons qui la faisaient se sentir aussi proche de ce lieu, et de ses hôtes. Hank, qui croyait au destin, savait que sa présence ici avait été écrite longtemps auparavant, et qu'elle était nécessaire pour chacune des espèces présentes.

Tous les six naviguaient à nouveau sur le champ de force, en sens inverse entre les deux rangées de pyramides. Une fine pellicule carbonisée recouvrait le sol et la température de l'air avait gagné quelques degrés.

— Il fallait que vous voyiez les restes de Vidalite, poursuivit Samsyl avec le même regard apaisant. Il s'agissait de notre cité noyau, bien avant les dérèglements atmosphériques de notre planète. Elle n'a pas toujours été ainsi, déclara la vidam avec une pointe d'émotion dans la voix. Notre peuple y avait trouvé un équilibre parfait, tant démographique que culturel. Nous produisions le strict nécessaire pour couvrir nos besoins, la violence était bannie et la communication primait dans toutes les sphères et à tous les niveaux décisionnels. Nos avancées technologiques nous permettaient de voyager dans l'espace, de contrôler une des dimensions temporelles, d'assurer une bonne santé à chacun des nôtres et surtout, de préserver notre environnement.

Centrium était splendide, vraiment, couverte par de denses forêts millénaires, des lacs gigantesques et une faune sauvage très variée. Nous pensions maîtriser les forces naturelles et nous en servir à bon escient, et puis les vents solaires sont arrivés...

Sa voix s'atténua tandis qu'ils perdaient de la vitesse.

— Je suis désolée que vous ayez dû l'apprendre de cette manière, nous aurions préféré vous expliquer tout cela depuis le commencement. J'espère que l'éruption solaire ne vous a pas effrayés.

— C'était splendide, lança Miassa encore ingénue sur ce phénomène.

— C'est vrai, splendide, mais mortel, l'informa Samsyl sans se départir de son sourire. N'ayez crainte, chère érinite, ajouta-t-elle immédiatement devant la mine décomposée de la jeune femme, les vêtements que l'on vous a demandé de porter vous protègent contre les retombées des radiations et les surchauffes liées à ces vents.

— *Ce sont les radiations qui ont transformé Centrium* ? questionna Lyvius à juste titre.

— Précisément, brillant athéléen, intervint Namrod. Et heureusement que nous nous trouvions à proximité du bouclier désolarisant lorsque la vague est arrivée, cela nous a permis de nous protéger du plus gros de la tempête.

— Que se serait-il passé sans cela ? s'enquit Maxime.

— La plupart d'entre nous auraient succombé en quelques secondes, et les éventuels survivants auraient eu le temps de s'apercevoir de l'irradiation massive de leurs tissus, de la destruction progressive de leur ADN, avant d'agoniser dans d'atroces souffrances.

Le silence fut éloquent.

— Un grand nombre de vidams est mort lorsque les premiers vents solaires ont touché Centrium, ce n'était pas beau à voir. Vidalite ressemblait à un charnier gigantesque. Comme les radiations sont très localisées, certains quartiers n'ont été que partiellement touchés, de même que dans les autres cités réparties sur la planète. Cela nous a laissé un répit suffisant pour comprendre ce qui se passait, et nous protéger des futures éruptions.

— Avec votre bouclier, supposa Hank.

— Parfaitement, l'énergie tellurique nous a sauvés jusqu'ici, c'est bien ce qui est ironique là-dedans...

Leurs pieds regagnèrent le sol et le champ de force se dispersa au moment ou Namrod finissait sa phrase. Ils venaient de s'arrêter devant l'une des nombreuses petites pyramides et les vidams se dirigèrent vers son entrée.

— Mais le mieux est encore de vous montrer, déclara Samsyl en insérant sa main dans une ouverture sur le battant de gauche pendant que son compagnon en fit de même sur celui de droite. Voici notre laboratoire, notre temple, ou encore notre forge, ajouta-t-elle en s'adressant respectivement à l'humain et à l'athéléen, à l'érinite puis au neït.

Ils entendirent un bruit de dépressurisation et un léger nuage de poussière fut soufflé du mécanisme avant que les lourdes portes en pierre ne glissent dans les murs avec un grondement sourd. Ils suivirent le couple dans une vaste pièce presque identique à la salle de commande de la pyramide. À une extrémité, un coffre en granit tout à fait semblable à ceux observés précédemment, et à l'autre, creusées à même la roche, deux cavités rectangulaires peu profondes disposées verticalement.

Au moment où ils entrèrent, des barres lumineuses placées sur chacune des parois s'intensifièrent. Les voyageurs reconnurent l'énergie tellurique tellement chère aux vidams. Ils n'avaient pas idée...

— En quoi votre survie grâce à l'énergie tellurique est-elle ironique ? s'intéressa Maxime pour qui la phrase de Namrod restait en suspens.

— Vous allez comprendre, répondit ce dernier en pressant quelques symboles sur le coffre. En plus d'être protégée des rayonnements extérieurs, cette salle fonctionne comme celle que vous avez vue dans la grande pyramide, elle est connectée à notre planète. Nous allons vous immerger dans l'Histoire de Centrium, dans son évolution et... dans nos souvenirs respectifs, annonça-t-il en désignant sa compagne qui prenait place dans l'un des trous creusés dans le mur.

Namrod savait pertinemment que ce qu'il s'apprêtait à leur révéler nécessitait arguments et preuves visuelles, certains "sujets" pouvaient réagir violemment. Seul un historique complet de la planète et des vidams les aiderait à l'accepter.

L'intensité lumineuse baissa, Namrod prit place à son tour dans l'espace prévu pour lui et les deux compartiments furent confinés par une pellicule d'énergie opaque et lumineuse. La projection holographique commença.

De chacun des murs s'échappaient d'innombrables et minuscules sources de lumière qui animèrent l'ensemble de la pièce. Debouts au milieu de celle-ci, Maxime, Lyvius, Hank et Miassa se laissèrent entourer par l'animation qui n'était pas seulement visuelle, mais qui pénétra très vite leurs esprits. Ils oublièrent aussitôt le lieu où se trouvait leur enveloppe charnelle pour se retrouver projetés sur Centrium, des millénaires auparavant.

En voyant l'échelle de temps qui flottait en surbrillance en bas de son champ de vision et qui semblait s'adapter – le concernant – aux valeurs calendaires humaines, Maxime comprit quel voyage temporel il s'apprêtait à effectuer. Hank eut d'abord un mouvement de recul en survolant des forêts épaisses et en croisant des créatures improbables, il se débattit un moment avant que la technologie vidam lui fasse accepter que tout cela n'était qu'illusion et l'aide à se détendre. L'esprit plus ouvert de Miassa perçut tout ce qui l'entourait avec une infinie précision. Elle ferma les yeux pour ressentir le vent sur son visage, les odeurs des plantes et ce lien si troublant avec Centrium. Elle connaissait cette planète, comme ses habitants, elle le sentait en elle et transmit cette certitude aux trois autres voyageurs. Lyvius sublima les sensations de ses acolytes en une foule d'hypothèses sur la nature du sol, sa teneur en tel ou tel élément, sur l'évolution des différentes espèces animales, sur sa position dans la carte stellaire, etc. Son cerveau foisonnait d'idées qui n'attendaient qu'à être validées. À son tour, il entra en communion avec l'humain, le neït et l'érinite en partageant sa vision personnelle et en la mêlant aux leurs.

C'était impressionnant de voir de quelle façon cette petite pyramide unifiait leurs pensées et leurs ressentis vers une conscience commune. Comme l'avait déjà fait le traducteur pour faciliter leur communication, mais beaucoup plus intensément, ils étaient liés les uns aux autres.

*Laissez-vous aller*, glissa la voix de Samsyl dans leurs têtes, *et voyez vos origines !*

Cette dernière phrase, lourde d'un sens qu'ils ne percevaient pas encore, retint leur attention et acheva de les immerger dans ce rêve éveillé.

***

*Au début, il y a un nuage de gaz, des atomes en quantité astronomique, et de la chaleur, beaucoup de chaleur. Puis, les premiers éléments, carbone, azote, oxygène, et divers minéraux. L'attraction de la future Centrium commence à croître, attirant des particules de plus en plus grosses. De la matière se crée, minérale d'abord, en fusion, puis refroidie par une atmosphère toute nouvelle et ses pluies diluviennes. Le soleil finit par percer, nourrissant avec l'oxygène les premiers organismes vivants. Une végétation dense, de l'humus, de la terre. Dans l'eau, des microorganismes se développent jusqu'à pouvoir affronter les continents, s'adaptant et se diversifiant en fonction de leur milieu. Poissons, batraciens, reptiles de plus en plus grands, oiseaux riches en couleurs, mammifères solitaires, puis vivant en communauté…*

*Un flash, l'émergence d'une nouvelle espèce, plus évoluée. Elle débarque sur Centrium avec sa science et sa connaissance de la nature. Ce sont les vidams ! D'où viennent-ils ? Pourquoi ne les observe-t-on pas plus tôt ?*

L'échelle temporelle continuait de défiler à vive allure, les siècles passaient, puis les millénaires.

*Centrium respire, vit au rythme du soleil et des saisons. Son espèce dominante l'investit mais pas trop, régulant spontanément sa population comme ses gènes semblent lui conseiller. Dès le début, les vidams utilisent l'énergie que la nature met à leur disposition, hydraulique, éolienne et solaire. Ils combinent savamment les éléments pour recueillir la source de toute vie et assurer leur subsistance. Ils ne manquent de rien mais innovent sans arrêt.*

*L'esthétisme compte beaucoup pour les vidams, ils érigent des bâtiments qu'ils souhaitent éternels. Pour cela, ils exploitent l'énergie de la terre, et apprennent à la canaliser. Mission accomplie, ces bâtiments, orientés selon des règles géologiques élémentaires, puisent dans la terre de quoi les protéger contre le temps et alimenter une technologie toujours croissante.*

*Cette source d'énergie immense est mise à profit pour une nouvelle lubie : le voyage spatial. On parvient à l'emmagasiner et à alimenter les réacteurs propres de vaisseaux gigantesques. La ville et ses tours transmettent cette énergie de la terre vers les géants célestes. On découvre très vite l'univers. Il y a de la vie partout, beaucoup de vie. On trouve alors un raccourci pour voyager d'une planète à l'autre.*

Les quatre étrangers reconnurent les pyramides présentes sur leurs planètes respectives.

*La résonance tellurique, semblable sur tous les mondes visités, utilise un principe simple : l'impulsion énergétique envoyée vers le cosmos est transférée et accueillie par une structure de composition similaire. Le calcul élémentaire de la rotation et de l'alignement des astres permet d'orienter le canal d'énergie. Une multitude de pyramides de transport sont érigées sur des planètes dites "habitables", non pas pour les coloniser, les vidams savent se contenter de Centrium, mais pour découvrir de nouvelles espèces et parfaire leur connaissance de l'univers, pour s'en inspirer parfois.*

*Ce système utilise beaucoup de puissance, mais ce n'est rien à côté des villes et des vaisseaux spatiaux employés pour le transport de masse, essentiellement touristique. Les vidams n'ont pas encore conscience des bouleversements engendrés par la débauche d'énergie de leurs cités. Ils sont encore fiers de cette source inépuisable qu'est le noyau interne de Centrium.*

*Les premières vagues de vents solaires pénètrent l'atmosphère sans prévenir, semant la mort et la maladie dans toutes les villes. Vidalite, la capitale, est durement touchée.*

Pénétrés par les souvenirs de Samsyl et de Namrod, les quatre observateurs laissèrent malgré eux couler quelques larmes sur leurs joues, souffrant virtuellement de l'abomination qu'avaient vécue leurs guides. La vision des visages tuméfiés et déformés par les radiations, quand les corps n'étaient pas complètement brûlés, était insoutenable.

*Les survivants parent au plus pressé et construisent une bulle d'énergie autour de la cité. Leur science architecturale est encore mise à profit pour lever un rideau tellurique chaque fois que les vents solaires récidivent.*

*Il est convenu que les rescapés de toutes les agglomérations se regroupent à Vidalite pour unir leurs forces. La vie se réorganise tant bien que mal, la survie plutôt. Car le reste de Centrium est à l'abandon, subissant les assauts répétés des éruptions.*

*Le ciel se voile définitivement, les forêts brûlent, les animaux disparaissent encore plus vite et les océans finissent par s'assécher. Centrium est devenue stérile, une planète morte. La lutte de la dernière cité vidam ne pourra pas durer bien longtemps.*

*Un groupe de réflexion est formé, qui se transforme vite en Conseil. La survie est en jeu. D'abord, comprendre ce qui s'est passé ! Comme les vidams sont un peuple éclairé, instruit et amateur d'astronomie, ils appréhendent très vite ce qui leur tombe dessus. Pour les avoir observés sur d'autres planètes ou dans l'immensité spatiale, ils reconnaissent la forme, la couleur et la propagation des ondes comme étant des vents solaires dus à des éruptions violentes à la surface de leur soleil. Si ces courants destructeurs parviennent à pénétrer l'atmosphère de Centrium, c'est que la magnétosphère qui la protégeait jusque-là n'est plus efficace. La répulsion naturelle des vents solaires par le champ magnétique de la planète n'assure plus sa fonction. Une série de mesure et des sorties spatiales entre les épisodes radioactifs confirment l'hypothèse principale, le bouclier constitué par la magnétosphère subit des variations aléatoires !*

*À quoi ce phénomène est-il dû ? Les sondes placées en orbite haute notent les plus grosses fluctuations du champ magnétique la nuit, lorsque les lumières de la grande cité sont allumées, lors du réapprovisionnement des vaisseaux en énergie tellurique aussi, mais surtout au moment de lever le rideau désolarisant afin de se protéger. L'exploitation énergétique de la terre semble liée au cataclysme. Quelques analyses supplémentaires et le Conseil de Sauvegarde – comme il sera très vite nommé – réalise que l'énergie drainée artificiellement en surface et dans l'atmosphère est telle qu'elle perturbe l'équilibre physique de Centrium. Cette trop grande puissance, si loin du noyau de la planète, a fini par interférer sur son rôle de régulateur de champ magnétique.*

*Il faut se rendre à l'évidence et limiter l'utilisation de l'énergie tellurique.*

La désillusion de la population tout entière se déversa dans l'âme de Maxime, Lyvius, Hank et Miassa. C'est comme si on leur retirait respectivement leurs centrales nucléaires, cristaux de magnésite, épées et Brihel. Dorénavant, il faudrait se passer de ce en quoi ils croyaient le plus.

*Les vaisseaux restent en cale, et l'énergie latente est restituée à la terre. Pour faire vivre Vidalite, on n'utilise plus que l'énergie éolienne – la seule encore viable –, mais les temps sont de plus en plus durs, et l'eau stagnante perpétuellement recyclée viendra bientôt à manquer.*

*D'urgence, le Conseil élabore un ultime plan de sauvetage, il durera des siècles voire des millénaires s'il le faut, mais c'est l'unique chance que le peuple vidam a de s'en sortir. On réalise des tests génétiques et cérébraux poussés, associant finalement des hommes et des femmes d'âge jeune à moyen suivant leur compatibilité. Deux cents couples sont ainsi formés, constituant la dernière lignée des habitants de Centrium. On les nomme les "Sauveurs". S'ensuit la construction de deux cents temples reliant Vidalite à la pyramide de transport. Ceux-ci utilisent l'énergie de la terre de façon plus raisonnée – bientôt plus épisodique – et l'on y intègre un bouclier désolarisant.*

Offrant une vue d'ensemble aux quatre voyageurs, la projection visuelle et mentale longea la grande allée bordée de pyramides où l'on célébrait la fin d'un cycle, où les Anciens disaient adieu aux quatre cents jeunes gens qui se tenaient par paires devant chacun des temples et où se concentrait tout l'espoir d'un peuple, d'une espèce.

*Les couples entrent dans leur dernière demeure sur leur planète d'origine avec des consignes simples, les paroles du Conseil gravées dans leurs esprits comme un leitmotiv qui les guidera le reste de leur vie :*

*"Vous travaillerez une année durant sur l'étude et la mise en place d'un projet de sauvetage de notre espèce. N'oubliez pas que*

*vos choix détermineront ou non si notre peuple est digne de s'intégrer à un autre écosystème ! Toutes les pistes sont à exploiter, et potentiellement salvatrices. Qu'il s'agisse de nouvelles sources d'énergie, de modes de vie différents ou d'adaptations diverses, vos possibilités sont infinies. Vous avez tous été formés au clonage et à la sélection génétique, n'hésitez pas à utiliser ces procédés, vos gamètes sont compatibles. Nous mettons à la disposition de chacune des équipes quatre planètes viables et déjà visitées. Sur chacune d'entre elles est implantée une pyramide de transport, consultez son historique ! L'univers est vaste et il représente notre planche de salut.*

*À la fin de ce délai d'une année, vos projets devront être lancés et implantés. Vous rentrerez alors dans un sommeil stasique jusqu'à l'aboutissement de votre recherche, laissant ainsi du temps à son développement complet. Vous programmerez vos chambres de stase en fonction de la durée nécessaire à votre projet, ou celle que vous jugerez utile.*

*À votre réveil, vous disposerez de quinze jours pour récolter vos résultats, en utilisant bien sûr les pyramides locales, et reprendrez votre stase afin d'attendre la fin de toutes les expériences. Le moment venu, l'éveil synchrone des deux cents binômes aura lieu, et vous saurez ensuite vous concerter et agir avec sagesse pour sélectionner l'option la plus adaptée à notre survie.*

*Nous sommes conscients des sacrifices que vous concédez afin de remplir cette mission, et nous vous en remercions. Il s'agit plus d'un devoir envers vous-mêmes et en mémoire de vos ancêtres. Soyez brillants, Sauveurs du peuple vidam, et que la Sagesse vous guide !"*

À travers ces consignes qui résonnèrent dans la tête des quatre spectateurs via les souvenirs de Namrod et Samsyl, la sagesse des vidams apparut dans toute sa beauté et sa dignité. Pourtant, certaines phrases retinrent l'attention des deux scientifiques du groupe et les inquiétèrent même un peu.

Plus vraie que nature, car basée sur le vécu de leurs guides, la projection continua d'avancer sur la ligne du temps. Maxime observa avec intérêt qu'ils se situaient 250 000 années humaines avant le repère "présent".

*Les pyramides sont autonomes énergétiquement, et disposent de tout le matériel de recherche scientifique nécessaire à leur mission : cartes stellaires, dispositifs biologique et médical, réserve de pilules nutritives synthétisables à volonté, etc. Des matérialisations 3D très avancées passent devant les yeux des vidams, permettant d'approcher les cellules de très près, jusqu'aux brins d'ADN que le couple peut manipuler via le support virtuel. Les choix des apprentis généticiens sont transmis à une sorte de bouillon énergétique où les souches réelles se développent. Enfin, Namrod et Samsyl établissent une liaison nerveuse entre leurs cerveaux et les embryons en gestation. Des impulsions électriques, des choix stratégiques... une partie d'eux-mêmes est implantée dans les âmes en devenir.*

*À tour de rôle, les duos de Sauveurs empruntent la pyramide pour effectuer l'implantation. Les équipes ne communiquent pas entre elles. Tous savent que la réussite de ce plan est conditionnée par l'existence du couple parfait, par la collaboration de deux âmes, de deux corps et de deux esprits créatifs, perspicaces, volontaires et amoureux.*

*La fusion entre Namrod et Samsyl est palpable. Ils visitent les quatre planètes et mettent leur plan à exécution. Dans les matrices internes à chaque pyramide, le processus de gestation accélérée est mis à profit. En quelques mois, des individus adultes sont élevés et implantés dans leur nouvel environnement. L'expérience commence...*

***

La simulation holographique se brouilla tout à coup, l'un des esprits avait rompu la connexion. Tous sortirent de l'illusion pour constater le visage troublé de Miassa. L'érinite venait de ressentir un bouleversement profond, comme une réponse aux sensations et aux visions qu'elle avait depuis l'apparition des vidams sur Anamets. Le monde des esprits lui révélait finalement ses origines.

Les autres comprirent ce qu'elle traversait, et le ressentirent également. En silence, ils s'interrogèrent du regard pendant de longues minutes, avant de fixer attentivement les chambres stasiques d'où leurs créateurs ne tarderaient pas à sortir.

« Combien de corps célestes se meuvent en secret sans jamais se montrer aux yeux des hommes ! Dieu n'a pas fait toutes les choses pour l'homme. »
Sénèque

« La mémoire est la sentinelle de l'esprit. »
William Shakespeare

## Centrium, Allée des Sauveurs, Temple n° 99
## 15ème jour du Bilan, Aube

Tellement absorbés par l'écoulement de l'échelle temporelle incrustée dans leur champ de vision, Maxime, Lyvius, Hank et Miassa n'avaient pas prêté attention à la durée réelle de la projection. Ils étaient entrés dans le laboratoire vidam quand la luminosité commençait à décliner, et l'aube se levait déjà. Toute une nuit avait été nécessaire pour retracer l'Histoire de Centrium. Quelle était la durée des nuits sur cette planète ?

Chose étonnante, il ne leur sembla pas être resté debout très longtemps, aucune fatigue ne se fit sentir. La technologie avancée de leurs hôtes donnait sans doute à la pyramide des propriétés régénératrices qui entretenaient les fonctions biologiques de ses occupants.

Abasourdis par cette immersion dans les souvenirs de Namrod et Samsyl, les visiteurs se regardaient, ne sachant pas vraiment comment accueillir cette information. Leurs cerveaux avaient-ils bien interprété les données transmises par la science mémorielle vidam ? Peut-être était-elle trop sophistiquée et leurs esprits pas encore prêts à interagir avec elle. Ces doutes, davantage destinés à les rassurer qu'à répondre à leurs multiples interrogations, n'estompèrent en rien le bouleversement qu'ils venaient de subir.

Les humains, les athéléens, les neïts et les érinites étaient-ils les enfants, les créations de ce couple de Sauveurs ?

Bien qu'il ne fût pas spécialement intéressé par le passé ni par les origines de son peuple, Hank avait ressenti le bouleversement autant que ses voisins. Se pouvait-il que toutes les dynasties présentes sur Neït aient la même source ? Si ce qu'il venait de voir était vrai, cela faisait d'elles des soeurs, et les soldats qui s'affrontaient depuis des centaines de cycles appartenaient en fait à la même famille. L'opposition de ces clans pour l'hégémonie lui parut soudain ridicule.

Les croyances neïts avaient beau ne pas être très développées – ils les consacraient essentiellement à l'art de la guerre et au combat –, la toute-puissance qu'ils tiraient de leurs exploits physiques prenait soudain une dimension moindre. Même si le savoir du peuple vidam ainsi que ses prouesses créationnistes échappaient largement au Maître d'armes, celui-ci réalisa encore une fois à quel point la planète Neït et son peuple étaient dérisoires à l'échelle de l'univers. Si les siens avaient été créés par une espèce plus ancienne, à quoi cela reléguait les fiers guerriers qu'ils étaient ? Et pour lui, Hank, l'autorité et les privilèges induits par son titre n'étaient-ils qu'illusion, une création imaginée par un peuple vivant dans l'ignorance ? Maintenant qu'on lui dévoilait la vérité, devrait-il abandonner tout cela pour affronter la cruelle réalité de son existence ?

Son âme entra en conflit avec son esprit, le flou s'empara de son cœur.

La théorie évolutionniste à laquelle Maxime croyait depuis toujours volait en éclat. Il revit l'adolescent passionné par les recherches de Darwin et par le cheminement lent et précis de la sélection naturelle. Ses fondements étaient soudainement remis en question. À l'échelle géologique, tout cela n'avait pas grande importance, ce qui l'intéressait lui c'était l'Histoire de la Terre, de son noyau et de ses couches successives.

Toutefois, la violente controverse qu'entretenaient les humains en opposant diverses croyances religieuses à ce principe d'évolution naturelle lui apparut totalement infondée. D'où venait l'Homme ? Intervention du divin, qui l'avait façonné à son image, ou mutations génétiques successives qui avaient conduit le singe à se redresser, à utiliser des outils et à développer sa conscience ? Sur le moment, l'idée d'un Dieu omnipotent lui parut plus proche de la vérité. Cela dit, les différentes confessions créées de toutes pièces par un peuple effrayé et en mal de mystère étaient encore loin de la prise de conscience que vivait le géologue sur Centrium. Ce qu'on ignorait ou qu'on était incapable de concevoir devait-il systématiquement trouver des réponses dans l'existence d'un être supérieur ?

Soit ! Cette fois, on lui apportait des éléments de réponse, des preuves. Maxime savait au fond de lui qu'il pouvait croire ce qu'on lui annonçait, les vidams allaient devoir s'en expliquer.

Plus encore que pour les neïts, l'ego surdimensionné de la population humaine aurait du mal à accepter une telle découverte.

Celui qui se targuait d'être une espèce évoluée faisait figure de nouveau-né à côté du savoir et de la sagesse combinés des vidams. Pourtant, l'Homme avait acquis la science et le pouvoir avant même de détenir l'indispensable Sagesse l'autorisant à s'en servir. Il pouvait créer la vie artificiellement lui aussi, et souhaitait plus que jamais se rapprocher d'un Dieu qui, paradoxalement, ressemblait de plus en plus à ses adorateurs.

L'Homme avait encore du chemin à parcourir.

L'esprit plus puéril de Lyvius n'appréhendait pas encore les considérations créationnistes chères aux grandes personnes, et gardait un regard objectif et scientifique sur ce qu'on venait de lui présenter. La création de quatre espèces presque semblables l'intéressait tout autant que les incidents survenus dans la magnétosphère ou le fonctionnement des vaisseaux spatiaux dont il avait souvent rêvé. Il ne remit pas plus en question l'existence à part entière du peuple athéléen qu'il ne jugea les erreurs des vidams en matière de choix énergétique. Tout cela constituait un savoir précieux dont il était friand et qu'il serait fier de rapporter sur sa planète.

Lyvius était littéralement fasciné. Chaque découverte entraînait son lot de questions et ouvrait ses horizons. Depuis le début de son voyage stellaire, il avait modifié sa pensée, ne se contentant plus seulement d'observer, d'analyser et de comprendre les mécanismes et les procédés de la technologie vidam, mais orientant aussi sa connaissance vers la dimension psychologique de ses compagnons de voyage. Les croyances et les réflexions des humains, des neïts et des érinites l'intéressaient évidemment, mais la démarche scientifique de Namrod et Samsyl l'intriguait davantage. Comme il avait très bien perçu les réactions de leur peuple face à l'adversité, les décisions prises au nom de sa survie, il lui tardait maintenant de connaître ce qui avait motivé leurs choix dans la création de ces quatre espèces. Quelle avait été leur réflexion ? Sur quels éléments misaient-ils ? Et surtout, à l'heure du bilan, qu'en était-il ?

La sensibilité de Miassa se heurtait maintenant à une vision faussée de l'écosystème d'Anamets. Elle qui pensait que toutes les espèces, érinites inclus, cohabitaient dans une osmose complexe et savamment orchestrée par une pléiade de divinités, l'ordre apparent en était complètement chamboulé.

Si Bélèn et Bélis autant que Llyréis avaient rendu la vie possible, que Danu nourrissait les racines des forêts protégées par Sukèl, elles-mêmes pourvoyeuses de ressources pour les innombrables animaux qui s'y nourrissaient, les érinites se révélaient soudainement comme étrangers au tableau idyllique dressé par la nature. Leur présence n'avait pas été souhaitée par Anamets. Le malaise que Miassa ressentait depuis sa plus tendre enfance s'expliquait, l'idée amère de ne jamais parvenir à trouver sa place, sur terre ou dans l'eau. La question ne se posait plus, elle venait du Ciel.

L'édification des cités érinites dans des lieux aussi invraisemblables traduisait peut-être le rejet que la planète éprouvait à l'égard de ces envahisseurs. Elle qui avait toujours vu cela comme le choix d'une population se sentant plus proche de l'eau que de tout autre élément réalisait que ses ancêtres n'avaient fait que se retrancher là où ils le pouvaient. Ainsi, le Brihel n'était plus une fierté mais une honte derrière laquelle tout un peuple se protégeait. Cette soi-disant connexion avec les esprits de leurs divinités n'était-elle qu'une invention des siens ?

Pourtant, les possibilités psychiques des érinites étaient bel et bien réelles. Avec ses frères et sœurs, Miassa parvenait à tisser un réseau chimico-organique concret. Elle entrait en communion avec la forêt ou avec le vent pour s'orienter et se prémunir d'éventuels dangers. Tout cela n'était pas le fruit de son imagination. Si son peuple n'était pas à sa place sur Anamets, comment expliquer autant d'interactions ? Étaient-ce ses créateurs qui avaient diffusé cette puissance spirituelle en elle ou bien s'agissait-il d'une évolution spontanée ? Les érinites avaient-ils une destinée propre ou ne constituaient-ils qu'une population test qui permettrait peut-être la survie d'une espèce plus évoluée ? Un frisson parcourut l'échine de la jeune femme.

Les réponses à ces questions ne la soulageraient pas forcément.

***

Les écrans d'énergie qui dissimulaient partiellement le couple de vidams se désagrégèrent progressivement puis s'évaporèrent dans l'atmosphère confinée de la grande salle. Tous les deux ouvrirent les yeux simultanément et s'avancèrent vers leurs invités.

— Tout va bien Miassa ? demanda Namrod avec sollicitude.

— Je... Oui... ça va aller, bégaya l'érinite en le fixant intensément.

— Nous nous attendions à des réactions émotionnelles fortes, c'est pourquoi nous avons préféré vous présenter les choses de cette façon, expliqua-t-il. Si vous avez besoin de temps pour vous familiariser avec cette idée, nous pouvons faire une pause...

— Comment... Est-ce vraiment possible ? émit Maxime au nom de tous. Avez-vous vraiment créé la vie... nos vies sur nos planètes ?

Samsyl leur présenta un petit plateau taillé dans un minéral dense et lisse qui s'apparentait à de la pierre à savon. Sur celui-ci, quatre pilules translucides brillaient.

— Allez-y, reprenez des forces ! insista-t-elle en leur tendant le support. Nous n'avons pas créé LA vie, celle-ci abondait déjà avant que nous arrivions. Mais j'ai bien compris votre question Maxime. Oui, vos espèces sont le fruit de nos travaux et de nos espoirs, sourit-elle imperceptiblement.

— C'est fou, qui aurait cru...

— *Ces reliques pyramidales n'avaient rien d'athéléen, ni même d'humain*, déclara Lyvius. *Il fallait se douter qu'un peuple plus avancé en était l'architecte.*

— Tu as raison, c'est que... les humains pensaient que c'était juste très vieux, qu'une civilisation antique aurait pu l'ériger, indiqua Maxime.

Le petit sourit au géologue, comprenant tout ce que cette découverte impliquait pour lui.

Samsyl se retourna vers son compagnon, l'air satisfait. Visiblement, les quatre visiteurs ne nécessitaient pas de repos mais avaient une foule de questions à leur poser. Cela les arrangeait, le temps pressait.

— Vous êtes effectivement, vous tous ici ainsi que vos ancêtres les plus éloignés, issus de nos gènes à tous les deux, commença Samsyl. Nous avons implan... pardon. Nous avons donné naissance à plusieurs individus sur chacune de vos planètes, autant de mâles que de femelles suivant le principe de parité et d'équilibre dominant dans notre culture. Nous avons défini le lieu le plus propice au développement de votre espèce et avons laissé le temps faire son œuvre…

— Attendez, l'interrompit Miassa, comment ont-ils su se débrouiller, survivre et élever leurs enfants ? questionna-t-elle judicieusement.

— Vous nous honorez par tant de perspicacité, articula aimablement l'autre jeune femme. Vous aurez peut-être du mal à entrevoir les possibilités créatrices dont nous disposons, mais voici le procédé utilisé : les premiers êtres furent dotés d'un savoir choisi par nos soins, juste assez développé pour permettre leur subsistance et orienter leur évolution. Nous ne pouvions pas créer des individus adultes sans le bagage de connaissances, de savoirs-faire et d'émotions coïncidant avec leur âge. Ainsi, ils étaient déjà des êtres éduqués, possédant le souvenir de leur origine. Les premiers furent les seuls à jouir de ce codage génétique et cérébral. Les générations suivantes ont dû suivre leur héritage et réapprendre tout depuis le début. Au fil du temps, le souvenir originel a fini par s'estomper.

— Je crois que je comprends, murmura Miassa, pensive.

— *Je suppose que vous ne vous êtes pas contentés de dupliquer votre ADN pour chacune des quatre espèces ?* interrogea Lyvius.

— En effet, compléta Maxime, au regard de nos différences morphologiques, certaines modifications ont été apportées, l'évolution et le milieu n'ont pas pu nous différencier autant.

— Alors détrompez-vous, Docteur Grangé, nous avons bien effectué quelques changements mineurs dans votre génome, mais ce n'est pas cela qui a déterminé les différenciations observables aujourd'hui. Lyvius a raison, L'ADN n'est pas le seul élément déterminant dans notre projet.

— Quoi d'autre ? répliqua Maxime.

— Il s'agit d'un ensemble complexe que vous n'avez pas encore découvert, ni même les athéléens. Les érinites n'en sont pas si loin finalement, ajouta-t-elle avec un clin d'œil en direction de Miassa. Voyez-vous, ce que vous appelez "âme" détermine le potentiel d'évolution d'un individu, et par extension, de son espèce. Elle est un mélange entre la carte d'identité génétique du sujet, le savoir empirique dissimulé dans chacun de ses atomes et ne demandant qu'à être révélé, l'éducation qu'il recevra, et les quatre piliers de la conscience...

— Vous avez créé les âmes de nos ancêtres ? s'étonna Miassa.

— Nous pouvons le simplifier de la sorte, oui. Et c'est précisément sur le dernier élément que nous avons misé.

— Vous avez dit "les quatre piliers", de quoi s'agit-il ? se permit Hank qui s'était jusque-là contenté d'écouter.

— Merci de soulever cette question, honorable guerrier. L'idée centrale qui nous a animés au cours de cette année de recherche est venue très naturellement, et trouve sa source dans l'éducation propre aux écoles vidams. Je m'explique : sur Centrium, les parents ont de tout temps élevé leurs enfants selon la loi des quatre piliers. Nous pensions jusqu'ici qu'ils constituaient la fondation nécessaire à l'accession à la Sagesse.

— La Sagesse était l'objectif élémentaire dans notre société, compléta Namrod, celui vers lequel tout le monde devait tendre.

— Et cette loi était la base de notre système éducatif. Elle s'articule autour d'un principe simple : pour accéder à la Sagesse, l'âme doit s'appuyer sur quatre éléments fondamentaux, les cultiver, et les entretenir.

— *Quels sont-ils ?* s'empressa Lyvius.

— Il s'agit des dimensions Mentale, Physique, Spirituelle ainsi que de la Connaissance. Voilà les principes qui ont régi l'équilibre de notre peuple pendant si longtemps.

Les regards interrogateurs de leurs invités étaient tellement évocateurs que les vidams ne purent réprimer un rire d'amusement.

Même s'ils percevaient bien chacune des dimensions évoquées par la jeune femme, Maxime, Lyvius, Hank et Miassa ne saisissaient pas en quoi elles étaient la clef vers la Sagesse.

— Je n'ai pas les mots pour décrire l'équilibre nécessaire, avoua Namrod, mais soyez sûrs que si l'on développe indépendamment chacun de ces piliers, et qu'on les enrichit les uns par rapport aux autres, l'âme finit par s'éveiller et un déclic se produit. Samsyl et moi avons vécu cet éveil, tout comme les 398 autres Sauveurs ici présents, fit-il en désignant l'entrée du temple. S'ensuivent un sentiment d'harmonie avec l'univers et une compréhension globale de son ensemble, de ses origines, de sa destinée, etc.

— Je vous crois, glissa Maxime, songeur. Mais cette compréhension ne vous a pas permis d'anticiper les risques de l'énergie tellurique, n'est-ce pas ?

— Oui et non, se défendit Namrod. D'après ce que nous savions, les risques étaient absolument nuls. Malheureusement, notre schéma spirituel ne prenait pas en compte la notion de quantité ni la dimension temporelle – la Sagesse nous en avait affranchis depuis des millénaires. Nous n'avons donc pas cerné les risques d'une quantité importante d'énergie en dehors de l'écorce terrestre sur une longue période. C'est cela qui a provoqué les perturbations que vous avez observées.

— N'y avait-il pas de moyens d'éviter cela ?

— Sans doute, brillant humain, nous n'avons cependant pas le recul nécessaire pour trouver cette réponse. Dans ce cas précis, c'est notre dimension Spirituelle qui a parasité nos connaissances, et c'est cela que nous ne souhaitons surtout pas reproduire.

Un silence pesant s'installa dans le temple dédié à Namrod et Samsyl. Le couple était beau, vraiment assorti. Ils portaient en eux l'espoir de leur peuple et semblaient à la fois tellement désemparés.

— Nous sommes désolés de ce qui est arrivé aux vôtres, déclara Miassa au nom de tous en rassemblant les émotions des autres voyageurs.

— Merci de votre compassion, merci à tous les quatre, balbutia Samsyl en baissant la tête.

Son partenaire, pas moins touché par l'empathie de ses invités, la prit dans ses bras et colla sa joue contre la sienne, murmurant des mots inaudibles pour leurs invités.

Maxime, Lyvius, Hank et Miassa prenaient quant à eux conscience de ce qu'ils étaient vraiment, de la raison de leur existence. Ils semblaient tout aussi perdus que les vidams, cherchant en eux la force d'aller de l'avant.

— Ne vous méprenez pas mes amis ! vint les consoler Namrod en observant la détresse dans leurs yeux. Ce n'est pas parce que nous vous avons donné la vie que vous n'avez pas d'existence légitime. Vous appartenez à des espèces distinctes, très proches les unes des autres certes, mais ayant développé ses caractères propres. Notre ADN a beau être à l'origine de chacun de vous, les mutations que nous avons pratiquées dans le vôtre ainsi que dans votre… "âme" vous distinguent et vous différencient de bien des manières.

— Vous êtes uniques, et précieux, chacun à votre façon, ajouta Samsyl dans un sourire de fierté en s'essuyant les yeux.

— Expliquez-nous ! Qu'en est-il de ce "codage" basé sur les quatre piliers ? interrogea Maxime.

— *Oui, quel était votre postulat et quels choix avez-vous faits* ? sollicita Lyvius en s'engouffrant dans la porte entrouverte par l'humain.

— Hé bien, c'est finalement très simple : notre projet reposant exclusivement sur les qualités complémentaires qui animaient jusqu'alors la culture vidam, et comme celle-ci semblait nous avoir menés à notre perte, nous avons fait le choix de les implanter individuellement en chacun de vous ! lâcha Namrod.

— Absolument ! poursuivit sa compagne. Puisque la coexistence des quatre piliers n'a pas fonctionné, nous avons voulu savoir si la prédominance de l'un d'entre eux donnerait de meilleurs résultats. Ainsi, chacune de vos espèces a hérité d'une des valeurs si chères à notre peuple. Vous disposez des trois autres évidemment, mais l'une d'elles est codée de façon plus majoritaire, conclut-elle en plongeant ses yeux gris maternels dans ceux de ses interlocuteurs.

*Chacun de nous a hérité d'un des piliers*, se répétèrent mentalement l'humain, l'athéléen, le neït et l'érinite.

*Le Mental, la Connaissance, le Physique, la Spiritualité.*

Au regard de ce qu'ils savaient les uns des autres et de leurs peuples respectifs, il ne leur fut pas très compliqué de savoir quel était leur legs. En un éclair de pensée, ils comprirent comment ce codage, cette hérédité souhaitée par les vidams, avait conditionné leur développement en tant qu'espèce. Tous leurs choix trouvaient soudainement leur sens caché. Les quatre voyageurs entreprirent un bref voyage dans toutes les sphères de leurs civilisations, et firent la lumière sur les caractères propres à leurs semblables.

En écoutant le couple expliquer sa démarche, tous les quatre se reconnurent indéniablement.

— La dimension mentale correspond à l'intelligence de la vie, à la faculté d'adaptation et à la volonté, décrivit Namrod. La capacité à se fixer des objectifs ainsi qu'une ligne directrice, à créer, à innover et à mettre en place une stratégie d'accession à ces objectifs en découle tout naturellement. Le mental a nécessairement besoin de contrôle sur la vie.

— Le pilier Mental intègre aussi la sphère émotionnelle, qui détermine la santé morale, jugea bon d'enrichir Samsyl. La propension à positiver, sans excès, à rester calme, ainsi que la gestion de la peur et de tous les freins nocifs pour votre mental doivent être identifiés. Cette santé émotionnelle conditionne le succès et la réalisation de vos objectifs, ajouta-t-elle en hochant la tête en direction de Maxime.

— Le Mental s'appuie souvent sur la connaissance de son environnement afin d'anticiper et de comprendre ce qui l'entoure. Ils évoluent en parallèle.

Le géologue décrocha un sourire au jeune athéléen qui le luit rendit aussitôt.

— La Connaissance, puisque nous l'abordons, relança Samsyl, est constituée par tout ce que l'univers a d'informations et de savoirs à nous livrer. Elle s'articule autour de la compréhension des phénomènes physiques naturels et de leur duplication. En tentant d'imiter ce que l'on observe, on étudie et on intègre ces mécanismes, qui nous serviront plus tard. La curiosité, le besoin d'explorer et d'expérimenter découlent naturellement de ce pilier.

— Attention cependant, comme nous l'avons vu pour Centrium, la Connaissance ne doit pas être aveuglée par la sphère spirituelle, et vice versa, au risque de commettre des erreurs irréparables.

— La pensée scientifique liée à ce pilier demande sans arrêt de mesurer, quantifier et comparer afin d'apporter un raisonnement éclairé et tangible. Elle n'a d'autre objectif que l'amour du savoir, désintéressé et ouvert au partage, insista la vidam en posant sa main sur la chevelure noire de Lyvius.

Les yeux pétillants de ce dernier témoignaient de sa compréhension de la démarche du duo.

— Le PHYSIQUE ! lança Namrod en fixant Hank et en forçant sa voix sur un ton viril qui fit rire tout le monde. Le pilier physique est avant tout l'enveloppe qui permettra aux autres facultés de s'épanouir. Si le corps est entretenu et soigné, alors l'esprit et l'âme auront le champ libre pour se développer. Premièrement, l'alimentation : elle doit être équilibrée et adaptée en fonction de l'activité que le corps a à fournir. Il est important de ne pas saturer son organisme en graisses animales, en sucres ou autres toxines destructrices. Ensuite, l'activité physique : elle est une alliée de taille contre les épreuves de la vie. Des chocs, des perturbations climatiques ou un travail traumatisant, plus votre physique sera entraîné, mieux il saura gérer ces éléments nocifs.

— Il ne s'agit pas uniquement de muscle, précisa Samsyl. Non, la dimension physique recherche l'harmonie du corps avec ses prédispositions. Nous avons une ossature de nomades, une structure musculaire et moléculaire demandant des efforts physiques constants, et non des habitudes sédentaires, indiqua-t-elle à toute l'assemblée. Nous sommes faits pour marcher, courir, chasser et stimuler cette morphologie.

— Le Mental vient tout de suite après le Physique. Si le corps est en équilibre, qu'il dépense son énergie suffisamment, alors il laisse le champ libre au travail cérébral.

Hank regarda Maxime de bas en haut, pensant avec humour que le cerveau de celui-ci ne devait pas être très actif.

— Enfin, la Spiritualité ne dépend d'aucun des trois piliers précédemment mentionnés, mais permet le développement de chacun d'entre eux, enseigna Samsyl. Prenons en exemple la représentante érinite ici présente ! L'étendue de ses capacités spirituelles lui octroie une ouverture et une connaissance de son environnement, un développement physique résultant de sa confrontation avec son milieu et un éveil mental suffisant pour remplir ses objectifs quotidiens. Le pilier Spirituel assure la connexion avec les éléments et avec nos ancêtres, qui nous enseigne à la fois sur notre histoire et sur nous-mêmes, mais nous permet également d'affronter les épreuves de la vie avec tempérance et philosophie.

— Il s'agit aussi de savoir concentrer son esprit sur le présent, sur le moment vécu, informa Namrod. Le pilier Spirituel nous détache des notions de passé et d'avenir, nous apprenant que le temps n'est qu'une dimension fictive, avant de nous permettre de naviguer dans ses eaux insondables.

— Croire en quelque chose, quelle qu'elle soit, et croire en soi est la première étape vers une confiance en la vie indéfectible. Il s'agit là de la première leçon que nous lègue la Spiritualité, celle qui nous fait exister en tant qu'être et en tant qu'âme !

Miassa se retrouva totalement dans les mots de la vidam et sut qu'Anamets était bel et bien sa planète, son monde.

Après avoir accepté que cette équipe de Sauveurs ait la paternité de leurs espèces respectives, Maxime, Lyvius, Hank et Miassa devaient se faire à l'idée que l'évolution de celles-ci ne fût pas seulement le fruit du hasard ou de la sélection naturelle, mais aussi et surtout d'un codage "en éprouvette".

Ce dont ils étaient les plus fiers, le caractère principal qui définissait les humains, les athéléens, les neïts et les érinites, faisait en réalité partie intégrante de leurs créateurs, et avait été souhaité par ces derniers. Namrod et Samsyl avaient déversé une part d'eux-mêmes dans les êtres en devenir, attendant de voir ce que cela donnerait.

Alors, qu'en était-il ? L'heure des résultats était venue...

« Un peu de science éloigne de Dieu, mais beaucoup y ramène. »
Louis Pasteur

« Sans l'âme, le corps n'aurait pas de sentiment ; et sans le corps, l'âme n'aurait pas de sensations. »
Rivarol

## Centrium, Allée des Sauveurs, Temple n° 99
## 15ème jour du Bilan

Les murs de la pyramide tremblèrent imperceptiblement tandis que des nuances orangées se devinaient par le sommet ajouré du bâtiment. De nouveau, des vents solaires pénétraient dans l'atmosphère et ravageaient la planète déjà morte.

Tous les six attendirent la fin du souffle de radiations et en profitèrent pour s'hydrater. En plus des pilules nutritives, les occupants du temple avaient à leur disposition une minuscule fontaine d'eau potable sculptée dans la pierre. Sur le plan de travail, la manipulation de certains symboles fit émerger cette structure conique de laquelle partaient plusieurs filets d'eau dans différentes directions, et retombaient dans le support en forme d'entonnoir chargé de la recycler. Il leur suffisait de récolter le précieux liquide en utilisant l'une des petites tasses mises à disposition par Samsyl. Hank, habitué à boire dans des récipients plus conséquents, dut se resservir plusieurs fois en mettant sa tasse sur le trajet des jets d'eau. Le procédé l'amusa beaucoup.

— Alors, vos premières observations sont-elles concluantes ? finit par risquer Maxime après s'être détaché de ses considérations égocentriques.

— Concluantes non, je ne dirais pas ça. Constructives en revanche, oui, répondit Namrod. Nous avons dressé le bilan de notre recherche au fur et à mesure de nos visites sur vos planètes. En réalité, les données recueillies par les pyramides nous suffisent, mais je dois avouer que votre rencontre élargit un peu plus la perception de nos résultats.

— Que voulez-vous dire ? s'intéressa la spirituelle Miassa.

— Hé bien, échanger directement avec les espèces rencontrées donne une dimension plus... vivante à notre analyse. Depuis que nous discutons avec vous et que nous observons vos réactions émotionnelles, nous avons un aperçu plus large de ce que les humains appellent "humanité".

— *Vos pyramides ne sont pas capables de retranscrire cela ?* questionna le jeune athéléen.

— En effet, comment le pourraient-elles ? Il s'agit de sentiments profondément ancrés dans l'âme de chaque individu, ni visibles ni quantifiables. Seules des personnes telles que toi sont capables de les deviner, dit-il au télépathe qui exprima une moue compréhensive.

— Depuis que nous nous sommes rencontrés, poursuivit le vidam, nous avons beaucoup appris de votre pensée, de votre attachement à vos proches et à votre culture, de vos émotions devant tel ou tel évènement, de votre sensibilité aussi, aux belles choses comme aux drames. Je vous rappelle que nous sommes tous liés les uns aux autres, grâce à notre ami ici présent, appuya-t-il en désignant Lyvius de la main, et que cette unité est une aide formidable.

— Comment cela ? sonda Maxime qui devenait impatient de savoir ce que ces deux-là pensaient des humains.

Namrod tourna la tête vers Samsyl, qui cligna des yeux dans une expression neutre en signe de consentement, avant de prendre le relais :

— Toutes ces informations que les pyramides étaient incapables de nous donner nuancent le bilan assez négatif que nous avions avant de vous connaître personnellement.

— Négatif ? interpela Hank d'une voix qui résonna dans toute la pièce.

— Nos évolutions respectives sont si décevantes que cela ? traduisit Maxime.

— Sans aller jusque-là, voyons ! Rien n'est jamais entièrement bon ou mauvais vous savez, tenta de rassurer Samsyl. Les données extraites des pyramides nous ont appris beaucoup de choses positives sur vos espèces, des espoirs même. Cependant, les erreurs que vos civilisations ont commises noient toutes les justesses dont vous êtes capables.

— Pouvez-vous nous en dire plus ? pria Miassa avec toute la douceur dont sa voix était capable.

Les yeux des trois autres scrutaient leurs lèvres comme s'ils en attendaient un salut quelconque, un aiguillage légitime de la part de leurs créateurs.

Comme le regard que portaient les vidams sur leurs sociétés semblait vraiment intéresser leurs invités, Namrod et Samsyl décidèrent sans avoir besoin de se consulter que l'heure était venue de partager leur analyse. Il se déplaça jusqu'au coffre tandis qu'elle s'assit à même le sol, adossée au mur accueillant l'entrée, et invita les autres voyageurs à en faire autant. Ils prirent place à ses côtés.

Comme dans la grande pyramide, le pan de mur situé face à l'entrée se métamorphosa en une matière mi-organique mi-minérale qui vint illustrer les propos du vidam avec graphiques et images.

— Comme vous pouvez le voir sur ce planisphère, la densité de population sur Neït est relativement faible, ce qui est une bonne chose, précisa Namrod en s'adressant à Hank qui pour une fois ne le dépassait pas de trente centimètres. Votre peuple n'a pas d'ambition expansive, ni de sa démographie, ni de son territoire. Cela vous permet de jouir d'un espace conséquent et de ressources largement suffisantes, ressources qui ont donc le temps de se renouveler puisque vous pratiquez une rotation géographique des récoltes, un point positif !

De la même façon, vous semblez connaître aussi bien les besoins de vos organismes que celui de vos terres. Je vous félicite de la qualité de votre alimentation. Évidemment, nous pourrions déplorer un apport trop conséquent en protéines animales, mais puisque vous les mettez à profit, votre métabolisme n'a pas l'air d'en souffrir.

Une silhouette apparut sur le mur, détaillant l'anatomie et chiffrant les calories dépensées, la masse graisseuse – pour autant qu'il y en ait – ou encore le potentiel musculaire.

— Les neïts ont atteint un niveau de performances physique que nous n'aurions jamais osé espérer, c'est très impressionnant, flatta Namrod qui craignait toujours un peu le caractère conflictuel de son invité. Qu'il s'agisse d'explosivité, d'endurance, de vitesse, de détente ou de souplesse, vous avez poussé vos capacités à leur potentiel optimal. Voilà une espérance de vie très satisfaisante, ajouta-t-il en commentant un nouveau graphique.

Votre impact sur l'environnement est presque nul et vous ne produisez que des déchets organiques, rien à redire. Votre artisanat fait preuve d'une précision et d'une rigueur incontestable, de vraies qualités. Votre hygiène est irréprochable, et combinée au temps que vous passez à l'extérieur, cela permet d'éloigner les grandes épidémies de votre peuple...

Tandis que le vidam continuait d'énumérer les points forts de la civilisation neït, Hank, gagné par la fierté, ne put s'empêcher de bomber le torse.

— Ne vous emballez pas ! J'ai commencé par le plus réjouissant, annonça Namrod en adoptant une attitude plus sérieuse. La contrepartie nuance ce constat. Parlons de ces macérations de miel et d'autres fruits que vous nous avez fait goûter ! La consommation d'alcool va à l'encontre de tout ce que vous faites pour votre corps.

— Ces nectars sont délicieux, grogna Hank, ils nous aident à nous détendre.

— Ils détruisent surtout vos cellules et vous fatiguent, sans parler de vos "femelles" qui en abusent pendant la gestation. Combien de vos enfants sont morts nés ? Ou avec des troubles moteurs et psychiques graves ?

— Beaucoup... avoua le Maître d'armes en se remémorant un souvenir douloureux.

— Comprenez que je ne suis pas là pour vous donner des leçons mon ami ! tempéra Namrod sur un ton moins énergique. Je me contente d'exposer les faits. Il s'agit là d'une faiblesse réelle, source de nombreux conflits au sein même de vos rangs. Comme tous les plaisirs que la nature met à notre disposition, la sagesse consiste à en doser la quantité, fit-il en référence à l'énergie tellurique largement consommée sur Centrium.

Arrêtons-nous sur votre "art de la guerre" un instant ! On ne vous reprochera pas d'avoir codifié cette pratique, cela a dû éviter grand nombre de massacres. Cependant, observez les clivages de densité ! notifia-t-il en revenant au planisphère. Ils traduisent l'opposition farouche entre chacun de vos clans. Vous êtes tellement occupés à vous diviser que vous ne percevez pas la complémentarité entre les différentes dynasties. Ce que vous fabriquez, vos plus belles créations, ne sont destinées qu'au combat, observa Namrod avec un regret palpable. La confrontation a du bon, mais uniquement lorsque l'on oppose des idées. Le dialogue permet de déboucher sur des solutions meilleures et mutuellement profitables. Vous n'êtes pas parvenus à prendre conscience que la mise en commun des idées est source de progrès, car vous ne ciblez pas le bon progrès. Pour vous, le seul objectif est “l’art de la guerre”, et c’est précisément ce qui occulte à vos yeux l’importance de la Sagesse.

— Notre culture est ainsi depuis des cycles et des cycles, c’est ce qui définit mon espèce !

— Je sais, noble guerrier, et je le comprends. Pardonnez ma déception, mais il y avait tellement de potentiel dans la dimension Physique. Nous ne pensions pas que la prédominance de ce pilier conduirait à un tel goût du conflit.

— Mon espèce est encore jeune comparée à la vôtre, peut-être pouvons-nous nous améliorer ?

— La tendance de votre évolution indique le contraire malheureusement, s’impliqua Samsyl qui était presque collée au colosse. Nous avons consulté une ébauche du devenir de votre espèce, et ces rapports conflictuels freinent votre progrès dans des proportions considérables. Vous êtes sur le fil d’affrontements massifs depuis bien longtemps déjà, avisa-t-elle en fixant un regard sincère dans celui de Hank. De plus, cette tendance à tout vouloir régler par les armes vous inscrit dans un cercle vicieux, dans un système stagnant. Vous pourriez bien finir par anéantir votre propre espèce.

— C’est impossible, rugit le neït, nous n’opposons que deux guerriers à la fois.

— Nos projections prédisent que rien n’empêchera cela de changer un jour, indiqua Namrod. C’est le risque qui plane au-dessus des neïts, j’en suis navré.

L’annonce faite à Hank semblait tellement violente. Pourtant, celui-ci savait qu’il pouvait se fier aux vidams, leur science et leur sagesse n’avaient rien d’approximatif. Il garda le silence, les yeux fixés sur le mur/écran qui s’effaçait déjà.

La petite planète qui s’y matérialisa ensuite fit s’orienter les regards vers Maxime. En voyant la Terre tourner sur elle-même de la sorte, le Français appréhendait un peu ce qu’il s’apprêtait à entendre. Il se racla la gorge, incommodé.

— Quelle biodiversité, quel foisonnement de formes et de couleurs, s’exclama Samsyl en se levant.

— Les humains viennent seulement d’en prendre conscience malheureusement, déplora son partenaire qui vint prendre sa place.

— N'occulte pas déjà leurs bons côtés ! pria-t-elle en plaçant ses mains sur le rebord du coffre. Votre espèce me fascine, Docteur Grangé, révéla la jeune femme. Tellement d'idées, tellement de possibilités, mais des freins créés de toute part. Quel paradoxe !

Commençons par vos prouesses ! Le pilier Mental semble avoir engendré une créativité et une diversité hors-normes. Les humains sont réellement doués pour inventer toute sorte de choses, des procédés plus ou moins utiles pour améliorer le confort du quotidien, des machines diverses ayant toutes une utilité bien distincte, jusqu'aux œuvres d'art qui éveillent leur sphère émotionnelle. Votre espèce est d'ailleurs la première des quatre à avoir réussi à maîtriser le feu, annonça-t-elle.

Sur un schéma chronologique s'affichèrent les plus grandes inventions humaines : des outils de dépeçage et des paniers pour la cueillette, la fusion du métal et la forge, la maçonnerie, la roue, l'électricité, le moteur à explosion, l'énergie nucléaire, l'accélération des particules, etc.

— C'est vraiment fascinant. Parlons de vous Maxime ! Vous êtes parmi les esprits les plus adaptables de votre époque, vous savez appréhender votre environnement, interpréter des signes et réagir en fonction. Là où vous illustrez parfaitement la capacité première de l'espèce humaine, c'est lorsque vous mettez en place des dispositifs de mesure auxquels personne n'avait encore pensé, et avec une réactivité surprenante. Lorsque vous faites profiter les autres de ce talent pour les protéger – dans votre cas –, pour les instruire ou encore pour les faire rire, cela vous rapproche de la Sagesse. C'est là qu'est votre richesse, et c'est ce qui m'a donné de l'espoir en votre peuple.

Diverses œuvres d'art défilèrent sur un des côtés du mur, des réalisations de la Renaissance aux performances contemporaines en passant par des prouesses de design architectural.

— Je parlais de votre créativité artistique, il s'agit là d'un élément propre à votre espèce. Cette faculté de retranscrire des émotions par la peinture, la sculpture ou l'écriture, d'utiliser les millions d'outils ou de mots mis à votre disposition, de les assembler patiemment pour faire émerger une idée ou pour choquer, mais avant tout pour partager. Voilà bien un autre de vos traits, le partage, qui vous fait encore tendre vers la Sagesse, je suis séduite par votre humanité.

Encore une série d'images : le canal de Suez, une fusée filant dans l'espace, quelques athlètes reconnus, etc.

— Le Mental a la particularité de vous avoir équipés d'une volonté à toute épreuve. Lorsque votre espèce décide quelque chose, elle se donne les moyens d'y parvenir. Qu'il s'agisse de chantiers titanesques, de sport ou de course à la technologie, tout est mis en place et orienté vers cet objectif précis. Vous concédez des sacrifices, vous êtes même prêts à souffrir physiquement, votre mental vous dira de continuer.

— L'Être humain aime les challenges, pensa conclure Maxime.

— Le problème est là, l'esprit de compétition et la recherche du "mieux". C'est bien votre paradoxe, sembla regretter la vidam. Votre course frénétique vers cette illusion que vous appelez "progrès" retourne toutes vos qualités contre vous. Votre insatisfaction chronique vous pousse à vous dépasser, mais ce n'est pas toujours pour le mieux. Vos objectifs ont perdu la noblesse et la sagesse qu'ils servaient pour se contenter d'une simple course au profit. Le "meilleur" n'est plus synonyme de "bon" ou de "sage", mais correspond désormais à celui qui vaincra les autres. Vous vous êtes mis à adorer l'argent et le pouvoir…

Samsyl s'interrompit un instant, visiblement touchée par le gâchis qu'elle était en train de relater.

— Tous les humains ne pensent pas de cette manière, minimisa Maxime.

— Je l'espère, et vous en êtes la preuve, abonda-t-elle puisqu'elle avait partagé ses pensées et ses valeurs. Toutefois, le système politico-économique – comme vous l'appelez – dans lequel vous vous enfermez ne laisse pas le choix aux personnes qui pensent différemment. Vous devez vous conformer à ce modèle toxique qui vous exploite et vous tue à petit feu. Votre créativité s'estompe, vos rêves s'envolent et votre spiritualité perd de sa verve. Elle est remplacée par un fanatisme grégaire qui détruit encore d'autres de vos valeurs, et attente même à la vie de vos frères. Je ne sais que penser, car l'espèce humaine est capable du don le plus absolu d'elle-même, de bonté, d'amour, mais accomplit paradoxalement les horreurs les plus infâmes et prend des décisions qui scellent son avenir.

Fébrile, elle manipula quelques touches lumineuses et le mur découvrit le planisphère terrien, démographiquement saturé, et juxtaposant les images de déchets électroménagers et de publicités télévisées variées.

— Votre créativité elle-même a été pervertie par les nouveaux intérêts financiers et les gouvernements capitalistes, elle sert dorénavant les envies croissantes des consommateurs que vous êtes devenus. Ce foisonnement d'objets dont vous ne savez que faire est d'autant plus encombrant que votre population explose. Vous avez maintenu des politiques natalistes irraisonnées en pensant qu'elles combleraient vos dettes, mais vous réalisez trop tard que ce modèle était déjà obsolète quand vous l'avez choisi. Et il y a des milliards d'individus qui souffrent de faim et de soif. Force est de constater que les déséquilibres sont le propre de votre espèce.

La Terre souffre à présent de la gourmandise des humains. Des pollutions variées la contaminent, les espèces animales déclinent à vue d'œil et le sol commence à s'appauvrir. Comme les vidams avant eux, les humains anéantissent leur foyer, à la différence près qu'ils peuvent observer ce déclin. Des quatre espèces, vous êtes la seule à mettre consciemment la vie de votre planète en danger.

— Cette prise de conscience est très récente… se défendit le géologue.

— C'est vrai, mais aucun changement majeur n'a encore été décidé pour contrer cette folie, révéla Namrod qui appuyait l'arrière de son crâne sur la pierre.

— Le Mental a-t-il un codage autodestructeur que nous ignorions ? consulta Samsyl en levant des yeux implorants vers son compagnon. La créativité devait pourtant être animée de la volonté de bien faire. Même la sphère émotionnelle n'a pas suffi…

Maxime n'osa pas s'informer sur les probables évolutions de son peuple et de sa planète, il craignait trop les révélations que pourraient lui faire les vidams. Un silence écrasant régnait dans le temple tandis que Samsyl se remettait de ses émotions, soutenue par son compagnon.

Sous la direction de Namrod, la paroi se brouilla à nouveau pour afficher une étrange agglomération cristalline flottant dans les airs.

— Comment ne pas tomber sous le charme d'un représentant de l'espèce athéléenne aussi craquant ? dit la vidam en retournant s'asseoir auprès des spectateurs et en embrassant Lyvius de son regard maternel.

— En se remémorant l'homme auquel on est liée pour la vie ? glissa Namrod spontanément pour détendre l'atmosphère.

Tous s'esclaffèrent, et Samsyl posa sur lui des yeux amoureux et dévoués.

— Galéa ressemble à la Terre sous bien des aspects, commenta-t-il les vues aériennes, à la différence près que son espèce dominante a évolué légèrement plus vite que les humains. En effet, les athéléens sont déjà passés par des phases critiques de pollution, d'épuisement des ressources, de famines, etc., mais ont su réagir à temps pour ne pas détruire leur planète. Le constat peu glorieux de leur évolution les a conduits, il y a peu de temps de ça, à opérer un tournant radical dans leur mode de vie, et je vous en félicite, ajouta-t-il à l'attention du petit garçon. Vous avez su mettre à profit vos connaissances et votre avancée technologique pour exploiter les propriétés physiques des cristaux, expliqua Namrod tandis qu'une représentation 3D schématisait la propagation des ondes dans la magnésite et le quartz.

— À l'image des vidams avec l'énergie tellurique et la roche, mais certainement avec plus d'humilité, compléta Samsyl.

— Cette énergie "propre" a nécessité beaucoup de patience pour tailler et assembler une telle quantité de cristal, mais le résultat est là, s'enthousiasma l'orateur. Magnépolis est une véritable réussite, son organisation interne et la gestion de sa main-d'œuvre élèvent toujours plus la science athéléenne et vous rapproche de la Sagesse. De plus, vous tenir ainsi à l'écart de la surface permet à la fois à la terre de panser ses plaies et à votre mémoire collective de faire son deuil. Ce que les athéléens ont traversé dépasse votre imagination, assura-t-il à l'assemblée, et les humains gagneraient à s'intéresser à leur Histoire.

Par ailleurs, votre savoir sert grandement votre progression, vous pouvez en être fier. Vous avez la faculté de concentrer la force de vos esprits les plus brillants sur quelques tâches seulement, sur l'atteinte d'objectifs collectifs. Vous ne vous dispersez plus dans la production de produits manufacturés divers et variés, non, vous concevez et produisez "utile" dorénavant. Assainir l'atmosphère de votre ville, améliorer votre qualité de vie, votre santé, réguler votre démographie, tout cela fonctionne et vous fait avancer dans la bonne direction.

— *Il y a un "mais" n'est-ce pas ?* sentit venir Lyvius sans avoir besoin de lire les pensées de Namrod.

— En effet jeune athéléen, et je suis certain que tu sais de quoi il s'agit... laissa le vidam en suspens.

— *Mon... père ?* pensa-t-il assez fort pour communiquer son inquiétude.

— Absolument, Syrius était malade, mais n'aie crainte, nous t'avons promis que la matrice le soignerait, il va sans doute déjà mieux. Mais tu as vu juste, il s'agit bien de la maladie, des virus plus exactement.

— *C'est cela notre faiblesse ?*

— Et plus encore, intervint Samsyl d'une voix posée afin de ne pas l'alarmer. Le fait que vous n'en ayez pas conscience vous rend d'autant plus vulnérables.

— Le choix des athéléens d'aller vivre dans les nuages dans une cité aseptisée, de produire sous serre une alimentation modifiée génétiquement afin d'éviter tout risque pathogène, ou même de porter des masques filtrants pour se protéger lorsqu'ils se rendent à l'extérieur, toutes ces précautions induisent que vos organismes ont cessé d'être exposés aux bactéries et aux virus qui pullulent à la surface de Galéa. L'excès de prévention vous rend vulnérables, car il ne vous prépare pas à affronter ces dangers, votre système immunitaire est largement déficient, déplora Namrod. Le jour viendra où vous serez exposés à ces virus, consciemment ou non, et vous serez incapables de lutter. L'exemple de ton père est révélateur de l'effet fulgurant de ces germes.

— *Nous arriverons à soigner les personnes contaminées,* assura Lyvius, sérieux.

— J'en doute, pas avec vos règles de quarantaine et votre méconnaissance des souches contagieuses, sans oublier votre fragilité croissante. Il faut savoir que les virus eux, s'adaptent et évoluent, alors que vous vous affaiblissez malgré vous. Le choix de vos ancêtres ne doit pas être une solution permanente, il faudrait vous réhabituer progressivement, vous exposer petit à petit, et appliquer votre science pour réinvestir la surface de votre planète, sans attendre.

— *J'ai peur que ce ne soit pas dans les projets du Noyau Central*, émit Lyvius, visiblement impuissant.

— Voilà que tu soulèves le second point noir de ton espèce, le déséquilibre. Il n'est certes pas aussi prononcé que sur Terre mais les tiens distinguent encore différentes couches de population, l'égalité est loin d'être effective. Vous partez du principe que chacun occupe le poste vers lequel ses prédispositions l'orientent, ce qui en soit est très bien pensé. Même si tous les individus sont en principe capables de développer les mêmes capacités – il s'agit juste de les révéler par le travail –, il n'est pas néfaste de structurer la société comme vous le faites. Vous répondez à un besoin par une qualité, tout le monde y trouve sa place, parfait ! En revanche, il n'est pas juste que les couches que vous jugez "moins utiles" ou "secondaires" n'aient pas les mêmes droits. Ces clivages, aussi légers soient-ils, pourraient engendrer des troubles civils violents et, combinés au risque sanitaire, causer votre perte. Le Commandement Central de Magnépolis, la tête pensante, détient visiblement trop de pouvoir. En cela, vous vous éloignez de la Sagesse, sembla regretter Namrod.

— Le pilier de la Connaissance aurait dû vous permettre d'anticiper ces menaces, s'étonna Samsyl. Au lieu de cela il vous a enfermé dans une vigilance excessive qui vous emprisonne… et dissout nos espérances, adressa-t-elle à son partenaire en se relevant.

Le jeune athéléen comprenait seulement maintenant que ses hôtes avaient raison. Après avoir eu la chance d'observer ces quatre autres cultures, leurs points forts comme leurs erreurs, Lyvius s'aperçut que son peuple se fourvoyait sur bien des points.

— Voici une planète à la géographie étonnante, introduisit Namrod en affichant la sphère Anamets avant de laisser sa place à Samsyl.

— Je sais, entreprit Miassa en pensant couper court à l'exposé critique de son espèce, vous allez dire que mon peuple n'a pas trouvé sa place sur le territoire et qu'il a choisi un mode de vie étrange et contraignant.

— Absolument pas ! souffla Samsyl, surprise. Ce choix s'est fait sur des critères tout à fait légitimes, et ne remet aucunement en question la grandeur des érinites. Au contraire, cette vie autant subaquatique que terrestre témoigne de votre adaptation parfaite à votre milieu. Vous avez su rester en symbiose avec un élément capricieux, car comme le disait Namrod, la violence des marées est on ne peut plus effrayante, exposa-t-elle en commentant une carte de la couverture des plaines par les océans. C'est une prouesse d'avoir réussi à survivre dans ce milieu plutôt que de céder à la facilité du continent. Le plus surprenant est encore la manière dont vous vous en êtes sortis. Votre communication spirituelle est si forte Miassa, je suis subjuguée. Elle vous permet même d'échanger par et avec les éléments, de synchroniser vos esprits avec ceux de vos semblables pour créer ce réseau, ce maillage de connexions. La cohabitation mystique entre la chimie du cerveau, celle de la nature et votre pensée a permis la création de cette bulle protectrice… stupéfiant !

— Vous avez utilisé un procédé similaire ici, prononça l'érinite avec humilité.

— Cela n'a rien à voir. Le résultat est sensiblement le même en effet, mais nous nous sommes contentés d'utiliser des règles physiques simples sur la résonance minérale pour sortir l'énergie de la terre. Votre peuple a réussi à matérialiser un réseau pourtant immatériel, cette sublimation est l'expression traditionnelle de la Sagesse.

En outre, vous avez su tirer parti des richesses que produit votre environnement, ne consommant que le strict nécessaire et respectant chaque vie que vous prenez. Vous avez le rythme de vie, l'alimentation et les occupations les plus saines qu'il nous a été donné de voir. L'intelligence de percevoir à la fois chaque élément comme une entité à part entière, mais aussi comme la partie d'un tout, d'une globalité édificatrice, n'est pas donnée à toutes les espèces. Contrairement à ce que vous semblez penser douce Miassa, votre civilisation s'est intégrée parfaitement à son cadre de vie, sans le modifier ni le soumettre.

De plus, vous n'avez pas besoin d'avoir recours à la télépathie pour faire preuve d'une empathie spontanée – comme notre jeune ami –, désigna-t-elle Lyvius. Cette faculté de ressentir l'âme de votre prochain, mais aussi celles des animaux et de tous les êtres vivants, dans leurs joies comme dans leurs souffrances, est fascinante. Nous avons même constaté que vous aviez accès aux souvenirs par ce biais, cela vous ouvre une voie précieuse vers le savoir universel.

— De quoi s'agit-il ?

— Comme nous l'avons évoqué précédemment, il s'agit de la mémoire du cosmos qui est inscrite dans chacun de vos atomes, de l'expérience acquise par tous les éléments, organiques ou minéraux, à travers le temps et l'espace. Elle n'attend qu'une impulsion révélatrice pour se dévoiler.

Vous êtes vraiment aux portes de la Sagesse...

— Pourtant, les érinites pèchent peut-être par un excès de sagesse, nuança immédiatement Namrod en se confrontant au regard désabusé de Miassa.

— Pardonnez le manque de tact de mon compagnon ! reprit la vidam en lançant une grimace réprobatrice vers celui-ci. Malgré la régénération cellulaire qu'effectue notre temple en ce moment même, la fatigue accumulée ces quinze derniers jours dessert quelque peu nos compétences relationnelles.

Mais il est vrai qu'à trop vouloir vivre en harmonie avec votre écosystème, vous mettez l'existence de toute votre espèce en danger.

— Le Tanko !

— Vous avez compris où nous voulons en venir. Dans la passion que vous mettez à respecter toutes formes de vie et à ne tuer que pour votre survie, vous placez les érinites à la frontière entre espèce dominante et espèce dominée. Je comprends que la dominance ne fasse pas partie de votre culture, cependant vous devez admettre que pour vivre et se développer, votre peuple a besoin de s'imposer davantage dans la chaîne alimentaire. Si vous laissez une créature telle que le tanko vous empêcher d'accéder à des territoires riches en ressources, si vous fuyez à la vue d'une de ces bêtes, alors c'est peut-être vous qui subirez, à terme, la sélection naturelle.

— Mais qu'en penserait Sukèl si nous combattions ses créatures ?

— Le monde des esprits, aussi puissant et précieux soit-il, ne doit jamais représenter un frein à votre évolution. Tant que celle-ci tendra vers la Sagesse, les esprits comprendront l'intégralité de vos actes. Les tankos doivent donc reprendre la place qui est la leur, et apprendre à vous craindre.

— Mon peuple n'est pas prêt à un tel changement.

— Il faudra qu'il le soit pourtant, et le plus tôt sera le mieux.

Samsyl disait vrai, les érinites vivaient sous l'eau depuis toujours pour se protéger de cet ennemi farouche. Leur existence ne tenait qu'à un fil, exemple avait été donné avec le raz-de-marée sur la cité d'origine d'Énora. La petite fille, unique rescapée du cataclysme, était la preuve que cette précarité ne pouvait plus durer.

Au regard des quatre comptes-rendus, le moins que l'on puisse dire c'est que le bilan dressé par le couple vidam n'était pas brillant.

Bien sûr, Maxime, Lyvius, Hank et Miassa venaient de prendre un coup derrière la tête en se faisant rappeler les faiblesses et les erreurs commises par leurs peuples, mais l'état d'esprit de Namrod et Samsyl n'était pas plus joyeux. Ils représentaient l'espoir de survie de leur espèce, et leur expérience devait permettre de trouver des solutions viables pour déplacer et rebâtir leur civilisation ailleurs, sur des bases plus saines que les précédentes.

D'après ce que les quatre visiteurs venaient d'entendre, leur plan n'était pas une franche réussite.

« Je crois que l’avenir de l’humanité est dans le progrès de la raison par la science. »
Emile Zola

« La nature fait des hommes semblables, la vie les rend différents. »
Confucius

## Centrium, Allée des Sauveurs, Temple n° 99
## 15ème jour du Bilan

Même si Maxime, Lyvius, Hank et Miassa étaient encore sous le choc de la nouvelle concernant leurs origines, ils pouvaient imaginer à quel point les espoirs de leurs hôtes tombaient en poussière. Près du panneau de contrôle en forme de coffre taillé dans le granit, le couple échangeait à voix basse, laissant ses invités méditer sur la situation de leurs espèces respectives.

Jusque-là persuadé que la science avait réponse à tout, et pourtant doué d'un savoir très étendu, Lyvius n'aurait jamais pu appréhender les risques soulevés par l'analyse des vidams. Il fallait se rendre à l'évidence, l'autorisation de sortie obtenue par son père n'était pas un privilège accordé à tout le monde, les inégalités de droit dans Magnépolis étaient monnaie courante. De plus, à peine Syrius avait débarqué sur Galéa qu'il était tombé malade, cela n'augurait rien de bon si les athéléens étaient amenés à faire atterrir Magnépolis d'urgence.

Le géologue se sentait quant à lui désarmé face au comportement irresponsable des humains et à leurs pratiques destructrices. Un homme seul n'avait jamais pu changer les choses, comment Maxime y parviendrait-il ? La surpopulation, la recherche de profit, la production de masse, la destruction de leur environnement… Les Hommes ne méritaient peut-être pas de vivre, ils ne respectaient rien. La Connaissance elle-même était l'objet de complots et de méfaits, l'exemple des Origos prêts à le supprimer pour l'empêcher de découvrir le secret de la grande pyramide en témoignait.

Le Maître d'armes n'était plus si fier de représenter sa civilisation. Il comprenait à présent combien leur obstination à parfaire l'art du combat avait ralenti leur évolution. À côté des trois autres espèces, la sienne donnait l'impression d'être sous-développée. Par son accueil sur Neït, Hank avait d'ailleurs donné un triste aperçu de son peuple aux visiteurs. D'où leur venait ce besoin de s'opposer à l'inconnu avant même de l'écouter, de le connaître ? Était-ce seulement culturel ? Il imaginait ce que la témérité et la bravoure combinées des neïts engendreraient si une guerre ouverte était décrétée.

Individuellement renforcée par ses expériences de ces derniers jours, Miassa se sentait tirée vers le bas par son héritage culturel. Ces traditions pourtant sages mettaient la survie de tout un peuple en danger. Comment les siens avaient-ils accepté de s'enfermer de la sorte ? Heureusement que l'éveil spirituel avait pu être transmis au fil des générations, c'est ce qui les avait sauvés. Depuis toujours, les érinites subissaient les périls de la vie sauvage – Tanko en tête – sans oser affirmer leur dominance. L'éclaireuse prenait conscience de la faiblesse de son peuple.

***

Pendant que les vidams s'affairaient autour de ce qu'ils appelaient la "matrice", Maxime se rapprocha de Miassa et vint s'asseoir face à elle. Heureusement que leurs guides leur avaient fourni des vêtements dignes de ce nom, cela éviterait à ses yeux de s'égarer sur le corps somptueux de l'érinite. Et encore, il n'en était pas sûr, maintenant qu'il savait ce que dissimulait la tunique crème, ses hormones risquaient de lui jouer des tours. Le regard effarouché de la jeune femme se transforma bien vite en un éclat voluptueux par lequel l'humain se laissa envelopper.

— Est-ce si moche que ça en a l'air ? lâcha-t-il en haussant les sourcils pour essayer de dédramatiser.

Sa référence à l'état de leurs civilisations lui fit expirer un rire nerveux. Il savait trouver les mots. L'érinite prit spontanément les mains du géologue dans les siennes et en tourna les paumes vers elle. Maxime déglutit mais ne dit rien, ne souhaitant surtout pas la couper dans son élan. C'était tellement simple avec elle, son espèce ne connaissait pas les *a priori* et ne s'imaginait pas des barrières où il n'y en avait pas.

Les pouces de la jeune femme caressaient délicatement les lignes de ses mains et en pressaient les parties les plus charnues, visiblement à la recherche de quelque chose. Tout à coup, un sourire rassuré vint éclairer son visage, puis elle offrit à son tour ses mains à Maxime. Comme celui-ci ne savait pas bien ce qu'il convenait de chercher, il entreprit les mêmes gestes délicats sur les paumes de Miassa. Elle ferma les yeux, comme pour entrer en communion avec lui. Presque aussitôt, le Français sentit une douce chaleur envahir sa poitrine, un sentiment d'abandon s'empara de lui. Sans y penser réellement, ses doigts se refermèrent autour des poignets de la jeune femme qui l'imita presque simultanément. La chaleur se propagea à l'ensemble de leurs corps, et il eut la sensation qu'elle circulait par leurs bras unis. C'était très agréable, étrange, mais très agréable.

— Maintenant, tu sais qui je suis, chuchota Miassa en gardant les yeux fermés.

Maxime ne sut comment interpréter ses mots mais ressentit une présence étrangère à la sienne, un nouveau domaine auquel il avait désormais accès. Ce vaste territoire l'intimida un peu si bien qu'il se crispa et rouvrit les yeux.

— Tout va bien, rassura l'érinite, il te faudra connaître véritablement ton âme avant de découvrir la mienne, expliqua-t-elle avant de s'avancer et de déposer un baiser sur la pommette de l'humain.

Lui qui était venu pour tenter de la réconforter, voilà que c'était elle qui l'intimidait. Ils restèrent silencieux un moment, noyés dans les iris l'un de l'autre.

— Je crois que certaines choses ne sont pas si moches, finit-elle par répondre, animant par ses paroles le visage trop concentré de Maxime.

— Il suffit de savoir observer, déclara-t-il en tentant d'élever son esprit au niveau de son interlocutrice. Il y a aussi heureusement beaucoup de points positifs chez chacune de nos espèces.

— Entre elles aussi… suspendit l'érinite avec des yeux charmeurs.

Le géologue se mordit la lèvre et essaya de sourire en même temps, la grimace ainsi obtenue lança Miassa dans un fou rire aussitôt transmis à l'humain.

Leurs mains se délièrent lentement en une longue et suave caresse, ils en oublièrent presque le bilan dressé un peu plus tôt.

Lyvius se rapprocha du coffre timidement, dérangeant Namrod et Samsyl dans leur réflexion :

— *Veuillez m'excuser ! Qu'en est-il de votre projet ? Que comptez-vous faire maintenant ?*

Les idées avaient eu le temps de fuser dans la cervelle hyperactive de l'athéléen, à commencer par le devenir des espèces créées par les vidams. Si le plan de sauvegarde de l'espèce originelle échouait, que comptaient-ils faire des humains, des athéléens, des neïts et des érinites ? Comme lors de toutes les expériences, les résultats négatifs seraient-ils détruits ? Le petit garçon ne cachait pas son inquiétude.

— *Qu'allez-vous faire de nous ?* insista-t-il en constatant l'air pensif du duo.

— Sois rassuré ! répondit Samsyl la première. Comme nous vous l'avons déjà dit, nous intervenons le moins possible dans le développement de vos civilisations.

— Et cela restera valable après la fin de notre expérience, compléta Namrod. Même si vos espèces ne sont pas parfaites, même si vous commettez des erreurs, il s'agit de VOS erreurs. Vous avez mérité de continuer à évoluer selon vos propres choix, et de décider de votre avenir.

Le soupir de soulagement que laissa échapper Lyvius ne laissa aucun doute sur ce que son imagination avait pu inventer, les vidams lui sourirent tendrement.

— En revanche, nous n'avons pas tout à fait achevé notre phase de test, reprit Namrod d'une voix plus soutenue afin de sortir Maxime et Miassa de leur état de contemplation.

Il se retourna vers Samsyl, fixa ses yeux et attendit qu'elle acquiesce pour continuer :

— Comme nous doutons que le développement majoritaire de l'un des piliers soit la solution à notre survie, nous avons élaboré une autre stratégie.

— Un plan B ? demanda Maxime en se relevant.

— En quelque sorte. Nous avions anticipé des résultats potentiellement négatifs, et sommes allés plus loin dans notre réflexion. Quand notre bilan passera sous les yeux des quatre cents Sauveurs érinites, il y a très peu de chance que l'un des piliers remplisse à lui seul les conditions du transfert de notre peuple sur une autre planète. Ne nous voilons pas la face, dissociés les uns des autres, ils restent faibles, aucun ne sera retenu, déplora-t-il en baissant la tête en direction du coffre.

— C'est pourquoi nous aurions besoin de votre contribution une dernière fois, vint Samsyl en renfort.

— Les athéléens sont brillants et intègrent rapidement le savoir, mais ils sont faibles physiquement et trop peu ouverts sur leur environnement. Les humains sont créatifs et capables d'une adaptation rapide, mais ils sont trop ambitieux et cupides. Les neïts bénéficient d'un physique solide et d'une hygiène de vie remarquable, mais leur tempérament reste trop individualiste et conflictuel. Enfin, les érinites disposent du respect et d'une communion avec la nature, mais ont tendance à s'effacer et à s'affaiblir. Mais ce n'est rien, les vidams aussi ont leurs limites, nuança-t-il.

— Nous venons de réaliser que la naissance de vos quatre espèces était l'étape nécessaire à la réussite de notre plan, lança Samsyl sur un ton plus enjoué. Nous avons ainsi pu mettre en lumière les limites de chacun des piliers de notre propre culture, ce à quoi nous n'avions même pas pensé. Nous pouvons maintenant, et c'est là que vous intervenez, recombiner vos différences en une seule entité. Nous conserverons ce qu'il y a de bon en chacun de vous et effacerons les défauts que nous avons relevés dans vos peuples respectifs.

— Comment comptez-vous vous y prendre ? s'étonna Maxime même s'il savait la science microbiologique vidam bien plus avancée que sur Terre.

— La matrice que vous voyez ici est un concentré de notre technologie, expliqua le vidam en disposant ses mains écartées sur le coffre. Elle assure comme vous avez pu le voir différentes fonctions, y compris celle de bassin génétique. Nous pouvons grâce à elle recueillir, recombiner et modifier un ou plusieurs génomes, mais ce n'est pas tout. Elle accède également à des données moins… organiques, si je peux m'exprimer ainsi.

— *C'est à dire ?* interrogea Lyvius toujours aussi avide de réponses.

— Disons qu'en plus de pouvoir reprogrammer un ADN, nous sommes capables d'implanter souvenirs, connaissances, sensibilité, capacités spirituelles, et tout ce qui constituera l'âme.

— De la même façon que vous nous avez attribué chacun des quatre piliers ? questionna Miassa les yeux écarquillés.

— C'est tout à fait cela. Cependant, notre marge de manoeuvre est assez limitée, nous nous contentons d'appuyer sur des leviers décisifs, ce sera ensuite le parcours de chaque individu qui révélera ou non ces dispositions, précisa Namrod devant son assemblée stupéfaite. Par chance, nous sommes tombés sur des représentants évolués de vos quatre espèces, cela améliorera grandement le résultat, lança-t-il à Samsyl dont les yeux pétillaient à nouveau d'espoir.

— Et que nous demandez-vous au juste ? s'enquit Hank au nom de tous.

— Rien de plus que votre immersion temporaire dans la matrice, brave guerrier, affirma la vidam. À tour de rôle, nous aimerions prélever l'essence de votre espèce, inscrite en chacun de vous. C'est totalement indolore, et même plutôt agréable, confia-t-elle rougissante. Namrod et moi sommes passés par là avant de vous donner naissance avec nos propres gamètes.

— Nous ne vous forçons à rien, rappela son partenaire, votre patrimoine génétique et spirituel vous appartient, vous êtes libres de refuser. Sachez cependant que si vous acceptez, nous pourrions enfin aboutir à un être parfait, synthétisant tout ce qu'il y a de bon en nous, et destiné à évoluer avec sagesse. Il ne s'agirait plus seulement des vidams mes amis, mais de leur union avec les humains, les athéléens, les neïts et les érinites, dans l'objectif commun de transcender nos espèces. Cela constituerait un legs précieux à l'univers...

L'idée des vidams paraissait pleine d'espoir. Cependant, quelque chose dérangeait Maxime, un dilemme auquel se confrontait actuellement sa propre espèce : l'éthique !

Les humains s'opposaient depuis quelques décennies sur le droit de certains à disposer de la vie. Depuis la fécondation *in vitro*, le panel d'applications scientifiques controversées s'élargissait d'année en année et venait d'atteindre son paroxysme avec l'exploitation des cellules embryonnaires. En effet, le potentiel de ces cellules pluripotentes laissait imaginer des possibilités thérapeutiques illimitées. Puisqu'on était capables de contrôler la différenciation de ces cellules dites “souches”, on pouvait *a priori* soigner bien des maux.

Le milieu médical vantait évidemment les mérites de cette technique, parlant de régénération d'organes malades mettant ainsi fin à des greffes compliquées, mais évoquant aussi des tests toxicologiques de certaines substances sur lesdites cellules. La polémique divisait donc les partisans du progrès et de la santé aux puritains conservateurs, souvent dissimulés derrière des prétextes religieux. Ces derniers dénonçaient clairement la liberté que prenait l'être humain de jouer avec la vie. Non seulement il "fabriquait" des enfants dans des éprouvettes pour les inséminer dans le corps de "mères porteuses", mais il se permettait maintenant d'exploiter cette ébauche d'être vivant à des fins médicales. Pour certains, c'était de la pure folie.

Depuis qu'il était entré dans le temple et avait découvert comment les vidams espéraient sauver leur civilisation, le scientifique n'était pas très à l'aise avec cette idée. Son domaine à lui, c'était les pierres. En tant que scientifique étudiant l'écorce terrestre et les séismes, aucun moralisateur ne venait le gêner dans son travail, il sauvait des milliers de vies après tout.

Là, loin des siens, sur cette planète morte à des années lumières du système solaire qu'il connaissait, il prit conscience qu'il n'avait jamais réellement réfléchi au sujet. Son espèce se divisait sur un procédé de pointe qu'elle utilisait depuis bien longtemps sur les animaux. Le clonage et la manipulation génétique prenaient étrangement un visage plus sombre lorsqu'il s'agissait de l'être humain. Qu'est-ce qui autorisait quelqu'un à créer la vie à partir du néant ? Quelle place tenait l'amour de deux êtres là-dedans ? Les géniteurs revêtaient-ils toujours la casquette de parents ? Le sujet paraissait si vaste, si nuancé.

Ce que les humains commençaient à peine à envisager, les vidams le pratiquaient depuis au moins 250 000 ans. Namrod et Samsyl du moins, parce qu'ils ignoraient encore les stratégies adoptées par les 199 autres équipes. Peut-être certains avaient-ils également opté pour la création de nouvelles espèces. Durant ces 250 derniers millénaires, le cosmos avait peut-être vu fleurir 800 nouvelles civilisations, ce qui après tout n'était pas grand-chose à l'échelle de l'infini !

Maxime s'égarait en hypothèses qui ne faisaient que noyer sa propre conception morale. Difficile d'avoir un avis sur le sujet. Cela paraissait si aisé pour Namrod et Samsyl, il suffisait de le dire et hop, c'était fait. Ils parvenaient à modifier le codage ADN comme on change les pièces d'un moteur, selon les performances recherchées. Sur Centrium, même plus besoin d'une réelle matrice biologique, la gestation accélérée se passait non pas dans le ventre de la mère, mais dans un bassin génétique technologiquement très avancé. Et d'ailleurs, les femmes vidams pouvaient-elles enfanter ? Si elles avaient transmis cette aptitude aux représentantes de quatre espèces, tout portait à croire que oui.

Et l'amour chez les vidams ? Ils disaient avoir utilisé leurs propres gamètes. Mais sur quels critères le Conseil les avait-il accouplés ? La fameuse Sagesse était-elle intervenue en associant deux individus selon leur seule compatibilité génétique, ou avait-elle pris en compte les sentiments qu'ils éprouvaient déjà l'un pour l'autre ? Le tandem qu'il avait devant les yeux paraissait si proche, tellement complémentaire.

Finalement, pourquoi certains de ses semblables pourraient-ils créer la vie, en disposer à leur guise et pas lui ? Maxime réalisa qu'il avait non seulement l'opportunité de sauver une espèce, mais aussi de contribuer à quelque chose de plus grand, qui lui échappait totalement mais qu'il espérait positif et salvateur.

— C'est d'accord ! finit-il par lâcher en rejoignant l'avis de ses compagnons de voyage.

Après s'être à nouveau hydratés auprès de la petite fontaine, les visiteurs furent invités à tour de rôle à se détendre dans le mystérieux coffre en granit.

— Nous souhaiterions commencer par Miassa, avait expressément demandé Namrod.

Si le confort supposé de cinq parois minérales était peu probable, l'érinite fut largement surprise lorsqu'elle s'y allongea. En étendant ses membres, elle se sentit enveloppée d'une moelleuse et chaude source d'énergie qui supprima toute notion de gravité. Cette brume bleutée n'avait pas vraiment de consistance, mais portait pourtant le corps de la jeune femme. Le dispositif était aussi beau à voir qu'à toucher. Elle s'y sentit tout de suite à l'aise et n'eut pas besoin des paroles apaisantes de Samsyl pour s'y abandonner complètement.

Miassa se laissa donc envahir par cette force inconnue qui visita chaque cellule de son corps, chaque parcelle de son esprit et de son âme. Pendant que Namrod, resté auprès d'elle, contrôlait l'équilibre de la matrice, Samsyl avait pris place sur le plan de travail dont une sorte d'écran translucide occupait toute la longueur.

Là, du bout des doigts, elle manipulait avec finesse les représentations 3D des cellules, des chromosomes et des brins d'ADN, zoomant à volonté pour accéder à des codages précis, apportant des modifications avec dextérité, gène par gène, nucléotide par nucléotide. Lorsqu'elle sembla satisfaite, elle adressa un signe de tête à son compagnon qui pressa quelques touches. Dans le coffre, la lumière bleutée s'estompa progressivement et Miassa ouvrit les yeux presque aussitôt, se relevant et laissant derrière elle l'empreinte des érinites.

Maxime fut le suivant. Outre le confort et l'abandon, il identifia l'âme qu'il avait touchée de si près quelques instants plus tôt. Il reconnut cette spiritualité accrue, cette ouverture et cette empathie qui l'avaient tant séduit et, sous les manipulations expertes de la vidam, il s'y plongea avec délectation. L'humain pouvait presque atteindre la Sagesse, point lumineux qui irradiait leurs deux âmes réunies. En plus des caractères propres à son espèce, Maxime laissa dans la matrice le souffle de la passion et de l'amour naissant.

À son tour, Lyvius vint compléter ce canevas d'espérance. Il ressentit la douceur de l'énergie pure dans laquelle baignaient déjà une spiritualité éveillée et un amour fécond. Le bassin génétique s'enrichit du codage de la Connaissance, puisant la compréhension et le savoir dans chacun des atomes constituant le petit corps qu'il accueillait. Samsyl imprégna bien sûr sa composition des capacités cérébrales accrues des athéléens.

Hank, pour qui le coffre était un peu court, s'y allongea en chien de fusil tout en grommelant, dessinant des sourires sur les joues de ses compagnons. Il expérimenta simultanément l'éveil spirituel, la créativité et le savoir empirique tout en intégrant une partie de lui-même à cet ensemble complexe. Ses capacités physiques vinrent enfin renforcer et stabiliser la combinaison savante, si bien que pendant un court instant, il sentit une chaleur intense, toute proche. Était-ce la Sagesse visée par les vidams ?

Le flux énergétique retombait déjà.

« L'âme naît vieille dans le corps ; c'est pour la rajeunir que celui-ci vieillit. »
Oscar Wilde

« L'artiste ne doit pas copier la nature mais prendre les éléments de la nature et créer un nouvel élément. »
Paul Gauguin

## Vide Sidéral, Impulsion Tellurique
## Repère temporel superflu

Les picotements dus à la dématérialisation de leur propre corps... L'impulsion énergétique intense... Puis l'obscurité.

Puisque les vidams venaient d'accomplir la dernière étape de leur projet et qu'un être nouveau entamait sa gestation dans la matrice, le temps du trajet retour était venu. Après avoir attendu patiemment que la dernière tempête de vents solaires s'éloigne, ils avaient rouvert les portes du temple et rallié la grande pyramide.

Avant de s'engouffrer dans ses couloirs minéraux, Maxime, Lyvius, Hank et Miassa s'étaient retournés, imprimant mentalement une image de ce décor si triste, et pourtant rempli d'espoir. La survie de tout un peuple reposait désormais sur ces deux cents couples sommeillant dans leurs modèles réduits de pyramides et attendant l'heure de la décision collégiale. Les deux lignes de bâtiments traçaient dans le sol meurtri une artère reliant l'ancienne civilisation à cette porte ouverte sur une infinité d'options.

L'architecture laissait entrevoir cette continuité, ce souffle de vie qui drainait tout ce qui restait des vidams vers l'étape suivante. Ce serait le dernier sentier qu'ils emprunteraient.

Dans le vide immense du cosmos et dans la poignée de secondes qui leur sembla durer des heures, les voyageurs firent la synthèse de ce qu'ils avaient appris au cours de leur périple, et en particulier sur Centrium.

La planète d'origine de leurs créateurs faisait peine à voir, et les vidams eux-mêmes s'apparentaient à une espèce en voie d'extinction, prête à tout pour survivre. Heureusement pour eux, Namrod et Samsyl ne s'encombraient pas la conscience avec des considérations éthiques ou morales. La création de la vie ne revêtait pas le caractère sacré qu'on lui attribuait sur Terre. Seules comptaient la viabilité de leur projet et la Sagesse de vouloir rebâtir leur civilisation sur des bases saines et vouées à perdurer. Leur prochaine planète d'accueil ne devrait jamais subir leurs erreurs ou leurs errances inconscientes.

Depuis qu'ils avaient découvert la véritable Histoire des vidams sur Centrium, les quatre visiteurs s'étaient demandés plusieurs fois pourquoi ces derniers ne s'étaient pas contentés de s'exporter. Avec leurs compétences technologiques et leur connaissance de l'univers, rien n'était plus simple que de transférer leur population ailleurs. En utilisant une dernière fois leurs transports de masse ou bien au compte-gouttes grâce à la pyramide, ils auraient pu quitter cette planète désormais mortelle dès les premiers incidents cosmiques.

Non, au lieu de ça, le Conseil avait décidé de nommer des émissaires, des "Sauveurs" qui tenteraient de perpétuer et de sublimer la Sagesse de tout un peuple. Les survivants vidams – mis à part ces Sauveurs – avaient fait le choix de subir une vie sous cloche, de se protéger tant bien que mal de la radioactivité en sachant pertinemment qu'ils connaîtraient une pénurie d'eau et de vivre. Ils s'étaient sacrifiés au nom de leur survie, leur fin avait dû être horrible.

***

À l'autre extrémité du canal spatio-temporel par lequel ils transitaient, les voyageurs débouchèrent sur une planète pourvue de quelques villes abandonnées et d'une agglomération volante unique. Ils s'enfoncèrent dans le sable de Galéa.

Tous supportaient mieux les effets du transfert désormais. À peine eurent-ils ouvert les yeux que Lyvius se précipitait déjà auprès de son père, toujours endormi dans la matrice. Il lui tardait tellement de retrouver celui qui avait rendu toute cette aventure possible, Syrius ne reviendrait pas de ce que son fils avait à lui apprendre.

— Il ne tardera pas à se réveiller, l'informa Namrod.

*— Quand exactement ? Il est couché ici depuis notre départ... Ne devrait-il pas déjà être sur pied ?*

— Selon ta propre dimension temporelle en effet, commença à expliquer le vidam amusé par l'inquiétude du petit. Mais comme nous vous l'avons déjà exposé, le temps est divisé en plusieurs dimensions. Ce qui s'est déroulé sur Terre, Neït, Anamets et Centrium ces quinze derniers jours pour nous n'a pas eu la même durée ici. La dilatation temporelle que nous avons subie a au contraire été contractée pour ton père et pour ta planète tout entière.

— *Une sorte de suspension ?* tenta d'éclaircir Lyvius.

— Une fois de plus, tu comprends très vite, lui sourit Samsyl, attendrie.

— *Combien a duré notre absence ?*

— Approximativement trois de vos heures, indiqua Namrod après avoir consulté un indicateur sur la face interne du coffre. Ton père est guéri, comme promis, ajouta-t-il en faisant naître un soupir de soulagement chez l'athéléen. Dès que nous serons partis, la pyramide reprendra sa structure initiale et la matrice réveillera Syrius.

— *Vous devez repartir...* réalisa soudainement l'enfant. *Ne resterez-vous pas un peu ?*

— Malheureusement non, déclara Samsyl en s'accroupissant à ses côtés, nous devons reconduire nos autres compagnons chez eux avant d'enfin regagner nos chambres de stase.

— *Reviendrez-vous ?*

— Probablement pas, nous avons déjà beaucoup influé sur la pensée athéléenne par ton intermédiaire Lyvius, les vidams vous doivent beaucoup, y compris de vous laisser évoluer à votre manière.

— *Mais les miens ne croiront jamais à mon histoire. Comment pouvons-nous empêcher les épidémies que vous avez prédites ?* s'empressa-t-il, un peu désemparé par les adieux qui s'annonçaient.

— Vous ferez vos propres choix, vos propres erreurs, et peut-être trouverez-vous des solutions auxquelles nous n'aurions jamais pensé. Vous détenez la Connaissance après tout ! rappela la jeune femme avec enthousiasme.

— Tu es et resteras le témoin de notre existence sur ta planète, ajouta Namrod avec une pointe d'amertume. L'Histoire des vidams et de Centrium vivra à travers toi. Reste à déterminer si la conscience collective athéléenne en fera un mythe ou un exemple, un conte ou une mise en garde.

— *Comment... Que dois-je faire ?* hésita Lyvius complètement perdu tandis que des larmes naissaient dans ses yeux.

— Tu trouveras un moyen de porter les tiens vers plus de Sagesse, il en va de votre survie.

— Aie confiance en toi mon jeune ami ! fit Samsyl en l'entourant de ses bras et en calant sa petite tête dans le creux de son cou pour une étreinte rassurante. Nous t'offrons ce tissu comme preuve et souvenir de ton voyage, conclut-elle en pointant du doigt la tunique que portait l'enfant.

De la même façon, Namrod l'accueillit contre lui puis s'écarta – non sans émotion – pour le laisser dire au revoir aux autres explorateurs.

— Salut, ami scientifique, lui lança Maxime dans un grand sourire afin de dissiper un peu sa tristesse.

— *Au revoir, ingénieux humain,* rétorqua le gamin avec malice en reprenant les mots des vidams. *J'espère que votre peuple ne commettra pas la même erreur que nous.*

— Je ne peux pas te le promettre, mais j'essaierai de contribuer au changement des mentalités. Le contrôle de l'énergie tellurique pourrait peut-être nous aider, qu'en penses-tu ?

— *Dans des proportions moindres que sur Centrium alors !*

— Bien entendu, assura Maxime avec un clin d'oeil. Le premier à maîtriser cette technologie aura gagné ! lança-t-il en tendant le plat de sa main à Lyvius en guise de défi.

— *Pari tenu !* s'exclama mentalement ce dernier en faisant claquer la sienne sur la paume du Français.

— À plus bonhomme, termina le géologue en ébouriffant une dernière fois la chevelure épaisse du petit garçon.

Miassa, qui voulait partager avec lui un vrai lien psychique, se contenta de coller son front contre le sien et de placer ses mains de part et d'autre de son crâne. Elle lui transmit ainsi tout son amour et sa tendresse, et Lyvius lui emprunta quelques visions de la nature sauvage d'Anamets.

— *Heureuse de te connaître petit génie.*

— *Moi aussi, belle amphibienne,* tenta-t-il avec un rictus charmeur.

— *Poursuis tes recherches, continue de t'intéresser à toutes les choses qui t'entourent ! Ton ouverture spirituelle est toute proche,* lui confia-t-elle comme un secret.

— *Je garderai ces images de ta planète, elles m'inciteront à tout faire pour reconquérir la surface de Galéa.*

— *Et moi ce souvenir de toi, tu me donnes foi en moi-même, merci Lyvius.*

— *À bientôt ?!* sembla-t-il suggérer.

— *Le monde des esprits est riche de surprises, nombreuses sont les dimensions qui le composent*, insinua la jeune femme en rouvrant les yeux et en déposant un baiser sur le front du petit garçon.

Même si Miassa utilisait les molécules chimiques pour transmettre ses pensées, cela n'avait pas empêché Lyvius de les recevoir et de lui répondre par une télépathie tout à fait immatérielle. Décidément, leurs différents modes de communication cohabitaient parfaitement dans ces pyramides.

Hank ne se posa pas de question et attrapa Lyvius d'un bras pour le soulever jusqu'à lui. Il s'efforça de ne pas trop comprimer le corps de l'enfant, mais le tableau était assez cocasse. Cette force de la nature ne cachait plus ses émotions et on aurait presque pu croire qu'une larme coulait sur sa joue. L'athéléen se laissa faire, un peu impressionné par la hauteur qu'il venait de prendre et par le gabarit du neït.

— *Vous allez me manquer aussi Hank.*

— Utilise ta meilleure arme fils, ton cerveau ! Ne laisse personne te dire quoi faire et convaincs-les de ce que tu as appris. La maladie ne fera pas le poids face à toi !

Soudain, des images d'un autre enfant, sur Neït, vinrent envahir les pensées de tous les voyageurs. Hank venait de libérer un souvenir refoulé : un enfant qu'il avait eu jeune, emporté peu de temps après sa naissance par une maladie infantile. Il reportait à présent son affection sur Lyvius qui, aussi surprenant que cela puisse paraître, réussit à apaiser le géant :

— *Je comprends, je ferai tout pour que cela n'arrive pas aux athéléens. Nous deviendrons tous aussi robustes que vous, Maître d'armes*, insista-t-il sur cette fin de phrase.

— Je ne t'oublierai pas, prononça Hank en réaction à l'énoncé de son titre. Sois fort pour ton peuple !

Son ancien élève auquel il était encore très attaché était le seul à l'appeler "Maître". Cela lui rappela que sur Neït, certains comptaient encore sur lui.

Il reposa finalement Lyvius avec un rictus qui s'apparentait presque à un sourire et rejoignit les autres pour la suite du voyage.

Pendant que Namrod paramétrait leur prochaine étape sur le coffre où dormait encore Syrius, Samsyl leva la main à destination de l'enfant sans dire un mot. Il répondit du même geste en fixant un à un les visages qu'il ne reverrait jamais.

C'est lui qui disparut le premier, dans un halo bleuté, pour se retrouver dans la petite pièce à la verticale de la salle de commande. Là, il concentra son esprit sur les cinq présences qu'il ressentait là-haut, tentant de rester avec eux jusqu'au bout, et peut-être même de faire voyager une partie de son âme pendant que l'autre resterait ici, sur Galéa.

Rien n'y fit. Namrod, Samsyl, Maxime, Hank et Miassa se volatilisèrent comme prévu et Lyvius put sentir le souffle du rayon d'énergie parcourir les couloirs de la pyramide.

Aussitôt après, comme l'avait prédit Namrod, les murs commencèrent à trembler, les blocs de calcaire à se réagencer dans un vacarme assourdissant et la gravité à jouer avec l'équilibre de l'enfant. De longues minutes plus tard, tout se stabilisa et le calme revint de nouveau. Lyvius s'empressa alors de regagner la galerie ascendante afin de rejoindre son père. Quand il pénétra dans la salle de commande, la matrice émettait ses dernières lueurs et l'obscurité prit vite le dessus.

Là, penché au-dessus du coffre en granit, Lyvius scrutait le visage paisible de son père, des secondes interminables. La cage thoracique de Syrius se souleva dans une grande inspiration et ce dernier ouvrit les yeux sur le visage enchanté et mûri de son fils.

— *Papaaaa*, émit le jeune télépathe tout en étreignant le buste de Syrius qui tentait de se relever.

— *Ly... Lyvius ! Quel rêve étrange je viens de faire*, pensa-t-il en se hissant à l'extérieur du coffre. *Qu'est-ce que je faisais là-dedans ?*

— *C'est une longue histoire*, commença l'enfant qui ne lâchait plus la main de son père, *je suis tellement heureux de te retrouver.*

— *Comment ça "me retrouver" ?*

— *Hé bien...* hésita-t-il en constatant les souvenirs confus dans la tête de l'adulte. *Tu étais malade, et cette machine t'a sauvé*, expliqua-t-il en désignant le coffre.

— *Comment ? Ce n'était pas un rêve ?*

— *Non, père.*

— *Ton masque, où est ton masque ?* paniqua Syrius en réalisant que le système respiratoire de son fils n'était pas protégé avant de porter la main vers son propre visage.

— *Ne t'en fais pas, nous n'en avons plus besoin, nos visiteurs me l'ont assuré*, répondit aussitôt Lyvius pour le calmer.

— *Et ces deux* personnes, se remémora-t-il, *qui étaient-elles ?*

— *Je te raconterai tout cela plus tard, je te le promets. Pour le moment, pouvons-nous rentrer à la maison ?*

Lyvius ne se voyait pas entamer le récit de son aventure de quatorze jours ici même, là où tout avait commencé, son père aurait été trop curieux. Ce dernier lui sourit, inspira l'air chaud et humide à pleins poumons et constata qu'il se sentait en pleine forme – contrairement à son dernier souvenir.

Lorsqu'ils émergèrent de l'escalier souterrain, la luminosité et l'air chaud du désert les accueillirent avec une intensité stimulante. Leur module d'exploration les attendait toujours, planté dans le sable, rien n'avait changé. Lyvius était plus que ravi de retrouver ce paysage qu'il connaissait peu, mais qu'il aimait déjà tellement.

Le même psaume entonné quelques heures plus tôt – et plusieurs jours à l'échelle de l'enfant – permit à Syrius de sceller à nouveau l'entrée de la pyramide. Ils eurent un regard l'un pour l'autre, se demandant si quelqu'un remettrait un jour les pieds ici.

Deux minutes plus tard, le sas se ferma et l'habitacle se pressurisa dans un souffle continu. La turbine ronronna d'abord, puis vibra plus vivement pendant que la capsule blanche nacrée prenait de l'altitude.

Pendant que son père conversait avec un contrôleur aérien de Magnépolis et tentait de justifier la disparition de l'appareil sur l'écran radar – il venait juste de réactiver le transpondeur –, Lyvius admirait les falaises abruptes qui s'élevaient du désert et, plus loin, l'écume blanchâtre de l'océan qui se heurtait aux côtes. Il n'aurait sans doute pas l'occasion de redescendre avant un bon moment, et savourait donc cette vue.

Son esprit voyagea sur Centrium, puis traversa l'univers dans un vaisseau spatial démesuré pour finalement débarquer sur Galéa. Il visualisa des centaines de vidams, des milliers peut-être, sortir de ce transport et partir à la découverte de cette nouvelle planète, plusieurs centaines de millénaires avant la "naissance" des premiers athéléens.

Il imagina ensuite comment ils avaient dû s'y prendre pour ériger la pyramide colossale qui leur permettrait de parcourir le cosmos d'une simple impulsion énergétique. Quelle splendeur elle devait être à l'époque, plantée au milieu du désert et presque aussi haute que la falaise voisine.

Lyvius réalisa que d'autres individus, ses ancêtres pour ainsi dire, avaient déjà foulé cette terre avant même d'y implanter sa propre espèce. Le pont créé entre les deux mondes existait lui aussi avant l'apparition des athéléens, c'est grâce à ce lien que leur civilisation existait, et que l'enfant qu'il était pouvait se targuer d'avoir vécu un si beau voyage. Si les athéléens savaient cela, il y aurait un regain de spiritualité, pour ne pas dire de culte, et tous adoreraient ce monument mystérieux.

Certains devaient pourtant être au courant. La pyramide avait été enfouie à peine une génération plus tôt, son souvenir n'était pas encore éteint. Le garçon se demanda quelles étaient les véritables raisons de son enfouissement. Pourquoi voulait-on la cacher et éviter ainsi au peuple d'apprendre la vérité ? Quelqu'un connaissait-il cette vérité ? Cela lui parut peu probable.

Devait-il raconter son aventure cosmologique à ses concitoyens ? Le Commandement Central le laisserait-il ébruiter une idée aussi dérangeante ? Certainement pas, l'ordre était maintenu avec précision et intelligence pour que la vie sur Magnépolis demeure possible.

Paradoxalement, Lyvius savait désormais que cette "survie" dans le ciel risquait de condamner toute son espèce. S'il décidait d'agir, de dévoiler la vérité sur l'origine des athéléens, et surtout de les inciter à regagner la surface de Galéa, il devrait le faire avec psychologie, selon les propres règles de Magnépolis.

En un éclair, il visualisa le plan qu'il devrait tenir à l'échelle d'une vie. Une vie dédiée au sauvetage de son peuple. Sa vie !

Maîtriser tous les savoirs nécessaires à sa mission. Développer ses capacités mentales et spirituelles. Acquérir, via l'éducation, les compétences pour diriger. Intégrer les plus hautes sphères, aller le plus loin possible. Rallier des partisans, dans l'anonymat et le silence. Tout mettre en place progressivement et, le moment venu, user de son pouvoir de persuasion. Si le changement devait arriver, ce serait selon les lois de Magnépolis. Il ne les contournerait pas, mais s'en servirait.

Était-ce cela l'objectif de sa vie ? Sauver son peuple en devenant un… révolutionnaire ? L'image était un peu trop négative, celle d'un "guide" serait plus appropriée. Il s'était vu implicitement confier cette mission par ses créateurs, soit ! Puisque la science ne les sauverait pas lui et les siens, peut-être était-il temps de changer de méthode. Ses capacités hors du commun lui apparurent tout à coup comme une évidence, il utiliserait son don pour assurer la survie de son espèce.

Le module se rapprocha de la voûte onctueuse et y disparut quelques secondes. Au-dessus des nuages, le soleil couchant donnait vie aux volutes en les teintant de roses et d'orangés vibrants. Elle était là, la cité volante, flottante plutôt, surplombant cette aquarelle envoûtante, et étincelant de mille feux. Son éclat était tel que Lyvius en eut des frissons.

*Le combat d'une vie !* décréta-t-il en fixant sur Magnépolis un regard déterminé.

« Plus une découverte est originale, plus elle semble évidente par la suite. »
Arthur Koestler

« Je voudrais mourir par curiosité. »
George Sand

## Neït, Terre Boréale, Pyramide vidam
## Une poignée de secondes plus tard

L'énergie bleutée se dispersa contre les murs de la grande pièce.

Samsyl les transféra tous les cinq dans le couloir d'accès qui menait à l'entrée. Au bout de celui-ci, une lumière aveuglante et un souffle glacial frappèrent leurs visages. Les vêtements offerts par les vidams s'adaptèrent aussitôt et remplirent leur fonction d'isolants thermiques.

En reconnaissant la Terre Boréale et son étendue immaculée, Hank offrit son visage au vent polaire, ferma les yeux et inspira à pleins poumons. Il était enfin de retour et avait quelques comptes à régler.

Au pied de la pyramide, Tetki l'attendait déjà. Il avait dû être alerté de leur arrivée par le rayon de transfert. Un coup d'oeil vers le campement et le Maître d'armes constata que tout était en ordre, le calme régnait. Il descendit la quinzaine de mètres par bonds successifs.

— TETKI ! laissa-t-il exploser en prenant le fils Klyos dans ses bras. Comment vas-tu mon frère ? Comment cela s'est-il passé avec les hommes ?

Son ancien élève, déjà étonné par la démonstration affective de Hank – d'ordinaire plutôt distant –, fut surtout surpris de l'entendre l'appeler son "frère". Comme si une promotion soudaine l'avait fait devenir son égal. Il ne releva pas et se contenta de répondre le plus sérieusement du monde :

— Moi je vais très bien, mon ami. On ne peut pas en dire autant de Rodiüs, du groupe des fantassins.

— Que s'est-il passé ? Encore une bagarre ?

— Il a tenté de mener une mutinerie et m'a défié. Il n'aurait pas dû, cela s'est mal terminé... pour lui.

— Ah ah ah ! s'esclaffa Hank à gorge déployée. Et il pensait vraiment prendre le dessus ? Ah ah ! Je vois que tu as assumé tes fonctions avec brio, je te félicite, avoua-t-il avec plus de discrétion tandis qu'ils s'avançaient vers le campement.

Comme il avait compris que pour ses hommes, son absence n'avait duré qu'une fraction de journée, il ressentit une grande fierté en apprenant que son élève avait su gérer son premier conflit en tant que Commandant. *A contrario*, Tetki ne comprit pas bien ce qui avait pu autant changer son ancien Maître en si peu de temps. Il paraissait si calme et confiant.

Le fils Klyos remarqua évidemment Miassa, qui n'était pas avec eux lors de leur dernière visite, et ses hormones mâles ne l'aidèrent pas à se concentrer sur le discours de son précepteur.

Juste avant de pénétrer dans le dédale de tentes où flottait une odeur de viande cuite, ils dépassèrent un petit monticule de glace sur lequel on avait étendu une peau de bête tâchée de sang. Sans attribuer plus d'importance que ça à la dernière demeure du dénommé Rodiüs, Hank exposa son plan. Il s'était déjà mis d'accord avec les vidams, cela ne prendrait pas longtemps.

— Nos nouveaux amis vont nous aider à regagner Behdet, exposa-t-il.

— Pouvons-nous leur faire confiance ?

— Vois-les comme nos alliés ! affirma Hank pour qui ce mot prenait un sens tout nouveau à présent.

— Bien, et une fois là-bas ?

— Je suis persuadé qu'aussitôt arrivé, Trétor va tout faire pour persuader le Commandeur qu'une guerre avec les Koprü est inévitable.

— Mon père ne se laissera pas piéger, estima Tetki qui admirait réellement la stratégie de son géniteur.

— Crois-moi ! Tu n'as pas encore conscience de la puissance des liens du sang... et de la paternité, témoigna Hank en se retournant vers ses compagnons de voyage qui les suivaient toujours. Si Trétor lui annonce que ses hommes, son ami et surtout son fils ont perdu la vie dans une de leurs attaques infâmes, Sobek va se précipiter dans la gueule du loup.

— Que proposes-tu de faire ?

— Les intercepter avant que ton père n'ordonne le départ pour Sehlem.

— Mais comment, Maître ? Trétor et ses marins ont presque un jour d'avance sur nous.

— En effet, ils doivent déjà être arrivés, alors il n'y a pas de temps à perdre. Aimerais-tu voir un tour de magie ? lança-t-il en désignant Samsyl de la tête.

Un instant plus tard, le groupe de voyageurs filait à vive allure au-dessus de la banquise. Peu rassuré par le côté surnaturel de leur déplacement, Tetki resta accroupi un long moment avant de s'y habituer. Son regard était celui d'un animal sauvage effrayé par la vue d'un prédateur.

— AH AH AH , NE T'EN FAIS PAS ! s'égosilla Hank afin de couvrir le bruit du vent. TU NE RISQUES PAS DE TOMBER.

À leurs côtés, Namrod, Maxime, Miassa, et Samsyl qui contrôlait le champ de force trouvèrent l'angoisse du guerrier fort distrayante. Le Maître d'armes avait jugé plus prudent d'emmener l'humain et l'érinite avec eux plutôt que de les laisser en compagnie des guerriers. Ils reviendraient chercher ces derniers plus tard.

La vidam savait précisément quelle direction suivre, elle poussa à fond les capacités du dispositif, leur vitesse n'avait jamais été aussi élevée. Bientôt, ils quittèrent l'étendue glacée pour la surface agitée du Grand Océan. Tetki trembla encore un peu.

Le changement de climat fut plus que radical. À part Tetki qui ôta sa fourrure d'akron, les autres conservèrent les amples tuniques fournies par les vidams. À l'approche des côtes de la Terre Australe, Hank s'en débarrassa afin de faire valoir l'écharpe noire symbolisant son titre.

Samsyl ralentit. Ils remontèrent le large fleuve par son embouchure et s'enfoncèrent au cœur de Behdet. Sur les rives, de part et d'autre, on voyait des pistes d'entraînement, des forges et autres ateliers d'artisanat. Certains habitants reconnurent Hank et le saluèrent avec respect, un peu interloqués par l'étrangeté de leur déplacement.

— Direction l'Arène de Commandement, par ici, indiqua le Maître d'armes en tendant le bras vers une avenue peu fréquentée.

Le champ de force et ses six passagers quittèrent le lit du fleuve et atterrirent finalement sur le sable ocre de Behdet. Ils continueraient à pied, l'amphithéâtre magnifique se trouvait juste en face d'eux et tremblait déjà sous les acclamations du public. Ils avançaient discrètement, les uns derrière les autres, lorsque leur meneur franchit la dernière habitation qui précédait l'immense place circulaire qui entourait le bâtiment.

— Hank... Seigneur Hank ! héla une voix étouffée à l'intérieur de la bâtisse.

Le guerrier s'immobilisa et leva la tête vers l'enseigne métallique suspendue au-dessus de la porte, aussitôt imité par ses compagnons. L'enclume superposée d'une épée se balançait au gré du vent.

— Sertis, c'est bien toi ? questionna Hank en s'approchant de la porte.

— Oui, s'empressa l'autre en ouvrant l'un des battants, toujours dissimulé derrière celle-ci. Dépêchez-vous d'entrer !

La petite troupe descendit quelques marches et pénétra dans un sous-sol où régnait une chaleur oppressante. Au fond, un four énorme où crépitaient des braises incandescentes faisait face à l'enclume démesurée. Sur le mur adjacent, un établi accueillant différentes tailles de marteaux et des pièces de métal aux formes diverses prolongeait une petite table pourvue de deux chaises.

— Sertis, mon ami, s'exclama Hank lorsque le propriétaire des lieux eut refermé la porte.

— Chuuut, pas si fort, chuchota-t-il. Laisse-moi te regarder ! J'ai failli croire que tu avais succombé. Et Tetki... toi aussi, le descendant Klyos dans ma demeure. Respect ! ajouta-t-il en serrant son poing sur sa poitrine.

— Comment ça "tu as failli croire" ? commença Hank.

— C'est ce qui se dit à l'extérieur. Attends, installe-toi, c'est une longue histoire, fit-il en tirant une chaise précipitamment et en attrapant une jarre pleine d'eau. Qui sont tes amis ?

— Oh, c'est aussi une longue histoire, éluda le Maître d'armes avant de boire de longues gorgées à même le récipient. Sertis est mon armurier référent, dit-il pour présenter le forgeron aux voyageurs en leur tendant la jarre. Dis-moi ce que tu sais, Sertis !

— Il y a quelques heures, Trétor est entré dans la ville en répandant la rumeur de votre mort. Plusieurs sénateurs ont relayé la nouvelle.

— Continue !

— On dit que sur le chemin de la Terre Boréale, vous seriez tombés sur l'armée Koprü, et qu'usant de son surnombre, elle aurait lâchement exécuté les guerriers Klyos, vous y compris, récita-t-il en regardant Hank et Tetki à tour de rôle.

— Comme tu le vois, nous sommes bien en vie, et nos hommes aussi. Ce Trétor va vite comprendre son erreur, s'emporta le Maître d'armes en empoignant le manche de sa dague.

— Attends, Seigneur Hank, ce n'est pas tout, poursuivit Sertis. Peu de temps après, une délégation Koprü serait entrée dans la ville pour rencontrer le Commandeur. D'après ce que j'ai entendu, il s'agirait de leur nouveau leader, le fils du défunt Mekri, avec sa garde personnelle. Je crois qu'il vient défier Sobek.

— Trétor est plus intelligent qu'il ne laissait penser, grogna le guerrier en plongeant son regard dans le foyer rougeoyant.

La situation était plus que délicate. Trétor avait visiblement manipulé les deux camps pour les rassembler à Behdet dès son retour de l'expédition en Terre Boréale. Il espérait sans doute que le futur dirigeant l'honore d'un quelconque titre une fois celui de Commandeur en sa possession. Sobek ne pourrait pas refuser le duel, il perdrait toute crédibilité devant son peuple. À l'heure qu'il était, il était sans doute en train de s'équiper pour affronter un ennemi plus fort que lui. Ce traître de forgeron et les sénateurs qui l'avaient suivi allaient le payer cher.

Le Maître d'armes abattit son poing sur la table.

— Mon Maître, qu'allons nous faire ? s'inquiéta Tetki. J'ai entendu parler de ce Kadel, père n'en viendra pas à bout. Moi-même je ne suis pas sûr de...

— Voilà comment nous procéderons... l'interrompit Hank en le regardant droit dans ses yeux, plus sérieux et concerné qu'il ne l'avait jamais été.

Il exposa sa stratégie.

***

Les vestiaires officiels n'avaient été bâtis que pour l'usage du Commandeur. Situé sous la tribune des sénateurs, il était habillé avec toute la simplicité des matériaux les plus nobles. Les bancs étaient plaqués de bois exotiques, les faïences les plus fines s'associaient en des mosaïques multicolores et le sol était constitué d'une seule dalle de carrelage noirci au charbon. L'ensemble était épuré mais restituait toute la finesse et le raffinement des neïts.

Sobek se tenait là, debout devant le mur coloré, observant les contours saccadés de son reflet sur la surface brillante de la faïence. L'esprit embrumé par le chagrin, il accusait encore le coup de la nouvelle. Tetki était mort ! La jeune femme qui l'avait aidé à se préparer – entre autres à revêtir sa cuirasse – venait de sortir, le laissant à sa préparation mentale. Mais le Commandeur Klyos n'avait pas la tête à combattre. Pourtant, il le fallait. Il devait tout faire pour venger la mort de son fils.

Comment tout cela s'était-il enchaîné ? Tout avait commencé avec l'affrontement ridicule entre Hank et Tetki. Ensuite, l'expédition en Terre Boréale, l'attaque des Koprü… et la destinée tragique de son successeur. Sobek ne savait que ce qu'on avait bien voulu lui raconter, il était véritablement désœuvré. Dans sa rage, il n'avait même pas considéré la coïncidence qui avait fait arriver Kadel à Behdet aussi promptement, et avait tout de suite accepté l'affrontement.

Peu importait, il était là, et Klyos s'emploierait à lui faire regretter son geste, pour l'honneur de sa famille et de toute la dynastie. S'il devait abandonner son titre au profit de ce couard, ce dernier devrait le tuer.

L'ouverture soudaine de la porte le sortit de sa torpeur.

***

Quelques instants plus tard, les cors sonnèrent enfin l'entrée des guerriers.

La foule surexcitée hua Kadel qui s'avançait, sûr de lui. Le nouveau chef de la dynastie Koprü était grand – plus grand que la moyenne neït – et très élancé. On devinait une agilité extrême et une allonge hors-norme. Ses muscles n'étaient pas en reste. Juchée sur un cou assez fin, sa tête paraissait minuscule entre ses larges épaules. Ses cheveux blonds reflétaient les rayons du soleil et ses yeux sombres demeuraient placides.

Tous attendaient l'apparition de leur guide et Commandeur, prêts à scander son nom avec verve, mais personne n'apparut au bout du corridor qui menait aux vestiaires. Dans la tribune officielle, des sénateurs s'interrogèrent, assaillis par le poids de leur trahison.

L'un d'entre eux, Elkarion, jeta un regard inquisiteur vers Trétor, situé dans une tribune voisine.

Les yeux de ce dernier s'ouvrirent en grand et restèrent fixés sur le siège du Commandeur tandis que les spectateurs s'emportèrent dans des "bravos" cacophoniques. Elkarion se retourna logiquement et constata que Sobek Klyos venait de reprendre place tout près de lui.

Le malaise régna un moment dans l'arène et sur les tribunes, pendant que le Commandeur détaillait un à un tous les sénateurs présents à ses côtés pour finir par jeter un regard de défiance à Trétor, tétanisé. Le silence se fit.

— Qu'est-ce que cela signifie ? lança Kadel depuis la piste. Tu es en train de rompre ton engagement à combattre, Sobek, fils d'Anto.

— Absolument, et je te prie de m'en excuser, rétorqua le Commandeur avec sarcasme, et assez fort pour que tout le monde l'entende. Je viens d'être informé que j'ai été dupé, déclara-t-il en faisant face à Trétor. Je n'ai plus aucun affront à laver et le titre de Commandeur n'est PAS vacant, appuya-t-il cette fois à l'attention de Kadel.

Comprenant ce qui était en train de se passer, Trétor voulut s'éclipser par l'escalier situé non loin de là, mais à peine fut-il retourné qu'il se heurta au torse de Tetki. Ce dernier lui adressait un regard désapprobateur en oscillant la tête de droite à gauche.

— Assis ! prononça-t-il avec autorité.

Le forgeron regagna honteusement son siège sous les regards perplexes de ses voisins.

— Tetki est vivant, cria une spectatrice.

— Hourra, hourra ! relayèrent d'autres.

Une vague d'enthousiasme s'empara de toute l'arène. Sobek afficha un rictus de satisfaction.

Un peu plus tôt, son fils lui avait rendu visite dans les vestiaires, relatant en quelques mots son aventure et la trahison de Trétor. Après l'émotion de retrouver sa chair, son sang, le père avait vite récupéré son attitude de combattant et de fin stratège. Le soulagement avait dissipé le besoin de vengeance, l'heure n'était plus à la violence.

— Autre chose jeune Kadel ? demanda Sobek avec une théâtralité désopilante.

— Comment ? Je… c'est une honte, répondit l'autre une fois le calme rétabli. Cela n'est pas digne de la dynastie Klyos.

— Tu me vois vraiment navré, puissant Koprü. Nous avons tous deux été les objets d'un complot visant à me renverser, mais maintenant que je sais mes hommes et mon fils en sécurité, ce duel n'a plus lieu d'être.

— Vous allez me le payer, rugit le guerrier au centre de l'arène en tendant son épée vers la tribune.

— Si toutefois tu ressentais l'envie de justifier un si long voyage depuis Sehlem, reprit le Commandeur sur un ton toujours aussi sarcastique, je peux toujours te proposer un adversaire digne de toi.

Le bras du Commandeur désigna l'entrée des vestiaires. Les musiciens, surpris, sonnèrent l'hymne de manière tout à fait désordonnée. Enfin, la silhouette impressionnante se dessina à mesure qu'il avançait. Une fois qu'Hank fut dans la lumière, un court silence, puis la liesse se déchaîna. Le public reconnut son héros. Sobek lui-même se laissa submerger par la joie en revoyant l'ami qu'il croyait disparu.

Le Maître d'armes se présenta face au fils Koprü, arme à la main, un regard malin un brin provocateur éclairant son visage. Son adversaire savait à qui il avait à faire, la peur se lisait sur ses traits. Seul Hank le vit déglutir, et sut à ce moment qu'ils avaient gagné.

Comme prévu, Kadel n'engagea pas le combat et rassembla ses gardes pour repartir comme ils étaient venus.

Le Commandeur ordonna la détention de Trétor, Elkarion ainsi que des autres comploteurs. Leur culpabilité n'était plus à démontrer. Le premier perdrait son statut privilégié de forgeron attitré de l'école militaire, le deuxième serait destitué de ses fonctions gouvernementales et tous effectueraient des travaux pour la collectivité de Behdet.

Hank courut rejoindre ses compagnons de voyage restés dans les vestiaires. Ils devisèrent tout en gagnant la sortie de l'amphithéâtre et les berges par lesquelles ils étaient arrivés.

— L'heure est venue ? devina le neït.

— En effet, éminent guerrier, vous avez fait preuve de Sagesse dans ce dénouement, révéla Namrod.

— Je n'y serai jamais arrivé sans vous, merci de votre aide et... de votre transport magique, énonça Hank en désignant l'appareil mystérieux que Samsyl tenait.

Il serra la main du vidam d'une poigne ferme, mais ce dernier ne se laissa pas faire. Il comprit dans les yeux du Maître d'armes que le respect gagné lors de leur combat resterait éternel.

— On ne vous dépose pas auprès de vos hommes ? questionna Samsyl après s'être libérée de l'étreinte du géant.

— Je vais envoyer les navigateurs les chercher. Ne vous en faites pas pour eux, ils en ont vu d'autres. Et puis... j'ai quelques affaires à régler ici. Au revoir voyageuse des étoiles.

— Au revoir Hank ! répondit-elle en s'écartant.

Vint le tour de Maxime et de Miassa de lui faire leurs adieux. Des sourires simples emplis de compassion exprimaient leur émotion quand le premier tenta de ne pas se faire écraser les phalanges et quand la seconde l'enlaça. Il mit ses grosses mains sur chacune de leurs épaules et les rapprocha l'un de l'autre.

— Soyez heureux ! prononça-t-il en les fixant d'un sourire paternel qu'ils ne lui connaissaient pas.

Impressionnés, l'humain et l'érinite se regardèrent, plutôt réjouis.

Au bord de l'eau, le Maître d'armes les regarda s'éloigner dans leur transport invisible, répondant inlassablement à leurs signes de main.

Il venait de contrecarrer les plans de ce fourbe de Trétor, d'empêcher l'écroulement de toute une dynastie, le tout sans la moindre violence. Il se tenait là, seul dans la cité qu'il avait juré de protéger, anonyme ne récoltant ni la gloire ni les louanges, mais infiniment satisfait des rencontres et des découvertes de ces derniers jours. Pour la première fois de son existence, il connaissait cette paix de l'esprit, effleurée maintes fois durant son voyage.

Un tournant venait de s'opérer en lui, un germe de raison et de Sagesse qu'il tenterait d'insuffler à ses semblables.

Hank reprit sa marche, les traits détendus et l'âme heureuse.

« On trouve plus facilement la sagesse chez un homme seul que chez une nation entière. »
Honoré de Balzac

« L'effort d'unir sagesse et pouvoir aboutit rarement, et seulement très brièvement. »
Albert Einstein

## Terre, Égypte, Plateau de Gizeh
## Nuit du 24 septembre 2014

Les Origos n'avaient pas bougé. Céleste braquait toujours son arme vers Tobias et le tueur au col mao tentait d'étrangler un homme invisible.

L'ancien membre de la société secrète avait risqué sa vie pour sauver celle de Maxime. Lorsque le géologue se matérialisa dans le couloir descendant, il ne put s'empêcher d'observer l'Israélien, de plonger son regard dans ses yeux imprégnés de panique. Les iris de Tobias Simeon avaient ce quelque chose de brillant, cette lueur d'intelligence qu'ont les êtres avisés et déterminés à faire le bien. Qu'aurait fait Maxime sans cet homme ?

— Ils sont restés comme ça tout ce temps ? questionna le Français.

— Nous ne sommes partis que depuis quelques dizaines de minutes, l'éclaira Samsyl en calibrant le dispositif sphérique situé dans sa paume.

Cela parut inconcevable à l'humain, l'expansion temporelle était un concept avec lequel les Hommes avaient encore du mal. Moins de temps s'était écoulé sur Terre que sur Neït. Cela était-il dû au positionnement des planètes dans l'univers, à leurs vitesses de rotation respectives, à un phénomène astral encore inconnu ? L'idée que les vidams puissent vraiment contrôler le temps l'effleura. Après tout, pour les trois individus statufiés dans le couloir, le temps était figé.

Miassa circula entre les trois individus immobiles, ne comprenant pas vraiment ce qui leur arrivait.

— Qu'allez-vous faire d'eux ? demanda Maxime en voyant Samsyl se rapprocher de Céleste.

— Quel sort estimez-vous le plus adapté ? lança Namrod avec une cruauté factice dans la voix.

— Difficile à dire, ils ne sont pas si mauvais…

La vidam plaça sa main sur le front de l'égyptologue, englobant sa proéminence crânienne de ses doigts. Elle ferma les yeux un court instant puis fixa intensément les pupilles de la jeune femme. Le géologue la regarda faire.

— Elle réhabilite sa mémoire, expliqua Namrod à voix basse en venant se placer à côté de Maxime.

— Une suppression des souvenirs ? s'étonna le scientifique.

— Non, il s'agit là d'un procédé extrêmement dangereux pour l'équilibre synaptique, corrigea Namrod. Possible mais dangereux. La réhabilitation consiste à indiquer au cerveau comment il doit interpréter certaines informations.

Une onde lumineuse très discrète entoura la tête de Céleste, flottant et évoluant avec grâce.

— Comment faites-vous ça ? murmura Maxime à son tour.

— L'énergie électrique, continua le vidam. Comme dans tout être vivant, les fibres nerveuses transmettent les messages qui organisent et imbriquent cet ensemble de données. Samsyl envoie une multitude d'impulsions sur les souvenirs ciblés, et crée de nouvelles jonctions synaptiques afin de les réorienter.

— Les réorienter ? Mais vers où ? s'inquiéta tout de même le géologue pour celle qui avait partagé son intimité.

— Vers le siège du rêve, ou de l'imagination, indiqua-t-il, je lui fais confiance pour savoir ce qui conviendra le mieux à chacun de vos "amis", elle est meilleure psychologue que moi, s'amusa-t-il.

— Vous allez leur faire croire qu'ils ont rêvé tout cela ?

— Oui, je sais ce que pense votre esprit analytique. Bien que nous souhaitions interagir le moins possible avec votre civilisation, il convient ici de rétablir un certain équilibre, et de corriger ce que nous avons déclenché. L'objectif est de détourner leurs souvenirs de leur hippocampe, siège de la mémoire. Nous stimulons leur matière cérébrale de façon à relocaliser ces données dans des zones moins... conscientes du cortex. Ainsi, ils penseront avoir rêvé ou imaginé les évènements de ces derniers jours, en ce qui concerne la pyramide, sa modification structurelle, le tremblement de terre ou le canal lumineux qu'ils ont pu voir.

— Très impressionnant, marmonna le scientifique pour lui-même.

— N'est-ce pas ! Il va sans dire que vos découvertes récentes et l'idée que vous représentiez une menace pour eux n'auront plus aucun fondement. Avec un peu de chance, ils pourraient perdre l'intérêt dévorant qu'ils vouent aux Origos, ajouta-t-il en souriant devant l'expression attentive de Maxime.

— Nous accordons beaucoup d'importance à votre protection Docteur, déclara Samsyl en relâchant le crâne de l'égyptologue, et souhaitons que la conscience de notre existence reste en de bonnes mains, prononça-t-elle avec calme et insistance.

— Oui… bien sûr. Soyez sans crainte ! Je ferai un usage correct de ce que vous m'avez appris, avec… Sagesse, spécifia Maxime en empruntant volontairement les mots des vidams.

— Parfait ! s'exclama la jeune femme l'air satisfait. Mais nous le savions déjà, conclut-elle avec un clin d'oeil pour son partenaire tout en se dirigeant vers Tobias.

Du bout de son index, Samsyl dévia au passage la trajectoire de la balle tirée par le revolver de Céleste, avant de "réhabiliter" à leur tour Tobias et l'inconnu.

Namrod la soutint mentalement dans cet exercice qui demandait visiblement une grande concentration.

En silence, Maxime et Miassa se rapprochèrent l'un de l'autre et, presque inconsciemment, comme pour se rassurer lui-même, il l'entoura de ses bras.

Ils étaient si proches, c'était indéniable, sans trop savoir pourquoi ni comment, mais l'affection et la complémentarité qu'ils ressentaient l'un pour l'autre n'avaient besoin d'aucune raison.

Les yeux rivés sur le manège de la vidam, sur cette sorcellerie qui ne lui échappait pas totalement, Miassa se laissa bercer par le flux apaisant de l'auréole bleutée qui dansait autour de la tête de Simeon.

Elle sentait la présence d'un humain bien vivant, juste derrière elle, l'étreinte à la fois ferme et délicate de ses bras refermés sur elle, de ses mains saisissant les siennes. La caresse de son souffle qui parcourait son cou la rattachait encore plus à lui, à cette humanité terrestre et tactile. Elle ressentit le besoin de se rapprocher un peu plus de cette connexion intense avec le sol que Maxime possédait, mais aussi de cette sensualité et de ce côté charnel que les érinites s'interdisaient trop souvent. Les siens avaient beau être étrangers à la pudeur physique, les démonstrations amoureuses et les plaisirs des sens faisaient naître beaucoup de gêne et de réserve. Dans les bras de l'humain, ce sentiment s'effaçait, elle aurait pu s'abandonner à lui, là. Si seulement ils avaient pu bénéficier d'un peu d'intimité !

Évidemment, sa planète et sa forêt lui manquaient, car elle appartenait bel et bien à Anamets, mais Miassa sentait que la Terre recélait bien des trésors, à commencer par cet homme.

Maxime était attiré par elle, cela aurait été inutile de le nier. Toutefois, cette tension palpable qui existait entre leurs deux corps, ces vibrations incontrôlables qu'il tentait d'adoucir en la serrant contre lui, avaient comme origine autre chose qu'une attirance physique. Depuis son passage sur sa planète et son bref séjour parmi les érinites, le Français n'avait cessé de ressentir l'esprit enivrant de la jeune femme. Par son ouverture sur son environnement d'abord, qui la laissait voir et communier avec l'immatériel, mais surtout par ce caractère guerrier et aventurier doublé d'une infinie douceur. Son âme avait ce côté sauvage, affirmé et indomptable qu'il aimait par-dessus tout, mais communiquait aussi son envie de se laisser apprivoiser.

La même chaleur qu'ils avaient connue dans le temple sur Centrium s'empara d'eux. Naissant dans leurs ventres, elle se propagea immédiatement dans tous leurs membres et fit frissonner jusqu'à leurs cuirs chevelus.

Elle se retourna lentement, glissant entre ses bras. Plus grande de quelques centimètres – ce qui était nouveau pour lui –, elle plongea des yeux expressifs et demandeurs dans ceux de Maxime. Un sourire inexplicable vint dessiner une fossette sur la joue de celui-ci, elle sut qu'il partageait ce qu'elle ressentait à cet instant. Sans attendre davantage, Miassa approcha son visage de celui de cet homme magnétique et posa ses lèvres contre les siennes.

Maxime n'avait jamais reçu et accepté un baiser de la sorte, trop habitué à faire le premier pas. Au diable ces conventions humaines ridicules, il se détendit et lui rendit ce gage d'affection sincère. Leurs bouches se lièrent, leurs nez se frôlèrent, et très vite, le contact de leurs fronts et de leurs pommettes accentua l'intensité électrique naissante.

Le courant tellurique n'avait qu'à bien se tenir.

— Pouvons-nous y aller ?

Le ton riant de Namrod les extirpa de leur isolement temporaire. Le couple de vidams les regardait, l'air amusé et les yeux brillants de nostalgie.

— Oui… Oui, répondit Miassa sans la moindre gêne en comprenant qu'ils devraient bientôt repartir.

— Il est temps pour nous de vous laisser, Docteur Grangé, reprit-t-il en appuyant sur son titre, pensant lui faire plaisir.

Maxime relâchait à peine son étreinte et rompait le contact avec la peau chaleureuse de celle qu'il voulait, qu'il dut revenir à la réalité. Ils n'appartenaient pas à la même culture, ni au même monde, à quoi avait-il pensé ? Il aurait aimé avoir du temps, un répit pour en profiter encore un peu. C'est elle qui le lui donna :

— J'aimerais aller à l'extérieur, voir cette planète, exprima Miassa.

Un soupir et un sourire puérils transformèrent le visage du géologue qui se tourna vers Namrod, guettant sa réponse.

— Soyez rapides ! Nous en profiterons pour les réveiller, accorda le vidam en reportant son attention sur Céleste, Tobias et l'inconnu.

La libération fut immédiate. Maxime saisit la main de l'érinite et l'entraîna vers la sortie, vers l'atmosphère sèche et pure du désert égyptien.

À peine eut-elle foulé le sable du plateau de Gizeh que Miassa s'immobilisa. Elle sentit d'abord la douceur de l'air contre ses joues, puis écouta le calme nocturne qui régnait sur la nécropole. Elle contempla ensuite les ombres des répliques de cette pyramide gigantesque qui se détachaient sur un ciel parsemé d'étoiles. Combien d'entre elles pouvaient bien être habitées ? Parmi celles-ci, combien abritaient des descendants des vidams ?

Son regard quitta la voûte céleste lorsqu'elle ressentit cette vibration si familière, universelle et communicative, celle de la terre. Elle ferma ses paupières et retint sa respiration quelques secondes, se concentrant ainsi sur cette sensation qui la distinguait des autres érinites. Ses bras s'écartèrent légèrement de son corps et elle étendit ses doigts, paumes vers le sol afin de capter un maximum d'informations. Les esprits terriens n'étaient pas si différents que sur Anamets. Avide de connaître cette nature si loquace, la jeune femme s'agenouilla et enfonça ses mains, toujours écartées, dans le sable.

Sous la clarté de la lune, Maxime vit les traits de la jeune femme se transformer, passer d'une expression à une autre en un claquement de doigts.

Dans un premier temps, un sourire ému comme il n'en avait encore jamais vu sur son visage exprima son émerveillement devant la richesse naturelle de la Terre. Miassa reçut sa diversité biologique comme une vague rafraîchissante et émouvante, percevant tant la complexité des chaînes alimentaires que des divers flux et reflux, océaniques, géologiques, migratoires ou calorifiques qui la définissent.

Une inspiration plus tard et cette béatitude se mua en un froncement de sourcils et une grimace de désespoir. La sentinelle reçut en pleine figure la souffrance de cette planète et la destruction de son écosystème global. On creusait sa chair pour prélever ses richesses, toujours plus en profondeur. On la vidait d'une force vitale qu'elle avait mis si longtemps à produire. Ses poumons rétrécissaient à vue d'oeil et ne suffisaient plus à absorber un poison gazeux devenu trop dense. Sa flore si pure était manipulée jusque dans sa structure génétique, perturbant les autres espèces qui dépendaient d'elle et stérilisant les sols. Sa faune si variée disparaissait à une vitesse effrayante ou souffrait des mauvais traitements d'un élevage intensif. Les espèces sauvages perdaient leurs repères, perturbées par des produits chimiques ou des ondes incontrôlables qui envahissaient l'atmosphère, entravées, étouffées et empoisonnées par la multitude de déchets qui inondait la surface.

Miassa éprouva tous ces maux en un éclair, et en ressentit encore un autre, indéfinissable car trop récent. Des larmes ne tardèrent pas à sillonner ses joues. Les esprits protecteurs de cette merveille naturelle étaient soudainement devenus impuissants.

L'humain la trouva si bouleversée qu'il s'accroupit et la prit à nouveau dans ses bras, pour la réconforter cette fois. Elle leva des yeux dévastés vers le représentant de l'espèce responsable de ce massacre et bégaya :

— Pou... pourquoi ? Qu'avez-vous fait ?

En même temps qu'elle prononçait ces mots, et comme Maxime la touchait, elle lui transmit mentalement cette vision globale et cette sensation qu'elle ne pouvait plus contenir.

Comme sur Centrium avec les radiations solaires, Maxime perçut la souffrance indicible de sa propre planète. Ses jambes cédèrent et il se retrouva assis dans le sable encore chaud. Ses larmes communièrent avec celles de l'érinite. Tous ses efforts en faveur de l'environnement paraissaient si dérisoires. Il éprouvait un profond dégoût pour son espèce et regrettait d'appartenir à cette Humanité ratée.

— Je suis désolé... fut la seule chose qu'il trouva à répondre à Miassa.

Au loin, les lumières des tentes attirèrent son regard. Si la nuit libérait le plateau de Gizeh du flot de touristes venu de la capitale, les récents évènements incitaient les équipes internationales de scientifiques à s'attarder jusqu'à une heure avancée.

Maxime pensa à l'anarchie qui devait régner dans sa tente, revit l'épave calcinée de la voiture et le visage intrépide de Miguel. Ces gars-là ne reculaient devant rien. Appartenait-il vraiment à cette espèce ?

Miassa et lui finirent par se relever et se dirigèrent vers ces lueurs, plus par réflexe que par nécessité. Elle voulait en savoir davantage sur cette civilisation aussi ingénieuse que destructrice, et il souhaitait constater l'étendue des dégâts dans son matériel. Quand ils arrivèrent devant le QG du docteur Grangé, la partie effondrée de la toile de vinyle laissa place à un désordre inchangé depuis son départ précipité. L'unique néon alimenté par un groupe électrogène lointain était resté allumé.

Alors que le géologue commençait à inventorier ce qui pouvait encore être sauvé, une sonnerie étouffée retentit. Miassa, pour qui toutes ces technologies relevaient de la magie, se figea et balaya le sol du regard. Parmi l'enchevêtrement de documents papier et de matériels électroniques divers, Maxime distingua son ordinateur portable, écran ouvert et à moitié recouvert par le sable. Il se précipita pour ramasser l'appareil, il s'agissait d'une communication entrante de... Paris. Il "décrocha" et la visioconférence démarra.

Le visage grave de Sardant apparut. Le directeur de recherche du CNRS sembla étonné de voir le scientifique à l'autre bout de la ligne, son expression changea radicalement pour adopter un air détendu visiblement simulé.

— Docteur Grangé ! s'exclama l'homme en se redressant sur son siège de bureau avant d'ajuster ses lunettes. Alors, dites-moi, comment ça se passe à Gizeh ?

Maxime prit un moment avant de répondre, le temps de replacer les choses dans leur contexte et de rassembler les éléments survenus avant son voyage.

— Docteur ?

— Oui, je suis là, émit-il sur un ton désoeuvré. Mon associé est mort Jean-Jacques.

— Mort ? Mon Dieu, je suis désolé, prononça Sardant machinalement. C'était ce jeune Espagnol qui vous accompagnait depuis quelque temps ?

— Miguel, oui.

Sur l'écran, l'homme sembla très gêné et regarda plusieurs fois derrière son propre ordinateur.

— Vous tenez le coup ? demanda-t-il par pure politesse après un silence embarrassant.

— Je fais aller, merci.

— Toutes mes condoléances, l'Égypte n'est décidément pas un pays sûr en ce moment, déduisit-il en reprenant une attitude étrangement neutre.

Cette dernière phrase sonna faux dans la tête du géologue. Son directeur de recherche n'avait pas à savoir que Miguel était également présent à Gizeh. Quand bien même il l'aurait appris, pourquoi évoquait-il l'insécurité ? Il était impossible que l'information de l'attentat lui soit déjà parvenue. À l'heure du numérique, les nouvelles fusaient certes, mais à peine deux heures ne suffisaient pas à la presse locale pour diffuser la nouvelle et aux médias français pour la relayer. Surtout que dans ce genre d'affaires, les autorités attendaient d'avoir tous les éléments avant de s'exprimer.

Maxime observa Sardant un moment, un peu surpris. L'autre laissa échapper un tic de la bouche et regarda ses mains un quart de seconde, laissant deviner sa confusion.

— Qu'en est-il de vos premières analyses ? tenta-t- il de relancer.

Quelque chose clochait, Maxime ne l'avait jamais vu aussi agité. Lui qui était d'ordinaire si sûr de lui paraissait soudain tellement nerveux. Et puis, rebondir aussi vite sur des considérations professionnelles alors qu'un homme venait d'être tué, c'était inhumain. Il continua de le fixer, ne sachant comment interpréter cette attitude suspecte. Était-il l'un d'entre eux ?

"Les sphères les plus hautes de la société", se souvint le géologue. L'organisation secrète Origo infiltrait tous les milieux. Quelle meilleure stratégie que de contrôler l'ensemble des recherches scientifiques pouvait-il y avoir pour orienter la pensée populaire ? Tobias lui avait parlé de quelqu'un de proche de lui. Il y avait Céleste bien sûr, mais elle n'était qu'une intermédiaire, un pion chargé de le surveiller et d'aviser son supérieur en cas de besoin. Elle avait bien fait son boulot, comme l'homme au col mao, en bons petits soldats.

Jean-Jacques Sardant, incroyable ! Il devait en avoir le cœur net.

— Absolument rien à signaler, commença Maxime. Il s'agissait d'une réplique d'un séisme en mer Rouge, mentit-il. Tobias Simeon est engagé par le conservateur du Musée Égyptien ici, et il est du même avis que moi.

Si son interlocuteur jouait un rôle, rentrer dans son propre jeu était le meilleur moyen de s'en assurer. Sa réaction ne se fit pas attendre. Le directeur de recherche arqua un sourcil et considéra le sismologue en silence. S'il était étranger à toute cette affaire, il devrait forcément se fier à l'analyse de Grangé et ne pas s'attarder sur le sujet. En revanche, s'il connaissait quelques secrets autour de la grande pyramide et du phénomène récent, il ne croirait jamais qu'un chercheur avec la renommée de Maxime n'ait rien trouvé.

L'air résigné que Sardant adopta confirma ses impressions.

— Docteur Grangé, prononça ce dernier sur un ton mielleux tout en posant ses coudes sur le bureau, je suis absolument navré du décès de votre ami. J'aimerais pouvoir discuter de tout ça avec vous, venez me voir en rentrant à Paris !

Le géologue lut dans le regard de l'autre qu'il était responsable du drame, et qu'il n'avait pas l'intention de s'arrêter là. Son homme de main en Égypte n'avait pas pu remplir son contrat et il n'avait plus de nouvelles de lui. La situation lui échappait alors il feignait la diplomatie.

*Pas cette fois !*

Une lueur de défiance anima le visage de Maxime lorsqu'il s'adressa pour la dernière fois à Sardant :

— Vous êtes loin d'imaginer ce qu'il y a derrière ces pierres, Jean-Jacques. Croyez-moi, vous n'avez pas les épaules pour ça ! ponctua-t-il avant d'abaisser son écran.

C'est avec un rictus victorieux mais aigre que l'humain se retourna vers celle qui l'accompagnait.

— Cet homme est mauvais, lâcha-t-elle simplement.

Il lui sourit en hochant la tête, sans prononcer un mot. Même à travers un réseau numérique, elle ressentait ces choses, Maxime était impressionné. Il avait encore du chemin à parcourir avant d'élever son esprit à un tel niveau de conscience. Dommage qu'il faille la quitter, elle aurait fait un très bon professeur.

Une idée lui traversa la tête, le soustrayant à la raison... Et pourquoi pas après tout ? Quelques secondes lui suffirent pour faire le tour de la question. Il voyait maintenant avec lucidité ce qu'avait fait son espèce et savait que ça n'irait pas en s'arrangeant. Sa vie était jonchée de difficultés humaine, professionnelle, et une des plus ridicules, financière. Au fond de lui, cela faisait bien longtemps qu'il en avait assez. Grangé supportait toutes ces pressions grâce au sentiment d'utilité qu'il tirait de son métier, mais cela ne suffisait plus.

Il avait vu autre chose, goûté à la possibilité d'une vie plus harmonieuse, et ressenti la douceur d'un amour véritable. À cet instant, sous la lumière fade et artificielle qui révélait le visage rassurant et stimulant de Miassa, il se prit à y croire. Il savait qu'elle ne s'y opposerait pas, il le sentait. Si Namrod et Samsyl l'y autorisaient, il les suivrait sur Anamets.

Le géologue attrapa le téléphone satellite posé sur la seule étagère encore debout, déposa un baiser furtif sur la joue de la jeune femme et l'entraîna vers la pyramide d'un pas décidé.

Les silhouettes croisées au pied du monument les forcèrent à ralentir l'allure. Les trois individus déambulaient côtes à côte, l'air un peu confus, et ne semblaient pas prêter attention à eux.

Maxime regarda passer Céleste avec des sentiments mitigés. Elle l'avait autant déçu que contenté. Avec elle il était passé du chaud au froid en trop peu de temps, il ne la regretterait certainement pas. Lorsqu'il ne distingua plus que le dos des Origos, il redécouvrit Miassa avec un regard et un sourire neufs.

Celle-ci, qui avait évidemment ressenti le trouble éprouvé par Maxime au passage de cette brune envoûtante, ne s'arrêta pas à cette impression étrange et se contenta de ces mots :

— Allons-y ! Il n'y a rien de bon pour toi ici.

Elle exprimait tellement bien ce que le géologue avait du mal à s'avouer lui-même. Il leva les yeux, les vidams les attendaient à l'entrée de la pyramide.

— Vous revoilà Docteur ? le taquina Samsyl lorsqu'ils arrivèrent auprès d'eux.

— Maxime. Appelez-moi Maxime s'il vous plait ! articula-t-il un peu essoufflé.

— Bien ! J'en déduis que vous nous accompagnez, Maxime ? interrogea-t-elle de façon rhétorique.

— Si vous n'y voyez pas d'inconvénient, j'aimerais rester auprès de Miassa en effet. Enfin... si c'est ce que tu souhaites, ajouta l'humain en consultant cette dernière.

— Plus que tout, tu es tout ce qui manque à ma vie sur Anamets, le rassura-t-elle.

— Et si je peux me permettre, intervint Namrod, cette planète est tout indiquée pour un nouveau départ. Nous en avons déjà discuté Samsyl et moi, et nous sommes d'accord !

Maxime se redressa, prit de grandes inspirations et les regarda tous les deux. Avec leurs vêtements clairs et leurs visages avenants, on aurait dit des anges.

— Merci ! prononça-t-il simplement.

En s'isolant sur le flanc de la grande pyramide, le scientifique prit quelques minutes pour passer un coup de téléphone. Une messagerie – cela rendrait les choses plus faciles –, des adieux sobres à sa famille, ils ne comprendraient sans doute jamais, alors il leur transmit qu'il les aimait.

De retour auprès de Namrod, Samsyl et Miassa, il prit soin d'éteindre le cellulaire et le déposa sur l'un des blocs calcaires avant de les suivre dans le couloir descendant.

Les vidams s'attendaient visiblement à sa demande, et la trouvaient même naturelle. Puisqu'il semblait être le dernier à prendre conscience de sa propre décision, Maxime Grangé embarqua avec eux, avec elle, dans ce dernier voyage stellaire, en sachant qu'il ne le regretterait jamais.

« Je réponds ordinairement à ceux qui me demandent raison de mes voyages : que je sais bien ce que je fuis, et non pas ce que je cherche. »
Montaigne

« Je suis né par curiosité. Y a-t-il une meilleure raison de naître ? »
Daniel Pennac

## Anamets, Plaine Océanique à l'Est des Terres Émergées
## Marée basse

Miassa avait demandé au groupe de sauvetage de ne pas l'attendre.

Ne sachant pas à quel moment du cycle lunaire elle reviendrait, elle avait préféré ne pas prendre le risque que le rayon d'énergie détruise à nouveau le Brihel. La sécurité de ses frères et sœurs lui importait davantage que la solitude de son trajet retour. Ses compagnons s'en étaient donc retournés en direction d'Érinis.

Ainsi, lorsqu'elle émergea des profondeurs de la pyramide, suivie par Namrod, Samsyl et Maxime, les vestiges de la grande ville étaient déserts. La plaine s'étendait à perte de vue et un silence absolu régnait sur cette scène de désolation.

Un peu mal à l'aise par le drame dont il était partiellement responsable, Namrod s'avança vers Miassa et posa un genou à terre en baissant la tête.

— J'espère que tu sauras accepter nos excuses, sentinelle terrestre, la vie de ces personnes n'aura pas été vaine, sois en sûre !

— Je vous ai déjà pardonné, voyageur des astres, prononça-t-elle en le relevant. Je sais que vos intentions sont à l'opposé de ce qui s'est déroulé ici. Il n'était pas prudent d'ériger une si grande cité autour d'un édifice dont on ignorait tout. D'après ce que je ressens ici, les habitants ont dû faire de cette pyramide un lieu de culte, et ont pu aller jusqu'à l'adorer, ce qui va à l'encontre de la spiritualité érinite. Les miens n'ont pas besoin d'objet à adorer ou de lieu où se recueillir, la nature elle seule le leur fournit, précisa-t-elle en ouvrant les bras devant l'horizon qui se dessinait au loin.

— Je comprends, fit le vidam. Sachez toutefois que nous n'oublierons pas votre accueil et votre compréhension.

— Vous êtes sans doute notre plus belle réussite Miassa, ajouta Samsyl en posant le plat de sa main sur la joue de l'érinite.

L'expression de cette dernière en dit long sur l'affection qu'elle portait à ceux qui avaient tant contribué à sa connaissance et à la richesse de son âme.

— Quant à vous Maxime, j'espère que vous trouverez votre voie sur ces terres encore vierges, déclara Namrod en tendant le bras vers le Nord et ses hauteurs.

— Ne vous en faites pas, je sens que ce lieu va m'être spirituellement très profitable. Et puis, je crois avoir trouvé un guide compétent, glissa l'humain avec un regard tendre pour Miassa.

— En effet, vous être entre de bonnes mains, créatif humain, attesta le vidam en saisissant les épaules du géologue. Je sais que vous aurez la Sagesse de ne pas reproduire les erreurs des vôtres, tout en orientant les érinites vers une évolution plus affirmée.

— Je n'ai pas la prétention de vouloir changer leurs us et coutumes.

— Il faudra bien que quelqu'un le fasse. Quelle meilleure occasion que votre arrivée ici ? Samsyl et moi nous réjouissons de la rencontre entre vos deux cultures. Votre décision n'est pas anodine Maxime, nous sommes persuadés qu'il en ressortira beaucoup de choses positives.

— Je tâcherai de ne pas vous décevoir, déclara le Français après une brève hésitation.

Les adieux furent simples mais émouvants.

Les deux femmes s'embrassèrent longuement, comme deux soeurs dans les bras l'une de l'autre, ou plutôt comme une fille dans les bras de sa mère. Les hommes se contentèrent d'une poignée de main tout aussi longue, assortie d'un regard franc et amical.

— Lorsque nous serons partis, indiqua Samsyl, vos deux dialectes ne se mélangeront plus comme ils l'ont fait jusqu'ici.

Maxime n'avait pas pensé à ce détail. Leur communication risquait de s'en voir largement entravée.

— C'est pourquoi je vais vous laisser le transcripteur instantané, reprit la vidam en détachant l'objet sphérique du creux de sa main. Voyez ceci comme un coup de pouce dans cette nouvelle aventure qui vous attend ! Nous souhaitons vous aider à démarrer au mieux votre... relation, fit-elle avec le clin d'œil malicieux qui la caractérisait, et à progresser plus facilement sur le chemin de la Sagesse. Utilisez-le ! Il facilitera vos échanges, mais comme tout dispositif technologique, il n'est pas éternel. Il est donc important que vous, Maxime, appreniez le dialecte érinite, vous verrez le sens que revêt chacun de ses mots. Faites-en bon usage ! conclut-elle en saisissant la main de Miassa et en plaçant la capsule de la taille d'un oeuf dans son creux.

— Merci, prononcèrent l'humain et l'érinite à l'unisson.

Tous les quatre rirent de cette synchronicité.

Un couple partait, un autre restait, chacun avec une mission à accomplir. Le premier avait un plan en gestation pour tenter de sauver son espèce, l'autre tenterait de bâtir quelque chose d'absolument nouveau, en tirant le meilleur de leurs origines respectives.

Sur les conseils des vidams, Maxime et Miassa s'éloignèrent suffisamment de la pyramide afin de ne pas être trop bousculés par le souffle du rayon d'énergie. Ils attendirent les tremblements, blottis l'un contre l'autre, puis le faisceau de lumière d'un bleu intense s'étira vers le ciel, comme craché par la pyramide.

— Au revoir, murmura l'humain en serrant la jeune femme un peu plus fort.

Ils s'abandonnèrent un long moment dans le silence et la contemplation l'un de l'autre, prenant doucement conscience de la décision hâtive de Maxime. Il n'était plus possible de faire demi-tour à présent.

— M'emmèneras-tu chez toi ? demanda-t-il sûr de lui.

Miassa consulta le soleil.

— Il nous faudra attendre la prochaine marée car nous n'aurons pas le temps d'atteindre les Terres Émergées. Nous allons passer un moment ici.

— Entendu. Devons-nous nous mettre à l'abri ?

— Comme tu as pu le voir, c'est préférable, confirma-t-elle.

— Les salles de la pyramide feront l'affaire.

— À moins que... hésita-t-elle un instant.

— À quoi penses-tu ?

Elle conserva le silence le temps de se rapprocher de la structure gigantesque, suivit de près par Maxime. L'érinite se concentra sur l'énergie qui émanait de ce lieu, s'accroupit et posa sa main à plat sur le sol salé. Elle tendit son autre main à son compagnon, et lorsque celui-ci la saisit, sembla avoir une révélation.

— Nous pouvons peut-être y arriver, lança-t-elle en relevant un visage optimiste vers l'humain.

— ...

— Le Brihel ! s'exclama Miassa en lisant l'incompréhension de Maxime. L'énergie de la pyramide, celle de la terre, est assez forte pour transcender notre union chimique. Il te suffira de te concentrer sur ma présence, sur mon esprit, je m'occuperai du reste. Sauras-tu méditer aussi longtemps ?

Maxime, qui grâce à Lyvius avait saisi la connexion chimique et spirituelle nécessaire à l'érection du Brihel, acquiesça de son air le plus sérieux :

— Je suis avec toi, je ne te quitte plus.

— Parfait, faisons un essai ! Nous devons nous placer chacun à une extrémité, simulant ainsi le diamètre du futur rempart.

Miassa décida de tenter l'expérience au pied de la face sud du monument – celui qui en accueillait l'entrée. Au cas où cela ne fonctionnerait pas, ils devraient pouvoir se mettre à l'abri rapidement. En longeant l'assemblage de blocs calcaires, ils s'éloignèrent suffisamment l'un de l'autre pour obtenir une bulle de protection conséquente, mais pas trop de sorte que Maxime puisse ressentir la présence et les phéromones de sa nouvelle partenaire. Lorsque celles-ci commencèrent à s'estomper, il lui fit signe que la distance était suffisante.

Le scientifique s'étonna de ressentir toutes ces choses que l'Homme considérait comme "imperceptibles". Peut-être était-ce ce lieu ou cette femme qui permettaient une telle osmose, en tout cas, cela était particulièrement stimulant.

En suivant les conseils prodigués par l'érinite, Maxime s'assit en tailleur face à cette étonnante créature. Elle s'installa assez loin de lui mais il ne manqua pas une miette du spectacle lorsqu'elle ôta la tunique qui l'habillait jusque-là. À cette distance, il ne pouvait qu'apprécier sa peau cuivrée et deviner ses formes enivrantes. Il l'imita et se mit lui aussi torse nu.

Ainsi libéré du tissu offert par les vidams, il éprouva plus intensément l'énergie qui l'entourait, les vibrations de la terre, de l'air, mais également le lien mystérieux qui le liait à elle. Il s'agissait là d'une communion chimique comparable à la connexion mentale permise par Lyvius au cours de leur voyage. Maxime se sentait prêt.

Comme le lui avait conseillé Miassa, il reproduisit la technique de méditation qu'il avait apprise sur Terre, fermant les yeux et se concentrant sur sa respiration pour faire le vide en lui. Une fois mis en condition, il leur fallait toucher et transcender l'harmonie de leurs êtres, de leurs consciences. Le chant entonné par la jeune femme arriva aux oreilles de l'humain si bien qu'il y associa sa respiration avec un léger balancement du buste.

Sans s'en apercevoir, il bougeait au même rythme qu'elle, captant aussi bien sa voix, ses odeurs, que son esprit. Miassa, pour y être habituée, percevait tout cela avec cent fois plus d'intensité. Elle assortit sa transe d'un rictus satisfait car Maxime s'avérait être un partenaire très réceptif. Cela augurait d'agréables découvertes.

L'humain remplit son rôle de relais à la perfection puisque sitôt qu'elle commença à visualiser la forme du Brihel, l'air iodé se cristallisa autour d'eux. Comme elle l'avait espéré, l'association des particules chimiques vaporeuses et de l'énergie tellurique diffusée par les pierres avoisinantes décupla ses capacités.

Pour la première fois, la veilleuse bâtissait un Brihel en duo. Quelques jours auparavant, elle n'aurait jamais cru cela possible. La transe continua et la surface translucide s'éleva rapidement au-dessus de leurs têtes, appuyée d'un côté sur l'une des faces de la pyramide et implantée dans le sol de la plaine de façon circulaire. Elle se refermerait bientôt à la verticale de leur position.

Soudain, Miassa ressentit le vrombissement annonciateur de Llyréis. Bientôt, il serait là.

*Reste concentré sur moi !* entendit Maxime dans sa tête. *Tu es dans toutes mes pensées et nous ne faisons qu'un.*

La voix de la jeune femme, même mentale, l'apaisait réellement. Il ne chercha pas à comprendre ce phénomène proche de la télépathie, mais tellement plus palpable. Ils toucheraient bientôt au but.

Encore plusieurs minutes et Maxime comprit que la vague était là. Le bruit s'intensifiait. Le fracas contre la muraille. L'excitation perceptible de Miassa. L'attente, l'union de leurs forces mentales et spirituelles. La submersion totale du rempart, enfin, puis l'entrée en jeu des composants organiques. L'océan apportait avec lui les particules gélifiantes nécessaires à l'édifice, ils pourraient bientôt se relâcher.

Le géologue mit à point d'honneur à stabiliser sa méditation, à rester aussi connecté que possible à cet être motivant, excitant même. Encore une ou deux minutes et sa présence se rapprocha. Ils étaient de plus en plus liés. Il pouvait presque sentir le pouls de la jeune femme dans sa tête. Tout à coup, un souffle dans son cou, puis une étreinte. Il ouvrit finalement les yeux, elle l'avait rejoint. Il tourna la tête, et trouva ses lèvres.

Ils restèrent là, allongés l'un contre l'autre, à contempler la voûte de ce qu'ils venaient de bâtir ensemble. Peu de mots sortirent de leurs bouches. À cet instant précis, ils n'en avaient pas besoin.

Encouragée par cet effort de concentration extrême, la faim les sortit de leur torpeur. L'érinite chargea Maxime de trouver du bois dans le périmètre abrité par le Brihel, et, lorsque le courant fut dissipé, s'aventura quelques mètres en milieu marin, munie d'une simple lance pour chasser de quoi manger.

Il l'observa un moment, subjugué par la façon qu'elle avait de traverser ce rempart pourtant solide sans le disloquer. Le Brihel se reconstitua tout de suite après son passage à la manière d'une chute d'eau. La jeune femme adopta une pause peu confortable – en apesanteur – en brandissant sa sagaie, et attendit que des poissons passent à sa portée. Elle renouvela ses tentatives plusieurs fois avant de revenir avec deux poissons de rochers frétillants.

Des morceaux de construction érinites ainsi qu'un panier trouvé dans une habitation permirent d'allumer le feu, et des branches plus épaisses engendrèrent des braises abondantes. Le fumet du poisson indiqua bientôt la fin de la cuisson et tous deux ne firent pas de manières pour les engloutir comme s'ils n'avaient rien mangé depuis des jours. Ce qui était en partie vrai d'ailleurs, puisque les pilules nutritives distribuées par les vidams n'avaient aucun goût. Elles assuraient peut-être les apports nécessaires aux organismes mais ne donnaient en rien l'impression d'avaler, de déguster un vrai plat. L'humain et l'érinite avaient au moins ça pour eux.

Après le repas, la nuit tomba lentement. Les flammes ravivées et leurs corps entrelacés suffirent à les réchauffer. Pour la première fois, elle livra bien plus que son âme à un homme. D'abord surpris, Maxime s'appliqua de tout son être à honorer la décision de

Miassa. Elle apprécia la moindre des attentions de ce dernier et se retrouva complètement dans la douceur de sa fougue. Entreprenant et à l'écoute, elle ne s'était pas trompée. Si cet humain mettait autant de cœur dans l'aventure qu'ils commençaient que dans cette étreinte, cela promettait de grandes choses.

Ils s'endormirent l'un contre l'autre, épuisés de leur voyage et apaisés par leur union.

Le tumulte provoqué par le retrait de Llyréis les avait réveillés. Quelques instants plus tard, le Brihel avait semblé fondre sur lui-même.

Le couple s'était rapidement dirigé vers les Terres Émergées, elle, pressée de retrouver son foyer et lui, appréhendant un peu le Nouveau Monde qui s'offrait à lui.

Ils traversèrent l'épais manteau de verdure, rencontrant ci et là des créatures que Maxime n'aurait jamais pu imaginer. Des primates dont il était impossible de distinguer les bras des jambes, des oiseaux dont le frottement effréné des plumes émettait de curieuses mélodies, des serpents qui se raidissaient tels des bâtons à leur approche, sans oublier les fameuses argols aussi effrayées par les bipèdes que redoutables pour leurs proies.

L'humain observait tout, s'imprégnant de chaque son et de chaque odeur, écoutant les descriptions et les mises en garde de Miassa pour mieux s'approprier ce lieu. Il était chez lui dorénavant.

Après une demi-journée de marche éreintante, l'éclaireuse désigna une minuscule clairière où ils pourraient reprendre des forces. Dans une feuille de badioc enroulée sur elle-même, c'est avec dévotion qu'elle offrit à boire à son homme. C'est ce qu'il était désormais. Après leurs esprits et leurs âmes, ils avaient uni leurs corps et ne faisaient plus qu'un à présent. Elle était bien décidée à prendre soin de lui.

— Te souviens-tu de cette jeune enfant que mon peuple a recueillie ? fit-elle innocemment à l'intention de l'humain.

— Oui... Énora c'est ça ?

— Énora, confirma Miassa avec un air enjoué, quel nom magnifique ! Sais-tu ce qu'il signifie ?

Maxime réfléchit un instant aux racines possibles que ce prénom aurait pu trouver sur Terre, fouillant ses souvenirs d'étymologie...

— "Honneur", révéla-t-elle sans attendre. Il transporte avec lui le caractère noble de la vie, et rappelle ce vers quoi nous devons tendre.

— Ses parents étaient des gens avisés je crois.

— Et ils la destinaient à de grandes choses en l'incitant à diffuser des valeurs aussi positives et aussi fortes.

— Cela rejoint la Sagesse tant visée par les vidams tu ne trouves pas ?

— C'est précisément ce que je pense... indiqua-t-elle dans un sourire confus. Je suis liée à cette petite depuis que j'ai touché ses souvenirs, elle a beaucoup souffert.

— Je peux l'imaginer.

— Je crois... Ce serait bien... hésita-t-elle.

— Oui Miassa, elle doit rester avec nous, devança son partenaire en comprenant ce qu'elle n'osait avouer.

— Vraiment ? demanda-t-elle les yeux pétillants de bonheur.

— Nous l'élèverons ensemble si tu veux bien.

Elle se jeta dans ses bras aussitôt, ne s'attendant pas à une réaction aussi naturelle de la part d'un homme qu'elle connaissait si peu. Cela semblait évident pourtant.

La joie fut de courte durée.

Miassa troqua son visage euphorique contre son attitude d'éclaireuse inquiète, de guerrière même. Elle se mit debout et s'empara de sa lance, l'oreille à l'affût du moindre son.

— Que t'arrive-t-il ? demanda Maxime, aussitôt alerté.

— Tanko ! indiqua-t-elle en chuchotant et en plaçant son index devant ses lèvres.

Encore un de ces esprits malveillants. Les érinites ne seraient décidément jamais en paix. L'éclaireuse se rapprocha de l'orée de la forêt sur la pointe de ses pieds nus et épousa la délicate courbure d'un tronc, les sens en éveil. Il fallait à tout prix garder le silence.

Les serpents géants dénommés tankos attaquaient rarement en plein jour, pourtant, la présence que la jeune femme sentit était particulièrement vivace. Celui-ci devait mourir de faim.

Alors qu'elle analysait d'où provenait le glissement morbide, s'apprêtant à détaler dans la direction opposée, Miassa croisa le regard fertile de Maxime. Cet homme inventif savait créer des choses pour aider ses congénères à survivre. Elle se souvint alors des mots de Namrod et Samsyl, de leurs mises en garde également. Il faudrait un jour que les érinites se décident à affirmer leur domination et à combattre ces prédateurs rampants. Son élan pour battre en retraite s'inversa en une envie irrépressible de faire face. Il était temps de prouver qu'elle en était capable.

Avec beaucoup d'audace, l'éclaireuse devenue chasseuse indiqua à Maxime de suivre la lisière de ce bois sans se soucier de la menace.

D'abord avec crainte, puis avec une confiance raisonnée, il s'exécuta. Une seconde dans les yeux de sa partenaire lui avait suffi pour savoir qu'elle était sûre de son plan, et bien déterminée à changer un équilibre jusque-là désavantageux pour les siens.

Le géologue évolua assez lentement dans les hautes herbes, ralentissant derrière chacun des troncs qu'il dépassait et guettant s'il voyait une quelconque créature prête à se jeter sur lui. Servir d'appât ne lui plaisait pas vraiment, mais c'était ça ou fuir et être pourchassé. À choisir, autant s'en remettre à Miassa, ses chances paraissaient plus grandes.

Le glissement anxiogène s'intensifia tout à coup, comme si la bête prenait de la vitesse. Un bruissement de feuilles, puis un sifflement typiquement reptilien émanèrent de l'épaisse jungle d'Anamets. Allait-il regretter son choix ?

La jeune femme le suivait à une distance raisonnable, son bras droit brandissant la lance au-dessus de son épaule, prête à lancer.

Finalement, le bruit cessa. Impossible de savoir où était passée cette créature maléfique. Maxime s'immobilisa, la peau moite et le pouls cognant fort dans ses tempes.

Lorsque Miassa put enfin repérer la présence froide, le corps allongé du tanko se projetait déjà de la cime de l'arbre qui surplombait Maxime, les yeux fixés sur sa proie et la gueule grande ouverte. L'instinct de l'érinite l'aida à anticiper le déplacement du serpent géant si bien qu'elle décocha un lancer magistral qui vint embrocher le corps de l'animal, juste derrière la tête. La bête manqua sa cible et s'abattit sur le tapis herbu dans un râle douloureux et une lourdeur impressionnante.

Le temps que la chasseuse parcourt ces quelques mètres, le tanko glissa tant bien que mal vers la forêt, largement entravé par la lance fichée dans son corps qui dépassait de part et d'autre.

Le cri d'agonie s'éloigna et finit par disparaître.

C'était donc possible. Miassa avait renversé l'obstacle que représentait l'héritage culturel de son peuple en une fraction de seconde. Avec ce jet précis et puissant, elle modifiait considérablement le rapport de force entre Sukèl, l'esprit de la forêt, et les érinites. Dorénavant, ils pouvaient se défendre et n'auraient aucune raison de craindre les tankos, Sukèl devait en prendre conscience.

Passée la crainte d'être emporté par cette créature imposante et le soulagement d'en être délivré par celle qu'il aimait, Maxime considéra Miassa avec satisfaction. Se souvenant des mots des vidams, il porta sur elle, sur leur union nouvelle, le même regard de fierté et d'espérance que leur accordaient les enfants de Centrium. Elle avait eu la force de contredire des croyances millénaires, de s'opposer à des habitudes devenues mortelles. C'est la survie de son espèce que sa lance avait visée.

Le changement était donc possible. Tout comme Maxime avait rejeté les pratiques toxiques de son peuple pour s'associer à une espèce plus saine, Miassa décidait de lutter pour que la sienne puisse vivre, se développer et mûrir sa spiritualité.

La Sagesse était à leur portée. Érinis n'avait jamais été plus proche.

« Le doute et la peur sont les auxiliaires des grandes initiatives. »
Amélie Nothomb

« Le silence est aussi plein de sagesse et d'esprit en puissance que le marbre non taillé est riche de sculpture. »
Aldous Huxley

## Vide Sidéral, Impulsion Tellurique
## Temps de l'Espoir

Coutumiers de ce mode de transport, Namrod et Samsyl avaient appris à communiquer durant le transfert. À l'image du concentré d'énergie tellurique qui filait à travers le cosmos, leurs échanges de pensées s'effectuaient avec une fulgurance inouïe. La matière se mélangeait à l'esprit et, bien que l'élocution soit impossible, les vidams percevaient toutes les idées de leur partenaire.

— *La décision de l'humain a été très courageuse, n'est-ce pas ?* songea Namrod.

— *Nous n'en attentions pas moins de lui de toute manière.*

— *C'est vrai. Il faut dire qu'il était plus facile pour Maxime que pour les autres de quitter sa planète. Il sait à quoi se destine son peuple, son choix n'a pas été difficile.*

— *Il a été largement orienté par son cœur tu ne crois pas ?*

— *Les érinites et les humains semblent pouvoir s'associer parfaitement, il a effectivement dû le sentir.*

— *Je te parle d'amour, bêta, pas de raison.*

— *Je te fais marcher*, badina Namrod en pensée. *Bien sûr qu'ils se sont trouvés ! Leur connexion est tellement intense, ils me font penser à nous lors de nos premières méditations couplées.*

— *Je crois qu'ils peuvent aller loin*, confirma Samsyl en suivant le flux de pensées de son homme. *Les piliers Spirituel et Mental...*

— *La meilleure configuration qui soit*, interféra-t-il, *nous sommes bien tombés avec ces deux là. Imagine que la seule représentante féminine rencontrée lors de notre voyage ait été une neït !* s'amusa Namrod. *La probabilité que les hommes lui trouvent un quelconque attrait eut été très faible.*

— *Mâle idiot va ! Je suis certaines que les femmes grandes et fortes peuvent plaire.*

— *À leurs congénères ? Sans aucun doute*, ironisa-t-il. *Plus sérieusement, cette rencontre pourrait bien nous réserver quelques surprises.*

— *Je le pense aussi*, émit l'esprit enthousiaste de Samsyl.

La jeune femme perçut une onde d'émotions négatives dans le flux qui les entourait, et auquel ils se mélangeaient. De l'amertume, voire même de la déception pénétra toutes ses molécules. Elle sut immédiatement ce qui pouvait générer ce sentiment chez son partenaire.

— *Tu aurais souhaité que l'un des piliers apporte une solution définitive ?* s'enquit-elle.

— *Évidemment. Pas toi ? C'était notre postulat de départ… mais à bien y réfléchir, comment cela aurait-il pu fonctionner ? Déjà que les vidams, soutenus par un équilibre entre les quatre piliers, ont commis une erreur, il fallait se douter que la prédominance de l'un d'eux faillisse.*

— *Il fallait tenter le coup Namrod, l'hypothèse était tangible, c'est ce que penseront les autres,* tenta d'apaiser sa partenaire. *Nous n'en sommes pas loin avec Miassa et les siens, tu ne trouves pas ?*

— *En effet, le pilier Spirituel semble plus satisfaisant, mais ça ne suffit pas.*

— *Laisse les érinites évoluer encore un peu ! Au contact de l'humain, peut-être vont-ils gagner en force mentale.*

— *Comment savoir de quoi à besoin l'âme pour évoluer, pour s'élever ?* laissa-t-il en suspens dans le rayon cosmique.

— *N'ayons pas la prétention de pouvoir répondre à cette question mon tendre ! Ce qui compte c'est de cheminer vers la Sagesse, par toutes nos pensées et dans tous nos actes. Et puis, n'avons-nous pas entrepris un autre projet rempli d'espoir ?*

— *Si,* émit le vidam avec tempérance. *C'est encore un pari osé…*

— *Mais nous nous devions d'essayer,* affirma Samsyl. *Te rends-tu comptes ? La recombinaison effectuée à partir de Maxime, Lyvius, Hank et Miassa est d'une richesse sans précédent. Nous avons extrait le meilleur des quatre piliers ainsi que des espèces humaine, athéléenne, neït et érinite. J'ai pu stabiliser des connexions tout à fait novatrices entre chacune d'elle. La configuration verticale originelle des piliers est maintenant renforcée par des ramifications horizontales, à différents niveaux de conscience, cela pourrait porter ses fruits.*

— *Oui, tu as raison,* pensa Namrod après un millième de seconde de réflexion, *ce codage-là pourrait bien réussir.*

— *Nous avons mis toute notre âme et tout notre coeur dans ce projet, il nous reste l'espoir !* conclut énergiquement Samsyl en inondant la pensée de son conjoint d'ondes positives.

Heureusement que sa compagne était là pour soutenir leur projet commun, car parfois Namrod n'y croyait plus.

Il se demanda s'il s'agissait de son instinct maternel qui la guidait ou si elle raisonnait en simple Sauveuse mettant à profit ses connaissances scientifiques. La passion s'était lue sur son visage lors de son travail sur la recombinaison. Elle estimait sans doute être la mère légitime des quatre individus rencontrés, et du cinquième à venir. Peut-être n'avait-elle pas totalement tort. Après tout, il s'agissait de ses ovocytes, et le matériel génétique restait majoritairement le sien.

Alors comment expliquer le détachement dont il faisait preuve ? Au même titre que Samsyl, les gamètes de Namrod avaient rendu tout cela possible. Il éluda la question en concluant à une explication physiologique et hormonale.

Quoi qu'il en soit, il était bien content qu'on l'ait associé avec elle, ils se connaissaient depuis toujours, et s'aimaient depuis au moins aussi longtemps.

D'autres Sauveurs n'avaient pas eu cette chance, et avaient appris à s'aimer. Par bonheur, la méthode de sélection ne pouvait pas se tromper, chaque couple était constitué pour assurer l'harmonie et la complémentarité des partenaires, et fait pour durer.

S'il devait mourir sur cette planète stérile, alors Namrod se réjouissait que ce soit aux côtés de sa moitié.

Ils eurent un franc pincement au coeur avant de quitter la salle de commande. Ils venaient de faire leur dernier voyage, avant un long moment du moins. Après avoir quitté des êtres très attachants desquels ils se sentaient si proches, ils allaient devoir regagner leurs cellules de stase et laisser la place à un autre duo.

Namrod réinitialisa les paramètres de base de la matrice, il enlaça Samsyl qui retenait ses émotions puis ils quittèrent cette pièce sans plus tarder.

L'équipe suivante attendait déjà au pied de la pyramide. Comme prévu, le système centralisé qui régissait l'allée des

Sauveurs avait anticipé leur réveil afin qu'ils soient prêts à prendre le relais dès le retour du couple 99.

Vêtus des mêmes vêtements amples aux tons crème, l'homme et la femme se tenaient bien droit, visiblement reposés et prêts à accomplir leur mission. Il s'agissait pour eux aussi de la deuxième partie de leur plan, l'heure du bilan.

Conformément aux directives du Conseil, et pour éviter toute interférence dans la créativité et l'autonomie de chaque couple, les quatre jeunes gens n'entrèrent pas en communication si ce n'est pour se saluer. Namrod échangea un signe de tête aimable lorsqu'il croisa l'autre vidam, et les femmes se sourirent poliment. La pyramide était à eux pour quinze jours.

Lorsqu'ils furent suffisamment éloignés de leurs semblables, la curiosité de Samsyl l'emporta :

— Quel peut bien être leur plan ? Crois-tu qu'ils aient eux aussi créé des espèces tests ? Et si d'autres avaient eu la même idée que nous, concernant les piliers ?

La somme de question que libérait la jeune femme laissa entendre à Namrod le doute jusque-là enfoui en elle. En dépit de sa volonté à faire bonne figure, elle n'était pas moins inquiète de la viabilité de leur projet.

— Je pense que si d'autres équipes ont pensé à travailler sur les piliers, c'est qu'il s'agit d'une piste potentiellement valable, commença Namrod.

— Ce n'est pas parce que plusieurs d'entre nous y ont pensé que cela doit déboucher sur une solution, contra sa partenaire.

— Pas forcément en effet, mais l'évidence et la simplicité sont des cadeaux précieux qu'il convient de ne pas ignorer.

— Oui, la Sagesse s'exprime tellement bien à travers toi, déclara-t-elle avec des yeux admiratifs pour son homme, un peu amusée de cette inversion des rôles.

— Sois sans crainte ! Nous avons fait ce qu'il fallait, ce que le Conseil attendait de nous. La survie de notre espèce ne réside pas tant dans la réussite de telle ou telle équipe, mais bien dans la confrontation et dans la mise en commun des deux cents résultats. Le point de vue global déterminera notre plan d'action.

— Pourvu que nous nous entendions.

— Nous sommes des vidams Samsyl, la Sagesse guidera notre délibération.

À mesure qu'ils évoluaient entre les deux rangées de petites pyramides, laissant des empreintes légères dans le sol cendreux de Centrium et enjambant les petites crevasses de plus en plus nombreuses, Namrod et Samsyl réalisèrent l'ampleur de leur projet, de celui des autres couples aussi, et tout le paradoxe que revêtait le plan de sauvetage imaginé par le Conseil.

L'hypothèse que les Sauveurs aient pu faire naître une multitude de civilisations disséminées dans l'univers leur ôta tout leur flegme. Quel rang occupaient les vidams vis-à-vis de leurs descendants ? Devaient-ils assumer la responsabilité de chaque espèce ou s'en détacher ? Avaient-ils le droit de les laisser évoluer de façon autonome, en se contentant de les utiliser comme les simples expériences qu'elles étaient ? Les intentions du Conseil leur apparurent soudainement troublées.

Le couple 99 – et probablement beaucoup d'autres – venait d'engendrer des formes de vies certes proches du peuple vidam, mais néanmoins différentes. Dans quelle mesure pouvait-on encore affirmer que les humains, les athéléens, les neïts ou les érinites demeuraient avant tout vidams ? La frontière était mince entre l'hérédité et la recombinaison génétique, entre la filiation et l'évolution spontanée.

Les deux partenaires s'interrogeaient sur la vocation du Conseil. La survie initialement recherchée semblait se muer en une diffusion pure et simple de la vie. Cette propagation d'espèces variées leur posa un réel cas de conscience : les vidams, qui par sagesse souhaitaient attendre d'avoir trouvé une solution assurant la pérennité de leur peuple avant d'exporter celui-ci sur un autre monde, avaient déjà colonisé l'univers.

Les deux cents temples bien alignés leur firent réaliser l'ironie – pour ne pas dire l'absurdité – de la situation. Le Conseil en avait-il seulement eu conscience ? Peut-être n'était-ce qu'une question de point de vue, que les moyens importaient peu et que seul le résultat comptait. Namrod et Samsyl continuaient à progresser sans dire un mot.

Et si l'une des espèces créées par les Sauveurs avait réussi le test. Si son codage génétique, son esprit et son âme avaient dépassé les attentes de leurs créateurs, au point de pouvoir accéder à la Sagesse tant recherchée. Et si…

Et après ? Que serait-il advenu de cette espèce ? Est-ce que sa filiation directe avec les vidams aurait justifié un simple remplacement de l'une par l'autre ? La civilisation originelle se serait éteinte au profit de la nouvelle. Pouvait-on encore parler de continuité ?

Samsyl, en brillante navigatrice matricielle, imagina plutôt la reproduction sexuée des deux cents derniers couples vidams – afin de légitimer une filiation directe –, puis le codage de chacun des embryons selon l'espèce lauréate. Et si le modèle était en cours de gestation dans la matrice du temple 99 ! Cela, seule la délibération finale en déciderait.

Peut-être faudrait-il encore attendre plusieurs dizaines de millénaires pour le savoir. Centrium tiendrait-elle jusque-là ?

Trop d'interrogations tiraillaient leurs esprits. Entre responsabilité et détachement, survie et amélioration, les doutes se mêlaient à l'inquiétude de voir leur espèce s'éteindre.

Namrod et Samsyl étaient arrivés devant les portes de leur laboratoire – de leur dernière demeure ? Sur leur gauche, la colonne de temples pyramidaux guidait leurs regards vers cette construction monumentale, à la fois vestige du mal qui rongeait Centrium et espoir d'un avenir plus sage. Sur leur droite, l'allée s'étirait jusqu'aux restes de Vidalite, jusqu'à un passé peu glorieux, jusqu'à leurs racines pourtant, jusqu'à…

Ils crurent d'abord à un mirage, mais leur âme vint confirmer l'image improbable qui s'offrait à eux. Une sensation troublante s'empara de toutes leurs molécules. Entre le couple et la ville évoluait une silhouette voilée par la chaleur du sol. Elle semblait s'approcher d'eux, aiguillée par les deux rangées de temples. Namrod et Samsyl restaient immobiles, ne parvenant pas à interpréter l'accélération soudaine de leur rythme cardiaque.

Progressivement, la forme gagna en netteté, elle leur ressemblait beaucoup. L'écart se réduisait, l'individu marchait d'un pas léger, presque aérien. L'esprit éveillé des vidams distingua un halo ocre, presque doré, autour de son corps. Du visage souriant de cet homme émanaient un relâchement serein et une assurance doublée d'humilité. Dissimulées sous une sorte de tulle bouffante, des formes féminines contredirent leur première impression, s'agissait-il d'une femme ? Lorsqu'elle s'arrêta à quelques pas d'eux, la silhouette révéla des traits d'une androgynie parfaite. Ses cils gracieux soulignaient un regard bleu brillant. Ses pommettes saillantes, ses lèvres roses et le dessin de sa mâchoire étaient en harmonie avec un cou fin et délicat. Namrod et Samsyl comprirent au fond d'eux que l'apparition n'avait tout simplement pas de genre, et c'est ce qui causait leur trouble.

Une liaison très forte les attirait pourtant vers cette créature, quelque chose de semblable à ce que Maxime, Lyvius, Hank et Miassa avaient ressenti à leur contact. Se pouvait-il...

Avec toutes ces considérations créationnistes, Namrod et Samsyl en avaient oublié une question fondamentale, une question qu'ils ne s'étaient peut-être jamais posée :

Qu'en était-il de la naissance de leur propre peuple ?

L'Être qui se tenait devant eux accentua un sourire compréhensif, comme s'il avait pu lire cette dernière pensée.

Derrière lui, les vents solaires recouvraient déjà Vidalite.

« La science a fait de nous des dieux avant même que nous méritions d'être des hommes. »
Jean Rostand

« J'affirme que le sentiment religieux cosmique est le motif le plus puissant et le plus noble de la recherche scientifique. »
Albert Einstein

Dépôt légal novembre 2014
ISBN n° 979-10-94521-08-3

# Mot de l'auteur

Merci d'avoir embarqué avec moi pour cette odyssée de l'imaginaire. J'espère que les turbulences telluriques ou certaines questions soulevées ici ne vous auront pas trop bousculé.

Une fois de plus, j'ai ressenti le besoin de vous immerger dans la vie et la psychologie de chaque personnage. Hé oui, l'histoire et les péripéties se méritent !

Je me suis réellement amusé à imaginer et à construire ces planètes et leurs civilisations – ce registre est une aubaine pour la créativité. Les lieux, les astres, les animaux, les divinités ou les personnages tirent leurs noms de la richesse des mythologies grecque, égyptienne, celte ou latine (dont j'ai utilisé les racines en les déclinant)

Si tous les éléments s'imbriquent ensuite dans une logique souhaitée par les vidams, j'ai d'abord conçu ce roman comme une aventure destinée à explorer un ailleurs riche en possibilités. En souhaitant que *Le Baptême du Soleil* ait satisfait votre besoin d'évasion – comme son écriture l'a fait pour moi –, mon objectif serait déjà en partie atteint.

Derrière cette quête de paysages et de cultures, la vocation secondaire de ce roman était de soulever – avec légèreté – quelques considérations psychologiques, philosophiques ou religieuses. Je mets un point d'honneur à ne prendre le parti d'aucune théorie et à laisser la porte ouverte aux réflexions personnelles, aux envies et aux croyances de mes lecteurs.

Nous abordons bien sûr l'origine de la Vie dans ses aspects théologiques et scientifiques, mettant ainsi en évidence l'analogie entre ces deux systèmes créationnistes, les confondant presque, replaçant du même coup la théorie de l'évolution dans un contexte un peu moins restrictif.

J'insiste – au risque de me répéter – sur ma volonté de n'adhérer à aucune théorie. J'aime et je respecte autant ce cher Darwin qu'une hypothétique force créatrice toute puissante. Le champ des possibles est définitivement porteur d'espoir !

Se dessinent ensuite les avantages et les limites de chacune des espèces, nous incitant évidemment à remettre en question celle à laquelle nous appartenons, mais à apprendre également des autres cultures, aussi fictives soient-elles. Dans ce roman, ce que l'on pourrait nommer "La Connaissance par l'Imagination" prend tout son sens.

Se greffe là-dessus la notion de savoir universel (prescience ou précognition selon ses adeptes) contenu dans chaque particule de matière et accessible à toute conscience éveillée. L'intérêt porté à l'âme, au corps ou à l'esprit tente de démontrer leur interdépendance et leur complémentarité. Le potentiel méconnu de l'énergie tellurique s'insère dans un schéma créatif abordant aussi bien le mystère des pyramides d'Égypte que le voyage spatial – sujets largement traités et pourtant jamais épuisés –, la vie extra-terrestre ou l'origine de la Vie elle-même.

Entre science et spiritualité, les dimensions à explorer ouvrent bien des horizons.

J'offre donc ici une perception globale de ce que pourrait être la Création, à la fois élaborée scientifiquement ET soumise aux lois de l'évolution naturelle – une dyade qui a autant sa place que les postulats purement évolutionnistes OU créationnistes. Je n'affectionne ni les "cases" ni la rigidité de la pensée.

C'est donc dans ce sens, en suivant cette globalité, que j'ai volontairement placé la Terre et l'Humanité au même niveau que les autres civilisations. Je ne boude ni ne préfère notre Histoire à celle des neïts, des athéléens ou des érinites, mais me suis appliqué à les développer avec le même intérêt.

Évidemment, le côté factuel auquel je suis très attaché a trouvé davantage de matière sur Terre – et aura peut-être permis de retenir certains lecteurs rebutés par un excès de "fantastique" –, mais il était important pour moi de prendre un peu de distance avec nos tendances ethnocentristes, voire égoïstes.

Il me semble essentiel de replacer l'Homme dans un ensemble plus complexe, à un rang qui lui correspond davantage que ce que son ego le laisse imaginer. Chaque lecteur en tirera ses propres conclusions et mènera, s'il le souhaite, une introspection en tant qu'espèce ou à titre individuel.

Je n'ai évidemment pas la prétention d'apporter une quelconque réponse aux grands questionnements humains tels que "Sommes-nous seuls ?", "Quel est le sens de la vie ?" ou "Dieu existe-t-il ?", mais seulement des pistes qui conduiront peut-être certains à approfondir ces sujets.

À ce titre, je me permets de citer quelques ouvrages que j'ai lus pendant l'écriture de ce roman, et qui ont pu, d'une manière ou d'une autre, aiguiller mon inspiration :

*Les Anges Gaïens – La Toile de L'Éveil*, d'Iom Kosta
*ALE 2100*, de Sophie G. Winner
*Enquêtes sur le Sens de la Vie*, de Jacky Bourgogne
*De l'Origine des Espèces*, de Charles Darwin
*Grain de Sable* et *Duplicate Corporation*, de Jérémie Lebrunet

Merci à ces auteurs éveillés, à leurs plumes subtiles ainsi qu'à leurs brillantes idées.

La théorie des quatre piliers de la fondation humaine prend autant sa source dans des croyances religieuses que dans les bases d'entrainement des sportifs ou les manuels de développement personnel. À l'origine, les quatre piliers sont les suivants :

La condition Physique
La condition Émotionnelle
La condition Mentale
La condition Spirituelle

Pour les besoins du récit – autant que par conviction personnelle –, j'ai trouvé plus juste d'adapter cette formule magique à un présent de plus en plus tourné vers les sciences et le savoir. J'ai donc jugé opportun d'inclure la sphère émotionnelle dans le Mental et d'ajouter la Connaissance à ces fondements primordiaux, ce qui donne :

Le Physique
Le Mental
Le Spirituel
La Connaissance

On obtient ainsi un schéma complet et stable qui a donné naissance aux quatre espèces que j'ai imaginées.
Dans l'une ou l'autre de ces configurations, je pense sincèrement que les êtres complexes que nous sommes gagneraient à développer chacun de ces piliers. Les bénéfices que nous en tirerions à titre individuel conduiraient sans aucun doute à une évolution positive de notre espèce tout entière (pour réutiliser la théorie éminemment libérale de la "main invisible" d'Adam Smith à des fins moins mercantiles). La Sagesse évoquée par les vidams nous inciterait alors à reconsidérer notre système de valeur, à revoir nos priorités en tant qu'êtres vivants et habitants d'un écosystème sensible...

Heureusement, le rêve nous est encore permis !

Le mystère des pyramides est un vaste sujet qui ne cesse de diviser la population scientifique comme les croyants en tout genre. Nombre de reportages plus ou moins crédibles ont tenté d'apporter des réponses à ces assemblages insolites observables tant à Gizeh que sur divers sites archéologiques de part le monde. Les similitudes sont avérées, les mesures aussi. Un agencement global semble se dessiner à l'échelle de notre planète, avec une résonnance astronomique troublante. Un message ? Une mise en garde ? Peut-être devrions-nous accorder un peu plus d'importance à ce que les "bâtisseurs" – quels qu'ils soient – ont tenté de nous faire partager, et ne pas laisser certaines vérités s'éteindre entre les mains d'usurpateurs comploteurs aveuglés par la seule idée du pouvoir.

C'est avec un vif intérêt que j'attends votre commentaire sur la page Amazon de ce roman. Vous contribuerez ainsi à sa visibilité et orienterez le choix des futurs lecteurs.

Retrouvez-moi sur Wordpress :
https://editionslintemporel.wordpress.com/

et sur Facebook :
www.facebook.com/B.Pantale

Au plaisir de vous lire.

Bastien

## Remerciements

Autonome et solitaire dans la rédaction de mon premier roman, j'ai cette fois le plaisir de remercier famille et amis. C'est parti...

À Papa et Maman, mes premiers lecteurs, pour votre soutien au quotidien, votre amour inconditionnel, l'éducation que vous m'avez donnée, les premières corrections de mes manuscrits, etc.

À Benoît pour ta culture littéraire et cinématographique, ton épicurisme et ton amitié.

À Nacha pour ton ouverture d'âme, ta spiritualité, ton esprit critique et ta communication. Tu es un être à part.

À ma grand-mère, pour ses correspondances précieuses.

À Sandrine et Perrine, complices pour la Vie, pour votre confiance.

À mes amis virtuels, Jacky, Morgane, Christel, Sophie, Marine, Sébastien, Lorraine, Nicolas, Adam, Thomas, Elena et bien d'autres pour leurs encouragements qui me motivent à continuer dans cette voie.

À Jérémie, pour tes conseils avisés et pour participer à cette émulation en ligne.

À mes potes, Pierre, Damien, Kélian, Peter et Kévin pour l'évasion, la témérité et l'humilité que notre passion me procure. On a de la chance les gars !

À ce monde, qui ne cesse de me décevoir et d'aiguiser mon esprit critique.

À ces quelques individus, populaires ou anonymes, qui se battent pour renverser cette tendance et qui maintiennent à flot mon estime de l'être humain.

À vous lecteurs, pour m'avoir accompagné jusqu'au bout de cette histoire.

Merci.

## Autres publications

Cycle ***Ascendance*** (Sience-fiction d'aventure)

2. ***L'Écho Primordial*** – décembre 2015
En format Kindle : www.amazon.fr/dp/B019KP85CK
En format papier : www.amazon.fr/dp/B01BCOHV5O
3. ***L'Héritage du Vide*** – décembre 2017
En format Kindle : www.amazon.fr/dp/B0789LX178
En format papier : www.amazon.fr/dp/B0789TBY4S

***

***L'Éveil*** – juillet 2014
(Romance/policier/SF)
En format Kindle : www.amazon.fr/dp/B00LY95NKS
En format papier : www.amazon.fr/dp/B01CVO4Y90

***

***Sublimation*** – décembre 2016
(Polar/thriller psychologique)
En format Kindle : www.amazon.fr/dp/B01MXLLEEL
En format papier : www.amazon.fr/dp/B01N9DAZUB

***

***De nos propres mains*** – avril 2018
(Roman contemporain)
En format Kindle : www.amazon.fr/dp/B07C9CDMQB
En format papier : www.amazon.fr/dp/B07CF3HRZ2

***

***Un Lézard sur le Dos*** – décembre 2016
(Témoignage)
En format Kindle : www.amazon.fr/dp/B01MZ5L0K2
En format papier : www.amazon.fr/dp/B0788YKX8T

26088350R00168

Printed in Poland
by Amazon Fulfillment
Poland Sp. z o.o., Wrocław